十三歲的小嗝嗝．何倫德斯．黑線鱈三世瘦瘦小小的，看起來不太像英雄。

但他就是英雄，而且他得再次證明自己的能力，因為龍族叛軍要來了！

末——日——來——了！

真的是這樣嗎？據奸險的阿爾文的巫婆母親所說，如果不找到西荒野新王，每個人類男人、女人和小孩都死定了。

新王究竟是「誰」？所有跡象都指向小嗝嗝，可是我的天啊！為了坐上王位，奸險的阿爾文什麼事都做得出來……

和小嗝嗝一起展開冒險吧

（雖然他還沒發現自己已經開始冒險了……）

失落的王之寶物預言

「龍族時日即將到來，
只有王能拯救你們。
偉大的王將是英雄中的英雄。

集齊失落的王之寶物者，將成為君王。
無牙的龍、我第二好的劍、
我的羅馬盾牌、
來自不存在之境的箭矢、
心之石、萬能鑰匙、
滴答物、王座、王冠。

最珍貴的第十樣，
是能拯救人類的龍族寶石。」

閃燒

偉大的史圖依克

小嗝嗝的父親，

毛流氓部族的族長

奸險的

阿爾文

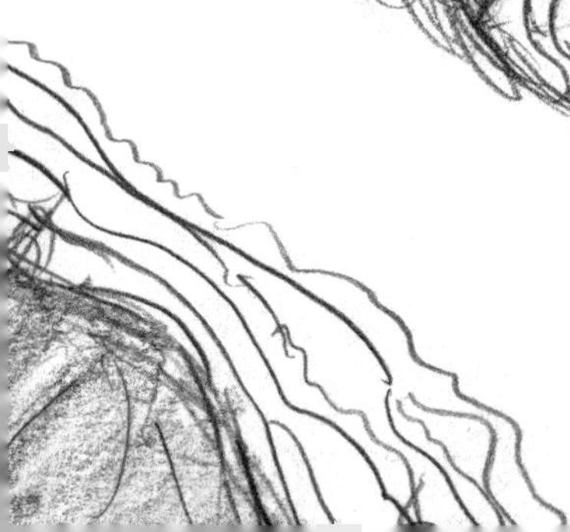

鼻涕臉

鼻涕粗

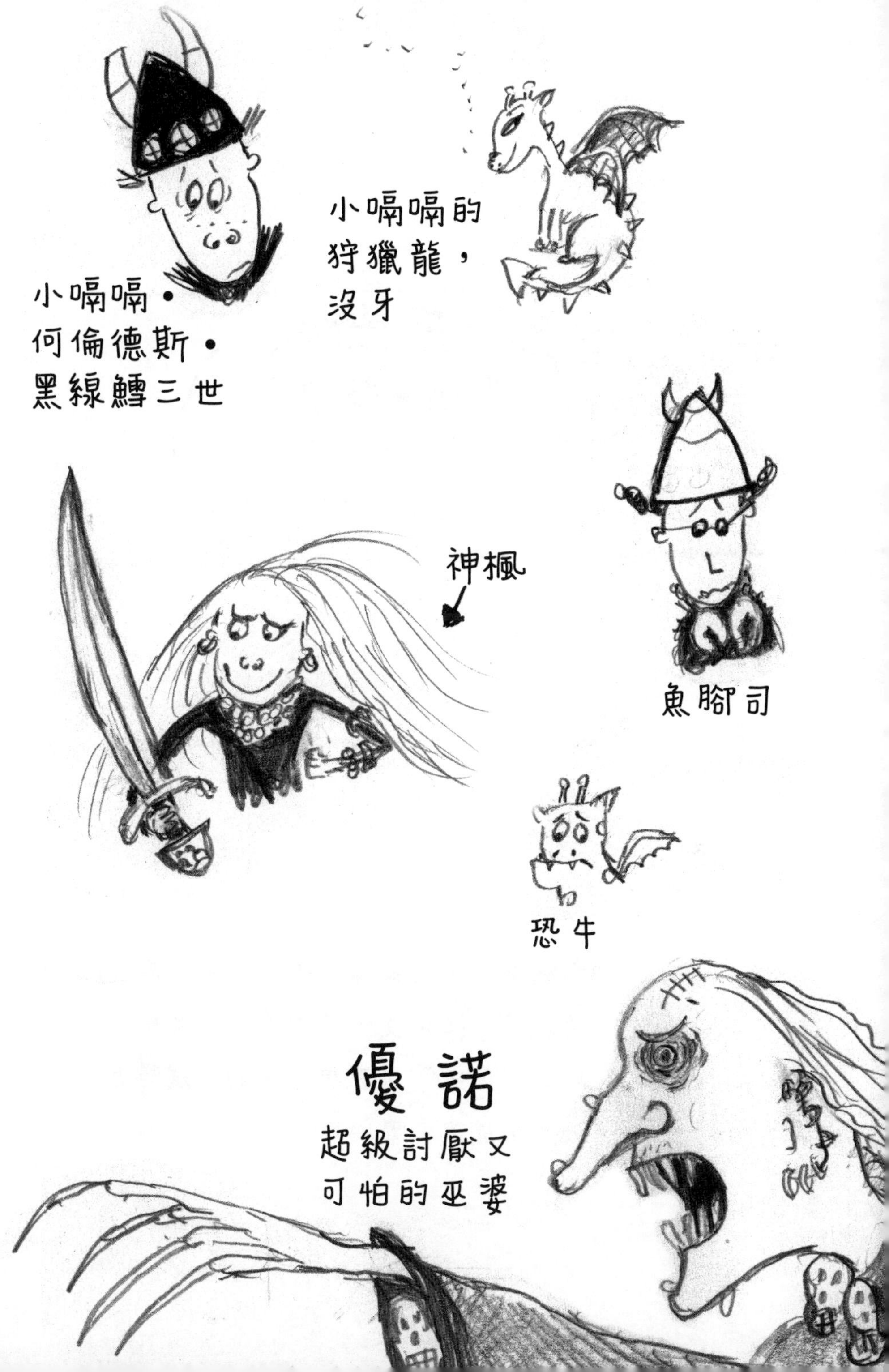
小嗝嗝・
何倫德斯・
黑線鱈三世
小嗝嗝的
狩獵龍，
沒牙
魚腳司
神楓
恐牛
優諾
超級討厭又
可怕的巫婆

本書獻給羅蘭・柴德，
套句孩子氣的話，妳是我最好
最好的好朋友。

感謝賽門・科威爾、安娜・麥尼爾、奈歐蜜・波特曼、艾莉森・斯泰爾、珍妮芙・史蒂文森與茱蒂特・寇瑪幫助我完成這本書。

HOW TO TRAIN YOUR DRAGON

馴龍高手 IX

龍族叛亂與新王

How to steal a dragon's sword

克瑞希達・科威爾

Cressida Cowell

鼻頭
幽靈沼澤
索爾之雷峽谷
群島
和平國度
平靜度日島
閃燒劍鬥術學院
夏季洋流
血流灣
龍族孵蛋地
狂戰島
神祕島
水之鄉

凍結的
無名島
殘
島
凶
的森鬍絕望島
維西暴徒
部族領土
流放者
部族領地
蠻
荒
強盜灣
博克島
礁島戰士
部族領地
英雄
末路
傻瓜雙島
沼澤盜賊
群島
明日島
危險凶漢的
牢獄
吞沒島

小嗝嗝叛逆的
小龍，沒牙

目錄

親愛的讀者，

請不要怪罪這則故事。

在這之前，小嗝嗝是冒險初學者，在風險不高的情況下學著當英雄，但現在，博克島面臨更黑暗、更艱困的時期。

請不要怪罪這則故事。

故事不是故意的。有時，連我們自己都沒發現，但其實我們所置身其中的，並不只是維京人、島嶼與龍族的故事，而是成長的故事。

成長這件事最必然、最無可避免的部分是，總有一天……

總有一天……總有一天……

你一定會成長。

很抱歉，這就是事實。

最後的維京英雄——小嗝嗝·何倫德斯·黑線鱈三世——的前言

我現在是很老很老的老頭子了，過去對我而言非常遙遠。

但蠻荒群島曾經有龍族出沒。

我曾是個小男孩，一個鑄下大錯的十三歲男孩。

我把龍王狂怒從狂戰島放走了。

狂怒答應飛往北方冰原，但他會在一年後回來，所以我只有一年的喘息時間，之後他將率領龍族叛軍，前來撲滅全人類。

在接下來那一年，過去的我像雜草似的，一眨眼就長高三英寸，袖子都變得太短了。一年來了又走，龍王狂怒和他的叛軍都不知所蹤。

我大大鬆了一口氣，心中萌生希望。狂怒雖然被監禁一百年，受了一百年的苦，但或許他在北方純潔無辜的雪地上活動、於冰寒刺骨的海水中自由潛泳、到無盡冰霜荒野追逐海豹，能找回祖先自由自在的生活。

也許，當他回到自己在大自然的家園，能找回自己。也許他忘了他的誓言，根本不會回來了。

也許。

或許？

可能。

但在靜謐的夜裡，龍王狂怒熾熱、憤恨的話語又會在我腦中一遍又一遍迴響，這些誓言不像落入雪花蓮的水珠，而是如火焰般在我的夢中熊熊焚燒，嘶聲迴響。

「我們將用龍火洗淨世界，不留任何一個活人。男孩，我告訴你，過去一百年，我花了很多時間觀察過去和未來……人類和龍族就是無法和平共處……」

字句如同火焰形成的毒蛇，在我腦中蠕動。

「……所以，我會召集天下的龍族，從大海深處和世界盡頭召集龍族大軍，在末日來臨前全力一戰。」

「不！」夢中的我高聲尖叫。「**不！不！不！不！不！**」

然而光陰不能倒流，曾經的我無法阻止時間前進。

龍王就快來了。

第一章　人生中最（不）棒的一天

很久以前的某個冬日午夜，小嗝嗝．何倫德斯．黑線鱈三世突然驚醒。

小嗝嗝雖然是毛流氓部族未來的希望與繼承人，卻是個身材細瘦、長相平凡的男孩，如果將他放在人群之中，很容易不小心忽視他。

他今晚睡得不好。

如果你睡在吊床上，而吊床掛在雷霆山艱鉅之路上接近山頂的位置，你應該也無法睡得很安穩。

雷霆山的艱鉅之路，是十分陡峭的高崖，它高到你得花兩天一夜爬上去，而且崖壁幾乎垂直地面，你必須在崖壁釘幾根釘子，睡在高掛在光滑岩石上的吊床，怎麼可能一夜好眠？

小嗝嗝的馱龍——風行龍——睡在旁邊一小塊凸出的岩架上，牠理論上要幫大家守夜，確保附近沒有危險。

但現在還是冬天，是風行龍的冬眠時間，牠白天昏昏欲睡，晚上當然睡死了。風行龍長長的身軀亂糟糟地癱在岩架上，像感冒的牛似地大聲打呼。

危險的東西可能要一屁股坐在牠頭上，才有可能把牠吵醒。

小嗝嗝的狩獵龍沒牙是隻身材嬌小、生性自私的普通花園龍，此時正窩在小嗝嗝胸前睡覺，不時呼出縈繞不散的煙圈。牠也沒注意到什麼危險。

但小嗝嗝之所以驚醒，就是因為有危險。

他百分之百確定有危險。

小嗝嗝的心像魔術箱裡的玩偶，在胸中劇烈彈跳，他忽然就完全清醒，全身上下都感覺到危險。

四周都是危險。

其實他們高掛在崖壁上，現在又是冬天，蠻荒群島危險的龍族大部分都在冬眠，理論上很安全。

只有吊床掉下去的危險。

那小嗝嗝的心臟究竟為何狂跳？他的胃為什麼不停翻攪，感覺快要吐了？

他很慢很慢地挪動身體（要是摔下吊床就完了），從吊床邊緣往下看。

崖底在下方很遠、很遠的地方。

小嗝嗝吞一口口水，很努力不往下看。

高高的崖壁上視野極佳，小嗝嗝彷彿在看蠻荒群島地圖，數英里遠的景色他都看得見：西方是大海，北方是陰森的鋸齒狀地形——索爾之雷峽谷——更北方則是漂在海中的冰山與山峰崎嶇的寒山。

附近是冰雪形成的詭異大陸地形，偶爾有冒泡的奇怪溫泉，像打呼的龍般不斷冒煙。

崖壁上，離小嗝嗝大概兩英尺處，是小嗝嗝的好朋友——魚腳司，還有他釘滿補釘的吊床。

魚腳司也在打呼，不過那可能是因為他有氣喘（魚腳司對龍過敏，卻偏偏得和

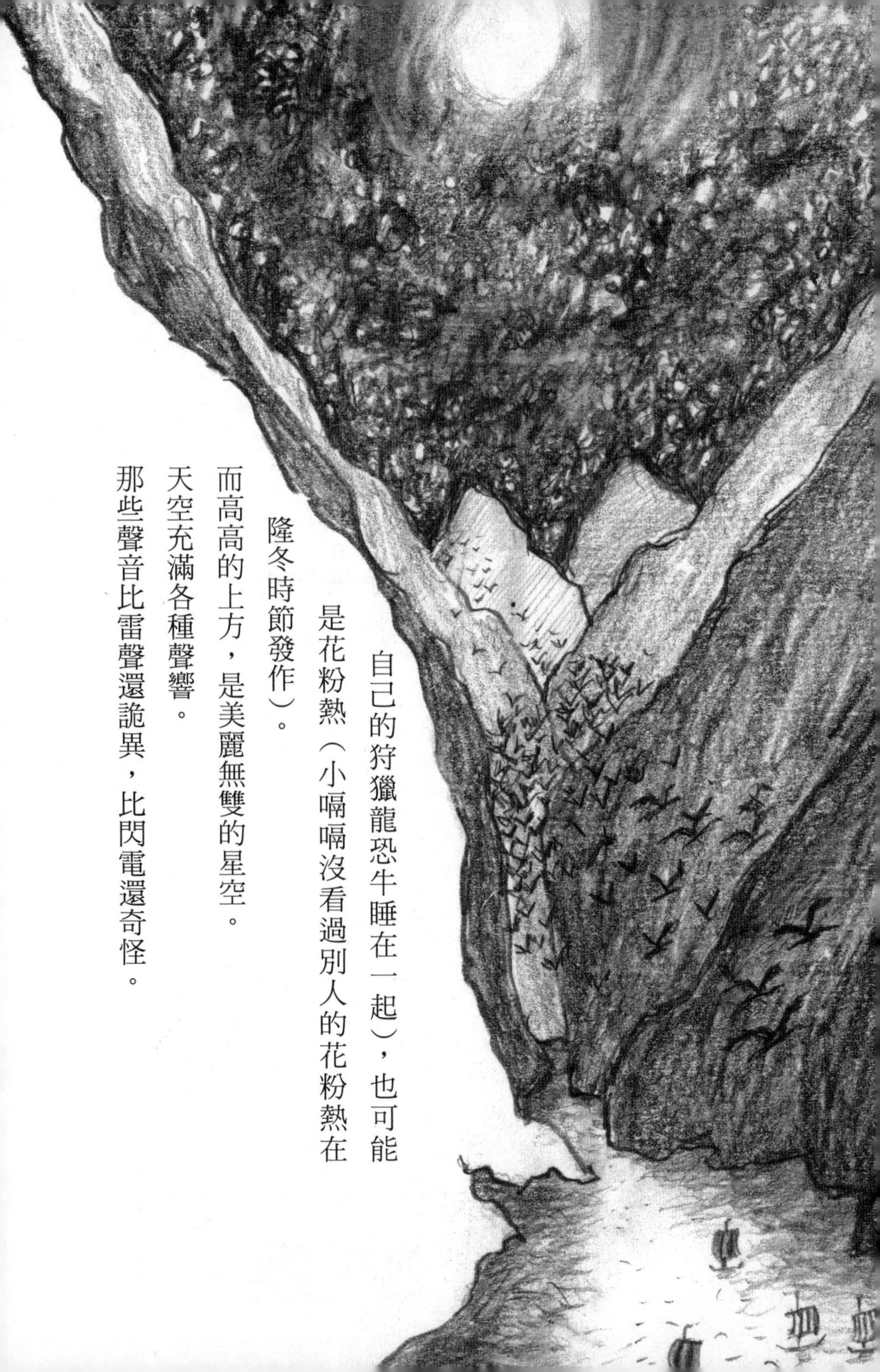

自己的狩獵龍恐牛睡在一起），也可能
是花粉熱（小嗝嗝沒看過別人的花粉熱在
隆冬時節發作）。

而高高的上方，是美麗無雙的星空。

天空充滿各種聲響。

那些聲音比雷聲還詭異，比閃電還奇怪。

那是一種令人耳膜發疼的高音，彷彿外星鯨魚的呼喊聲。

小嗝嗝看到天上有幾道黑影正逐漸逼近，黑影掠過索爾之雷峽谷，慢慢飛向山崖。

黑影離小嗝嗝太遠，他看不出那是什麼品種的龍，只知道牠們擁有噩夢般的翅膀。牠們是什麼，小嗝嗝的靈魂十分清楚。

小兔子也許從未看過老鷹，可是老鷹在空中盤旋時，兔子的本能會告訴牠要害怕，牠該緊張地蹦蹦跳跳逃回窩裡。小嗝嗝看到天上的龍影，也有類似的反應。

小嗝嗝當然不是沒看過龍。

他生活在一個野龍與馴養龍隨處可見的世界。

可是飛在天上的那群龍怪怪的，怎麼會有那麼多不同品種的龍飛在一起？牠們怎麼像狩獵隊一樣？不同品種的龍，通常不會成群獵殺人類吧？

也許在很久、很久以前，龍族確實會這麼做。

但現在，即使是最老、最老的人也知道，龍族不會獵捕人類。

要是不幸遇到肚子餓的野龍，當然可能被吃掉，但牠們不會像過去那樣有組織地獵殺人類。

小嗝嗝嚇得頭皮發麻，彷彿全身爬滿黑色甲蟲。黑暗中，他豎起耳朵仔細傾聽，專心到感覺耳朵都要往外長了。即使風聲呼嘯，他仍聽到駭人的龍語，他從來沒聽過這麼冰冷、這麼憤恨、這麼殘暴的龍語。

那幾句龍語感覺像在唸可怕的詛咒，小嗝嗝聽不太清楚內容，但也許聽不清楚是好事……

「讓人血染紅你的利爪……

毀滅骯髒的人類……

把人類像木柴一樣點燃……

龍族叛軍來了……」

龍群越飛越近、越飛越近，朝吊床所在的懸崖筆直飛來。

小嗝嗝仰頭一看，上方約六十英尺處，是其他年輕維京戰士的吊床，那些人爬得比小嗝嗝和魚腳司快，和小嗝嗝掛吊床的地點差了大概半個小時路程。小嗝嗝和魚腳司的吊床，是用充滿補丁的棕色毛毯做的，上面那些年輕人則是用舊船帆做吊床，帆布有的有鮮明的紅白條紋，有的則是藍色與金色菱形，在崖壁上特別明顯，比坐在沼澤裡的紅鶴還要搶眼。

神祕龍群直直飛向那些吊床。

龍群終於近到小嗝嗝能認出牠們的翅膀紋路了。蠻荒群島最凶猛的幾種龍都來了，有刃翅龍、繞舌龍、憂悶龍，還有吸血惡鬼龍。

快警告其他人。小嗝嗝心想。他張嘴準備大叫，卻怕得什麼聲音都發不出來，彷彿困在噩夢中。

「啊，」小嗝嗝喘著氣，努力擠出聲音。「啊啊啊……」這麼小的叫聲，應該沒有人聽到吧。

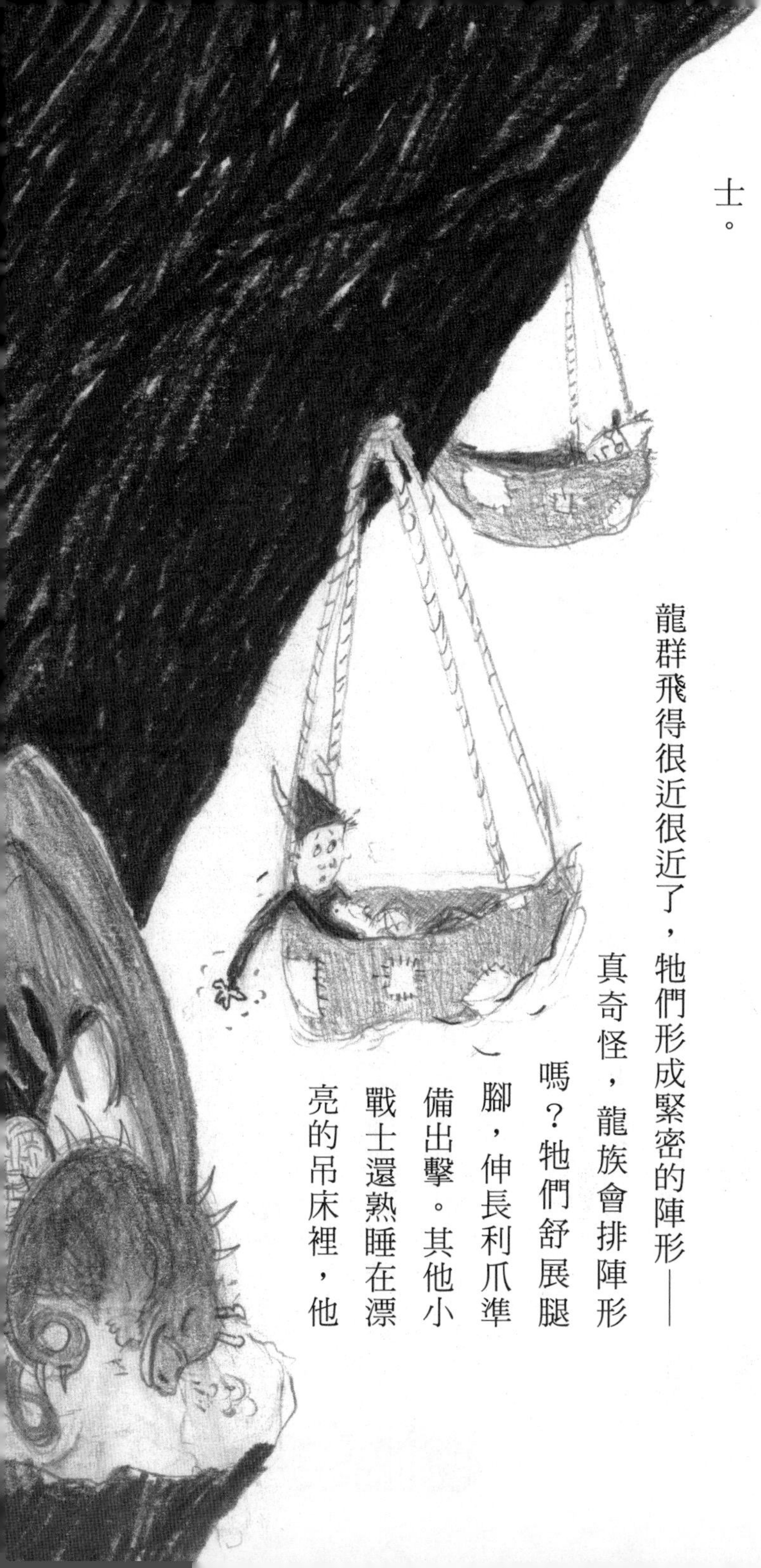

然後他又說：「有龍……」他又補充道：「很凶的龍。」

連睡在小嗝嗝胸前的沒牙都沒聽到，更別提高掛在上方呼呼大睡的年輕戰士。

龍群飛得很近很近了，牠們形成緊密的陣形——

真奇怪，龍族會排陣形嗎？牠們舒展腿腳，伸長利爪準備出擊。其他小戰士還熟睡在漂亮的吊床裡，他

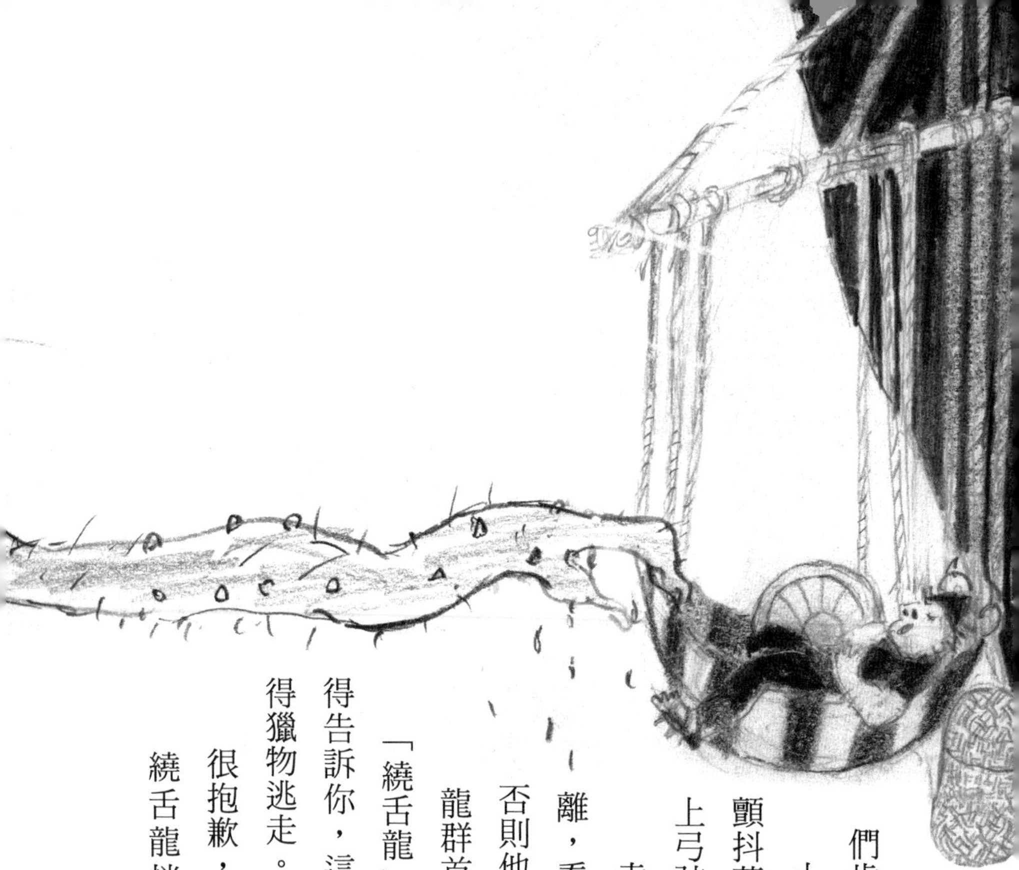

們肯定馬上就會被龍群殺光光。

小嗝嗝湊到放背包的小岩架旁，顫抖著雙手從箭袋取出了一枝箭，搭上弓弦。

幸好小嗝嗝離龍群還有一段距離，看不清龍群的首領在做什麼……否則他只會當場嚇暈。

龍群首領是隻繞舌龍。

「繞舌龍」這個名字聽起來很可愛，但我得告訴你，這種龍會把獵物的四肢拔掉，免得獵物逃走。

很抱歉，這就是事實。

繞舌龍悄然無聲地飛到上方一張吊床

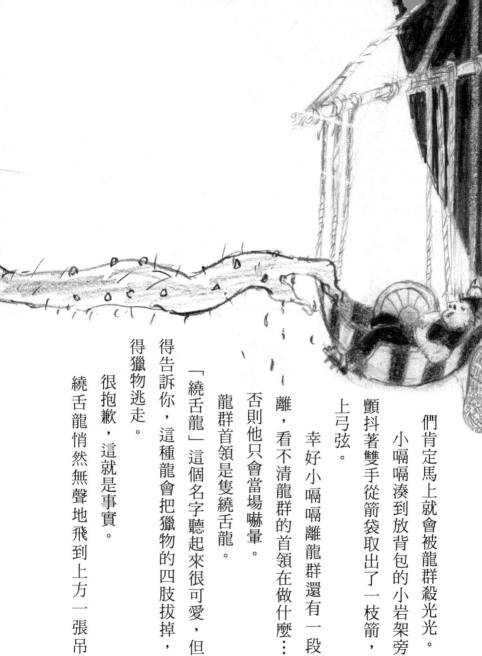

邊，慢慢張開嘴巴，一條比男人手臂還粗壯的舌頭竄了出來，分岔的舌尖靈活而極具彈性。

舌頭悄悄伸進吊床，尋找什麼東西似地攪動兩下。睡在那張吊床上的，是小嗝嗝討人厭的堂哥，鼻涕粗。

小嗝嗝小心翼翼地瞄準，射出箭矢。

他當然是瞄準繞舌龍。

小嗝嗝其實射箭技術不差，雖然不像他的劍鬥術一樣強，但已經夠好了。

可是小嗝嗝的吊床在空中搖搖晃晃，手裡的弓箭又都被折彎了，要瞄準實在不容易。諷刺的是，把弓箭折彎的傢伙，正是鼻涕粗。

微彎的箭飛離彎曲的弓，旋轉著往上飛射，還像是喝醉酒般左搖右晃，在最後一刻突然往右偏。箭矢根本沒射到繞舌龍，反而刺入鼻涕粗左邊小腿。

小嗝嗝沒有要射鼻涕粗的意思，但至少這招有效……嗯，算是有效吧。

鼻涕粗悶聲痛呼——要是你的腿被箭射中，你也會發出這樣的叫聲——整個人跳下吊床……繞舌龍見狀十分驚訝，也很不高興，因為牠還沒抓到鼻涕粗的手或腳。

鼻涕粗睡覺睡到一半，突然被箭傷痛醒，腦袋無法正常思考，他也忘了自己高掛在崖壁上。他瘋狂地下墜，經過其他年輕戰士的吊床，經過伸手想拉他一把的小嗝嗝……但就算小嗝嗝抓住他，也無法阻止鼻涕粗下墜……

鼻涕粗就這麼完蛋了……幸好小嗝嗝下方的崖壁長了一棵樹，樹稍微減緩了鼻涕粗下墜的速度，他勉勉強強抓住一根較軟的樹枝，暫時逃過死劫。

鼻涕粗抓著樹枝，地面遠在下方三千英尺，他也嚇到發不出聲音，只能睜著驚恐的雙眼看小嗝嗝。

「**笨蛋，快幫我啊！**」鼻涕粗一點也不優雅地動動嘴，卻還是發不出聲音。他這個人即使差點被繞舌龍肢解又獲救，即使現在有生命危險而且有求於人，也不肯禮貌地說話。

小嗝嗝知道鼻涕粗不可能永遠抓著那根樹枝，可是他搆不到鼻涕粗。

小嗝嗝焦急地在吊床裡翻來找去，想把一條攀岩繩拋下去給鼻涕粗，但就算現在情勢不危急，在吊床上找東西就跟套著枕頭套穿內褲一樣困難，更何況小嗝嗝的吊床裡瀰漫著沒牙呼出的煙，小嗝嗝覺得自己像在做某種奇怪的三溫暖儀式。

小嗝嗝在床上掙扎、晃動，流滿手汗的雙手就是找不到攀岩繩尾端。他彷彿困在地表的蚯蚓扭個不停……卻沒拿到攀岩繩，反而把劍給拔出來了……

可怕的「嘶啦！」一聲過後，褪色的棕色吊床被劍硬生生割成兩半。

「哇啊啊啊啊啊！」

到了現在這個時刻，小嗝嗝終於能出聲了。

「有龍要攻擊我們——！」

小嗝嗝的肺驚恐地全力擠出這句話，巨大的喊聲迴盪在陰暗的崖壁上，叫聲繼續往上傳。

離小嗝嗝最近的魚腳司首當其衝，他像隻爆炸的海星猛地醒了過來，還差點摔出吊床。上方的崖壁上，每張吊床都開始搖晃、扭動，床上的年輕戰士紛紛睡眼惺忪地坐起來問：「什麼怎麼了發生什麼事了？」

「咿咿咿咿！」沒牙驚慌地尖叫。牠發現自己正在往下墜，連忙睜開眼睛、撐開翅膀。

龍族停下進攻，在寒冷的夜空中滯留片刻。牠們調整黃眼睛射出的光線（這是部分龍族才有的神奇技能），原本只有微微發光的眼睛突然亮得刺眼，每顆龍頭都往下看……

光線打在小嗝嗝身上。

小嗝嗝勉強抓著吊床的殘骸，在空中搖搖晃晃，在好幾隻龍眼的強光照射下，他全身每一個細節都被照得一清二楚，和深色崖壁形成強

烈對比。

「慘了……風行龍！快醒醒啊！」小嗝嗝邊叫邊瘋狂揮劍（小嗝嗝是從古至今少數會說龍族語言的維京人，他此時就是用龍語呼喚風行龍）。

「呼……噓……呼……噓……」風行龍繼續打呼。

龍群懸浮在離小嗝嗝一段距離的上空，靜止得令人發毛。牠們發出令人不寒而慄的憤怒嘶聲，眼裡有什麼東西動了一下——那是幫助牠們視線聚焦在遠處

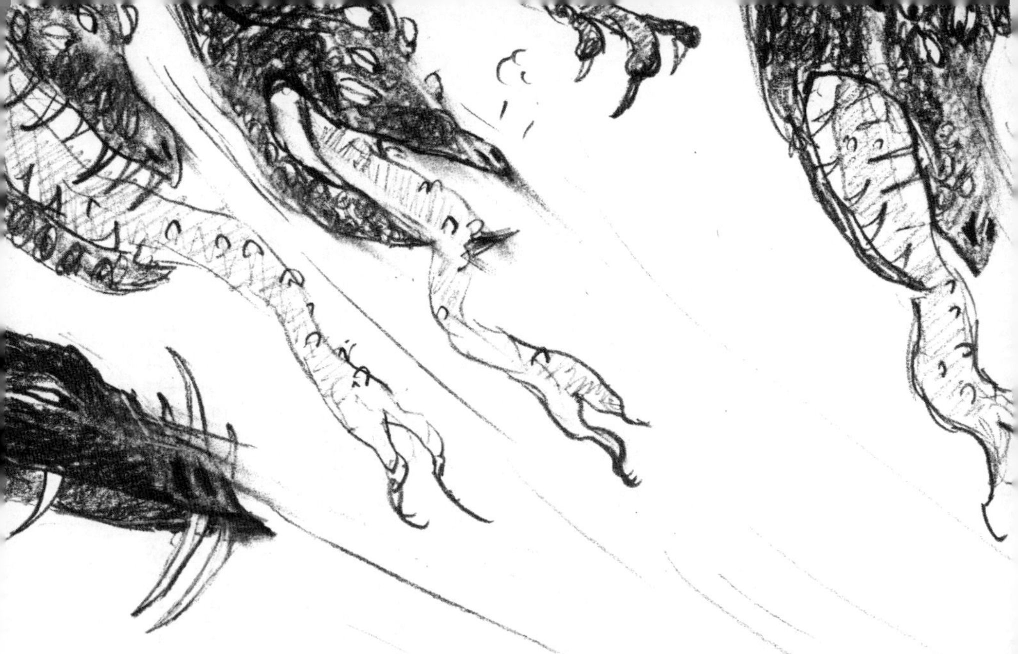

的眼皮，只要蓋上那層眼皮，牠們就能清楚看到非常遙遠的東西。

牠們又毫無動靜地懸浮半晌。

只有眼睛緊盯著小嗝嗝的劍，隨著它不停擺動。

接著，牠們收起翅膀，俯衝下來。

那是獵食俯衝。

要是小嗝嗝有心情欣賞這一幕，肯定會嘆為觀止……可惜他現在抓著破掉的毛毯一角，掛在蠻荒群島最高山崖上。

獵食俯衝就像高超的空中特技，這麼做的龍族會收起翅膀、自由下落。深夜中，一大群龍整齊劃一地垂直下墜，翅膀都幾乎要擦過雷霆山艱鉅之路的崖壁了——能看到這種畫面是一種享受，死前能看到龍族的獵食俯衝，那也值了（老實說，你要是看到龍群開始獵食俯衝，你應該也快死了）。

為首的繞舌龍張開嘴，龍群尖叫著朝小嗝嗝飛墜而來。小嗝嗝在最後一刻瘋狂扭動，往崖壁盪過去，整群龍就這麼和他擦身而過，牠們止不住下墜的衝勢，就這麼繼續往崖下掉了。

小嗝嗝拚命掙扎，急著讓雙腳踩上光滑的崖壁，他抓著吊床布料的手指微微下滑，撐不了多久了……可是他的腳沒地方踩，身體又盪回萬丈深淵之上。

這時，沒牙在風行龍肚子上亂蹦亂跳，焦急地想辦法叫醒牠。「起、起、起床！起床！不然沒牙就把你的骨頭磨成粉！」小龍高喊。「沒、沒、沒用又懶、

懶、懶惰的笨蛋，快起來啦！」

「呼……噓……呼……噓……」風行龍睡得正香，牠夢到自己愉快地在樹林裡飛行，一隻可愛的小蝴蝶正用翅膀搔牠的肚皮。

魚腳司試著爬出吊床來幫忙，可是他的腳被繩子纏住了。

咻——砰！

第五十隻龍——又是一頭繞舌龍——以每小時一百五十英里的高速掠過小嗝嗝，在最後一秒突然急轉彎，用翅膀末梢的鉤子抓住崖壁。

太壯觀了。真是完美的飛行技術。

繞舌龍緊盯著小嗝嗝，用翅膀抓著崖壁，迅速朝無助地掛在空中的小嗝嗝爬來。沒牙放棄在風行龍肚子上彈跳，正用小身體所有的力量把風行龍往崖下推，希望風行龍在下墜時能醒過來。

「可愛小蝴蝶，不要走嘛，」睡夢中的風行龍悄聲說，還吐出好幾個溫柔的煙圈。「小蝴蝶，跟我一起跳花兒舞好不好……」

「**大笨蛋小嗝嗝！**」鼻涕粗抓著小嗝嗝下方不遠處的樹枝，焦急地大喊。「**你再怎麼沒用，現在也該有點用了吧！快一點，我快掉下去了！**」

可是小嗝嗝沒空幫他。

「啊啊啊咿咿咿咿！」小嗝嗝尖叫。繞舌龍以蝙蝠般的動作越爬越近，越爬越近，牠張開血盆大口，露出肌肉糾結、長滿了毛、像蛞蝓似的在嘴巴深處蠢蠢欲動的長舌。

繞舌龍鱷魚嘴般的大嘴猛然張大，噁心的舌頭伸出來纏住小嗝嗝的劍，把劍連著小嗝嗝的左手扯離繩子……牠動了動舌頭，小嗝嗝感覺到舌頭纏住他的手臂，噁心的觸感令他全身發抖。

啪！

毛毯的纖維又斷了一根，只剩幾條細線防止小嗝嗝墜向深淵。

繞舌龍停下動作，準備把小嗝嗝的劍連同手臂一起扯掉……

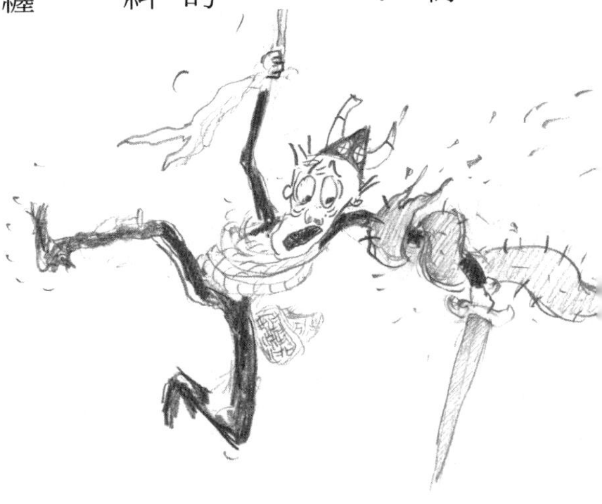

第二章　他們怎麼會在這裡

繞舌龍這邊我們暫時擱置，先來說說小嗝嗝為什麼會在這裡好了。

從故事中間開始說的話，你根本不曉得小英雄是怎麼來到這裡的。他們為什麼要爬到崖上？明明是深冬，他們沒事幹麼爬到雷霆山艱鉅之路，爬到距離崖頂只剩四分之一的位置？他們又為何在崖壁紮營？

難道崖壁適合露營？

其實，事情是這樣的。

那天清早，蠻荒群島各部族聚集在雷霆山山腳，帳篷、雪橇、滑雪屐和維京人全都擠在一起，大家吵吵鬧鬧地和老朋友與老仇敵敘舊，用大肚子互相撞來撞去。狩獵龍在空中翻滾飛行，馱龍也紛紛打了起來。

為什麼要爬上雷霆山？因為遠近馳名的閃燒劍鬥術學院就位在山頂。全維京部族每年會前往雷霆山，舉辦為期三週的慶典，大家會在這三週盡情吃喝玩樂與打鬥，最後在元旦舉行劍鬥術大賽及「新年新戰士典禮」，這是蠻荒群島的成人禮，全蠻荒群島的青少年都會在這天成為部族的戰士。

上雷霆山的路有兩條。

一條是平緩好走的「康莊大道」，一路爬到山頂都不會累，甚至不會喘氣。成年戰士會帶著雪橇、帳篷、馱龍、拉車龍、武器與物資走這條路上山。

還有一條是「艱鉅之路」，它其實不是道路，而是近乎垂直的陡峭山崖，你得花兩天才能爬到崖頂。年輕戰士要走的就是這條路，他們必須先證明自己的能力與價值，才能正式成為部族的一員。（註1）

註1　維京人最早制定試煉規定時，還沒開始馴養馱龍，所以現在的年輕戰士也得獨力爬上山崖，不能接受龍族的幫助。

滴、答、
滴、答、滴

這群青少年什麼樣的人都有，幾乎所有人都長滿痘痘，而且幾乎所有人都比小嗝嗝和魚腳司高壯（只有小嗝嗝的另一位好朋友——神楓——除外，她是身材嬌小、個性剛烈的小沼澤盜賊，頭上是看似用草叉隨意梳過的蓬亂金髮）。負責毛流氓部族海盜訓練課程的老師——打嗝戈伯——正在為準戰士們加油打氣。

戈伯是個身高足足六呎半的小巨人，肺活量好得不得了，吼聲和霧角差不多響亮，兩隻耳朵長得像畸形的白花椰菜。他這個人沒有體貼、敏感的一面。

「戰士們，聽好了！」他大叫。「這次的任務超級簡單！你們只要花兩天一夜爬上這面垂直的懸崖，就能抵達劍鬥術學院。到學校以後，你們要努力練習劍術，準備參加元旦的鬥劍大賽。你們還有機會向全蠻荒群島最偉大的鬥劍專家——閃燒大師——學習喔！」

準戰士都興奮地「哇——」又「喔——」了幾聲。

「我好想見到閃燒大師本人喔！」神楓激動地告訴小嗝嗝和魚腳司。「我聽說他是超完美的英雄……」

「他——來——了——！」殘酷傻瓜部族的凶酷利指著天上高呼。

一隻美麗的赤虎龍與壓低身體騎在牠背上的閃燒突然俯衝下來，赤虎龍飛掠過所有人的頭頂，近到他們感覺到牠翅膀生出的勁風。神楓「哇！」了一聲，拳頭在空中狂揮。

赤虎龍飛得很低很低，閃燒還彎下腰，厚顏無恥地拿掉偉大的史圖依克頭上的頭盔，再騎龍往上飛。

小嗝嗝的父親——偉大的史圖依克——無論是長相和身材都像典型維京人，他的肌肉大如足球，鬍子和雷雨一樣狂野，腦細胞少到連小湯匙都裝不滿。

他覺得閃燒的把戲一點也不好笑。

「真是的，閃燒怎麼還是跟以前一樣！」史圖依克哼了一聲。大家都笑得很開心，年輕人則「哇——」還有「喔——」個不停。

「**愛現鬼，還不快下來！**」史圖依克大喊。「**再這樣拖拖拉拉的，等我們出發天都黑了！**真是的，那些什麼英雄，都只想到自己……」

最後，閃燒的赤虎龍優雅地飛撲下來，降落在史圖依克面前，閃燒躍過龍頭、翻了兩個筋斗後才雙腳落地。他優雅地鞠躬，遞出史圖依克的頭盔。

「親愛的史圖依克，你的頭盔……」

「**不要叫我『親愛的』！**」史圖依克氣呼呼地搶回頭盔。「**你還拖拖拉拉的做什麼？**」

閃燒微微一笑，靈活地跳上一顆岩石，確保所有人都看得到他。

閃燒是個相貌堂堂的男人，留著一頭長長的金髮。

他腰間綁著傳說中的黃金鬥劍腰帶，腰帶插著好幾把劍，據說是從蠻荒群島一些知名劍鬥士手上搶過來的。

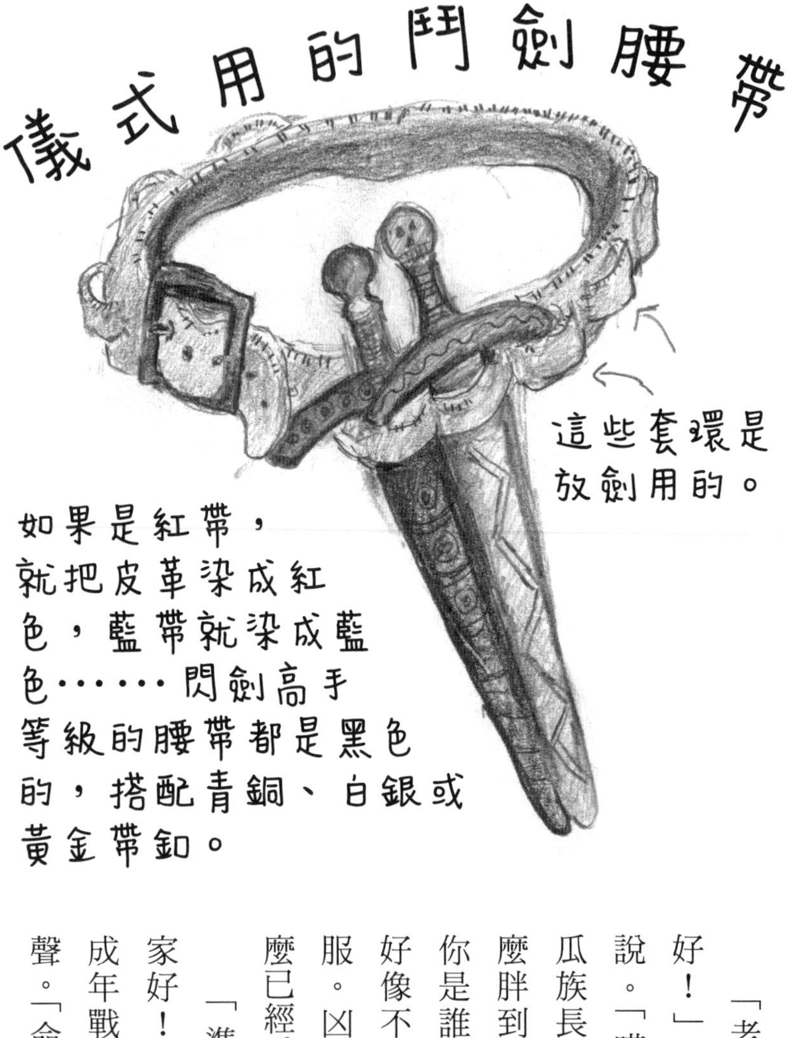
儀式用的鬥劍腰帶
這些套環是
放劍用的。
如果是紅帶，
就把皮革染成紅
色，藍帶就染成藍
色……閃劍高手
等級的腰帶都是黑色
的，搭配青銅、白銀或
黃金帶釦。

「老胖子們，大家好！」閃燒笑吟吟地說。「哎呀，殘酷傻瓜族長牟加頓，你怎麼胖到我都快認不出你是誰了！柏莎，妳好像不適合穿紫色衣服。凶殘瘋肚，你怎麼已經禿頭了……

「準戰士們，大家好！」閃燒無視了成年戰士不悅的嘀咕聲。「命運和運氣對我眷顧有加，讓我成為赫赫有名、偉大無雙的閃燒大師，各位請盡情為我歡呼。」

小戰士們歡聲雷動。

這似乎是閃燒預料之中的反應。

他指向旁邊垂直的岩壁。「這，就是雷霆山的艱鉅之路，也是你們的終極試煉。你們有資格當英雄嗎？還是你們不過是穿著小裙子的水母？

「如果你們通過考驗，來到全宇宙最棒的學校——我的學校——你們就要勤奮練習，準備參加元旦當天的鬥劍大賽，憑實力贏得鬥劍腰帶。綠帶是最低等級，再來是藍帶、紫帶、黑帶、紅帶，之後是青銅帶、白銀帶和黃金帶，得到黃金帶的人才有資格自稱『閃劍高手』。（註2）當然，我們不期望你們成為閃劍高手，蠻荒群島的閃劍高手也就只有那幾個。親愛的凶殘瘋肚，你是不是一直沒晉級成為閃劍高手？」

註2　只有打敗黃金帶閃劍高手的人，才能獲得黃金腰帶。

凶殘瘋肚喉嚨發出氣憤的咕嚕聲。「技巧不夠好。」閃燒和善地說。「凶殘部族打起架來，都像穿著睡衣的豬。」

瘋肚怒吼一聲，拔劍衝向閃燒。

閃燒腰間掛了好幾把劍，他卻根本沒有拔劍，反而伸手從離他最近的背包取出……一把湯匙和一顆蘋果。

瘋肚更火大了。

他宛如發狂的公牛猛撲向閃燒，他的劍和閃燒的湯匙展開一連串的碰撞與假動作，其他人看得頭昏眼花。

旁觀的維京人看得興高采烈，十秒鐘後，大家放聲歡呼。瘋肚不知怎地躺在雪地上，劍尖插著一顆蘋果，一把湯匙直指他鼻尖。

「你看，你就是技巧不好，不到十秒就跟渡渡鳥一樣死翹翹了。」閃燒笑吟吟地對歡呼鼓掌的眾人鞠躬。「大家別笑得太誇張，畢竟這裡沒有人能撐得比瘋肚更久。各位準戰士，這就是你們的第一堂課。」

「各位，待會見！」他以天神般完美的動作跳上赤虎龍背，對在場的女性擠眉弄眼，揮劍向大家道別。「祝你們好運！我們會準備好宴席，在山上等你們！別忘了，如果你們跟我一樣厲害，那就要拿出自信！」

「他好酷喔。」神楓驚嘆。

「妳說得沒錯，」神楓美麗的金色狩獵龍——暴飛飛——眨著大眼睛，發出愉快的呼嚕呼嚕聲。「他真的是完美英雄……」

「他哪、哪、哪有完美，」暗戀暴飛飛的沒牙不悅地嘀咕。「人類的鼻子已經夠大了，可是他的鼻子比正常人還大。」

說著，分道揚鑣的時候到了。

成年戰士用力拍拍孩子們的背，開心地揮揮手，帶著滑雪屐、溜冰鞋、拉車龍與雪橇，走康莊大道上山了。

準戰士開始把大背包綁在自己背上，準備沿著艱鉅之路慢慢爬上山。

「我們一定會比你們先到山頂！」神楓笑著說完，就跑去找其他小沼澤盜賊了。除了神楓，其他的沼澤盜賊女孩全是令人畏懼的女壯士。「女生比男生厲害，你們不可能贏過我們的！」

偉大的史圖依克大步走來和小嗝嗝道別。

「兒子啊，祝你好運！我不想給你太多壓力，可是你別忘了，我可是十八歲就成了黃金帶閃劍高手，我對你期望非常非常高哦！小嗝嗝，我希望你展現出領導精神，讓其他部族的年輕人對你刮目相看！」

「好棒喔。」小嗝嗝悶悶不樂。「好沒有壓力喔。」

史圖依克又愉快地大步離去，換小嗝嗝的外公——老阿皺——搖搖晃晃地走來。

老阿皺螺肉般的蒼老眼眸透出了恐懼，衰老的四肢微微顫抖。

「小嗝嗝，我有種非常糟糕的預感，你可能會在閃燒劍鬥術學院遇到致命危險。」老阿皺舉起一根瘦骨嶙峋的手指，低聲說。「世界會需要一位英雄，這位英雄不如讓你來當。記得好好保管你的東西，因為這些是王之寶物。」老阿皺指向小嗝嗝那堆破破爛爛的裝備。「還有啊，小嗝嗝，你千萬要好好保管你的劍，這是會為你指引方向的劍。祝你好運！」

老翁雙眼泛淚地和小嗝嗝握手，彷彿這是他們最後一次握手，而後他喃喃自語地走向其他老人和小孩，回博克島照料家園、等待戰士們歸來。

「好棒！」魚腳司說。「真的太棒了！我最喜歡『致命危險』了……老阿皺怎麼會覺得你的東西是王之寶物啊？真奇怪。」

「不知道。大人真是的，」小嗝嗝邊說邊努力把毛毯塞進快要爆開的背包。「他們都要我們當領袖啊、當大英雄啊什麼的，我的雷神索爾啊，我們就不能當『正常人』就好嗎？就不能當個平凡的人嗎？他們也太不切實際了吧……」

「慘了……」魚腳司說。

他之所以這麼說，是因為「實際」化身成了一個不覺得小嗝嗝是領袖或大英雄的人，正朝他們走來。

來者是鼻涕臉鼻涕粗，小嗝嗝討人厭的堂哥，這個男孩塊頭大、心氣高，

鼻涕臉鼻涕祖

（小嗝嗝討人厭的堂哥）

臉上有著無人能比的大鼻孔。鼻涕粗的死黨——無腦狗臭——也跟著走過來。

「毛流氓們，聽好了，」鼻涕粗笑嘻嘻地對毛流氓部族的十幾個準戰士說。「你們的隊長不是小嗝嗝，因為他沒資格當領導人。我才是你們的領袖。」

「小嗝嗝是偉大的史圖依克的兒子耶。」魚腳司出聲抗議。

「**誰管他啊**。」鼻涕粗笑著用力踢魚腳司小腿一腳，還猛推了小嗝嗝一把，害小嗝嗝摔倒在地。「小嗝嗝是**沒用**的瘦皮猴，他亂撞球打得超級爛，他的龍跟青蛙一樣小，還有『你』這個丟人現眼的朋友，我們怎麼能讓他當領袖？」

鼻涕粗說得很難聽，不過我不得不說，以維京人的標準而言，魚腳司確實不夠格。他患了氣喘、有X形腿，視力差到不戴眼鏡就像瞎子一樣，還容易花粉熱、溼疹、凍瘡和咳嗽發作。

魚腳司
（小嗝嗝的好朋友）

魚腳司當然也有他的優點，他很會寫詩，也擅長黑色幽默，可惜毛流氓部族不怎麼重視這些技能。

鼻涕粗拔出長劍。

「我要用這把『閃砍』，」他得意地劈砍想像中的對手。「成為史上第一個直接從準戰士晉升到閃劍高手等級的人。相信我，我就是下一位閃劍高手。至於你們，」他不懷好意地柔聲說。「你們應該連一般的劍鬥士腰帶都拿不到，他們搞不好還要為你們發明黃帶，或是漂亮的粉紅帶，給你們兩個拿小小劍的膽小鬼用。」

「呵呵呵。」狗臭傻笑。

「**哈哈哈哈！**」維西暴徒部族、痛揍蠢貨部族與凶殘部族凶悍的準戰士紛紛聚過來看好戲，聽到鼻涕粗嘲笑小嗝嗝和魚腳司，也跟著哈哈大笑。

「鼻涕粗，這些可笑的小雜草是誰啊？」維西暴徒部族的超惡邪笑著問。

超惡邪是個又高又壯的男孩，耳朵長了兩叢濃密的毛髮。「他們不會是你們毛流氓部族的人吧？」

「他們只能假裝自己是毛流氓。」鼻涕粗冷笑著回答。

他瞇起眼睛，和鯊魚一樣眼神凶猛地盯著小嗝嗝。

下一秒，他衝向小嗝嗝的背包，用閃砍一劍一劍地割爛它。

「唉呀……」鼻涕粗拎起被他割破的吊床，故作抱歉地說。「我不小心手滑了……好像不小心把你的吊床割破一點點了。你晚上沒有吊床可以睡，這下要怎麼爬上雷霆山的艱鉅之路呢？真不好意思，看來你晚上不用睡覺了。」

「鼻涕粗，你作弊！」魚腳司氣呼呼地罵道。「你明明就是怕小嗝嗝到閃燒劍鬥術學院的時候，把你打得落花流水！」

鼻涕粗聽了很不高興。

海盜訓練課程中，小嗝嗝唯一擅長的就是劍鬥術，雖然他已經一陣子沒和鼻涕粗鬥劍了，鼻涕粗還是沒有打敗小嗝嗝的自信；每每想到這件事，他都會忍不住生氣。

「唉呀，唉呀，唉呀！」鼻涕粗大叫著刺向魚腳司的吊床，把魚腳司的吊床也割成碎片，又和狗臭撲向小嗝嗝跟魚腳司破破爛爛的裝備，把裝備踢得到處都是，還順便踹了小嗝嗝和魚腳司好幾下。

超惡邪笑嘻嘻地幫忙欺負人，而狗臭也不遑多讓。在狗臭壓制小嗝嗝時，鼻涕粗把小嗝嗝的劍從劍鞘拔出來，高舉著那把其貌不揚的「努力劍」讓所有人看個清楚。全體哈哈大笑。

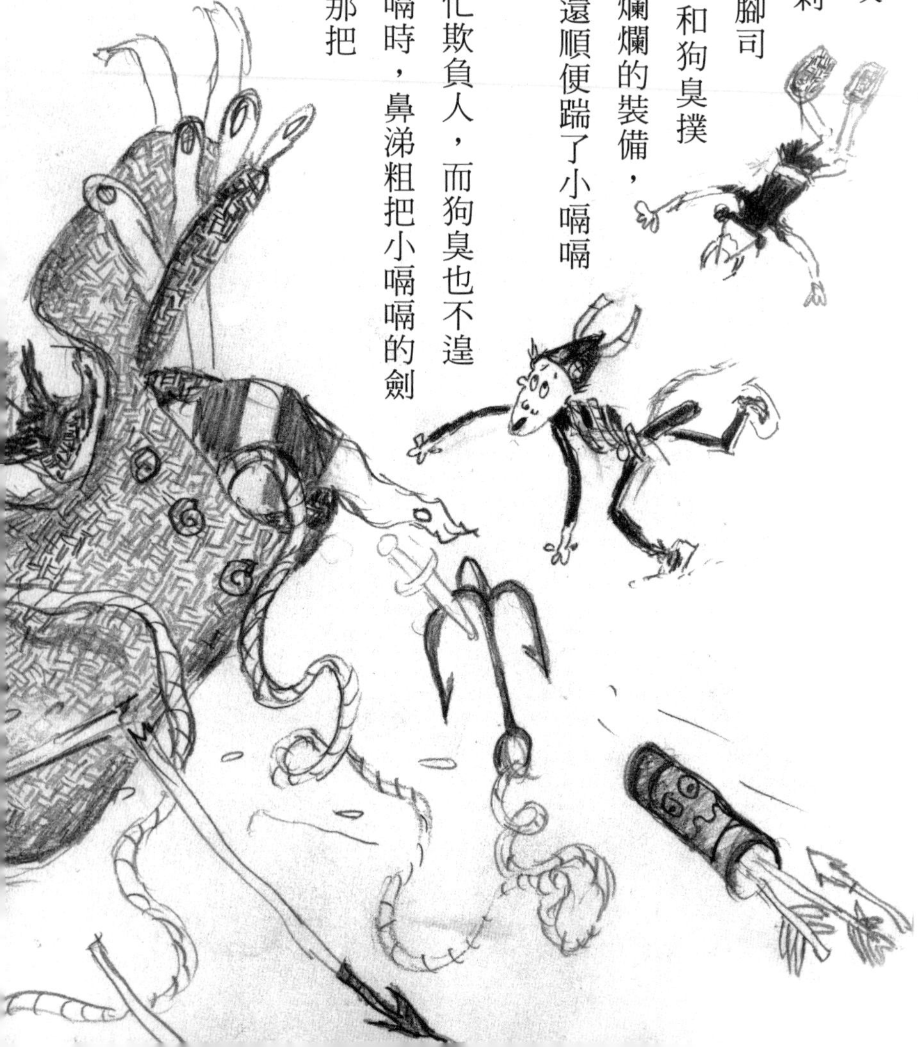

蹦～
蹦～

「小嗝嗝族長，你的劍『好大』啊——難道它是小匕首？唉呀，我真是粗魯，你的劍好像被我不小心弄彎了！」鼻涕粗笑著把劍砸在石頭上，再將它丟得遠遠的。

「天啊，」鼻涕粗柔聲說。「這下，你是不是當不成黃金帶閃劍高手了？」旁觀的毛流氓、維西暴徒、痛揍蠢貨與凶殘部族孩子都笑彎了腰。

「小寶寶鼻要哭哭喔，」鼻涕粗故意學嬰兒說話，邊和狗臭大搖大擺地離開。「這樣你們才有藉口跟老人和小孩待在一起嘛……」

「**大家跟我來！**」鼻涕粗高呼。「再見啦，**廢物！**」

壞笑著的準戰士跟著鼻涕粗攀岩，留下被踢得全身痠痛的小嗝嗝和魚腳司在原地，他們難過地看著散落一地、被砍得亂七八糟的裝備。

他們已經習慣在其他毛流氓面前被鼻涕粗羞辱，可是這次更慘，連其他部族的年輕人也看到他們的糗樣。接下來三週，他們還得和其他準戰士在閃燒劍鬥術學院一同學習，難道他們就只有被嘲弄和欺負的分嗎？

「你看，」小嗝嗝鬱悶地嘆氣。「大人早就忘記自己以前的生活了，怎麼可能考慮到我才十三歲，還得對付鼻涕粗那種人。」

小嗝嗝的努力劍被丟到不遠處的雪堆，幸好沒牙把它找回來了（龍族很擅長憑嗅覺尋找金屬製品）。努力劍確實被鼻涕粗弄彎了，小嗝嗝試著將它彎回來，但它就是有那麼點歪。

其他的裝備也都被弄壞了，盾牌剛才被無腦狗臭一腳踩凹，滴答物被砸在地上，滴答聲變得有氣無力，就連弓也被折彎，大部分的箭矢都斷掉了。

若這些是老阿皺說的什麼「王之寶物」，那它們現在的狀態一點也不好。

「我們沒有吊床，晚上要怎麼睡覺？」魚腳司問。

「只能把毛毯做成吊床了。」小嗝嗝回答。

等到他們成功把毛毯做成吊床，將散落一地的破爛裝備撿回來，其他人已經出發半個多小時了。

「風行龍，」小嗝嗝對馱龍說。「你還是跟大人一起走康莊大道吧。」

風行龍聽小嗝嗝這麼說，露出十分難過的表情，小嗝嗝只好讓步。

「好吧，只要我們攀岩的時候你不『幫忙』，應該也沒關係，反正沒有人規定你不能陪我們爬山。」

「你都把你的龍寵壞了。」開始攀岩時，魚腳司說。

「這是我們應、應、應得的待遇。」沒牙說。

那一整天，小嗝嗝和魚腳司穩定地爬上崖壁。魚腳司有懼高症，一路上盡量不往下看。

夜幕低垂，他們在崖壁釘上釘子，把棕色毛毯做的吊床掛在崖壁上。魚腳司累得立刻入睡，風行龍在離他們不遠的小岩架睡著了，沒牙則蜷縮在小嗝嗝的背心裡，進入夢鄉。

小嗝嗝花了一點時間才睡著，他躺在微微搖晃的吊床上，彷彿搭乘父親的「藍鯨號」。

他遙望下方鋸齒狀的峽谷，從這個角度看下去，它真的有點像雷神索爾的雷電。小嗝嗝想像自己是命運之子，雷神還親自將雷電帶到人世，擊中小嗝嗝。

小嗝嗝終於睡著了，臨睡之際，老阿皺的話語仍迴盪在他腦中。

「你可能會在閃燒劍鬥術學院遇到致命危險……世界會需要一位英雄，這位英雄不如讓你來當……還有啊，小嗝嗝，你千萬要好好保管你的劍，這是會為你指引方向的劍……這是會為你指引方向的劍……這是會為你指引方向的劍……」

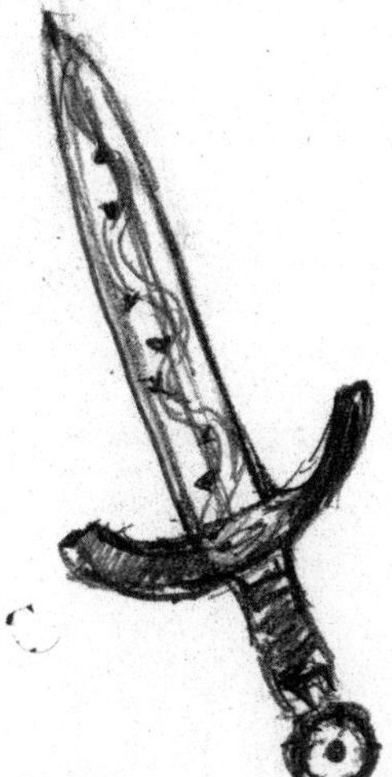

繞舌龍

統計資料

恐怖：……………………9
攻擊：……………………9
速度：……………………7
體型：……………………8
叛逆：……………………9

繞舌龍是住在山裡的大龍，會用又長又有力的舌頭扯掉獵物四肢，以免獵物逃走。

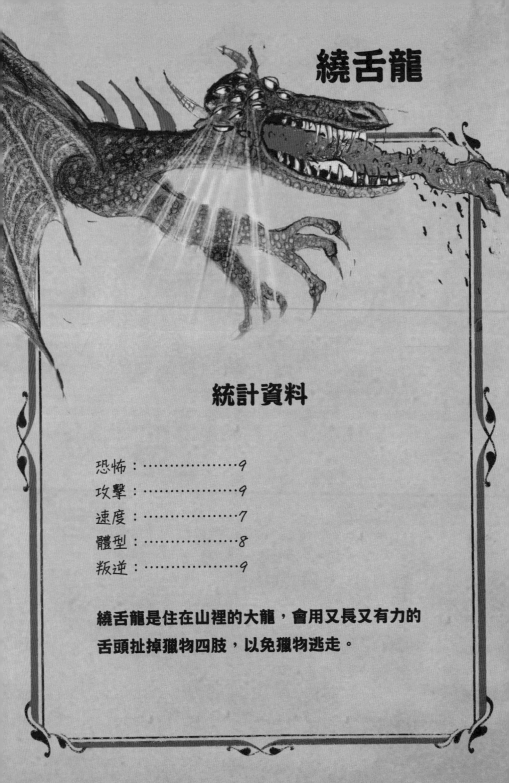

第三章　難纏的問題

看完前情提要，你應該明白小嗝嗝為什麼在雷霆山的崖壁露營，也知道閃燒劍鬥術學院有某種危險正等著他。

當然，前提是他們活著抵達閃燒劍鬥術學院。

剛剛說到哪了？

喔對，小嗝嗝抓著殘破不堪的吊床掛在空中，噁心的繞舌龍用舌頭纏住小嗝嗝的手臂，他無從反抗，地面距離他三千英尺。

繞舌龍暫時停下動作，牠張著令人作嘔的嘴巴，黑色的口水順著尖牙利齒滴落。

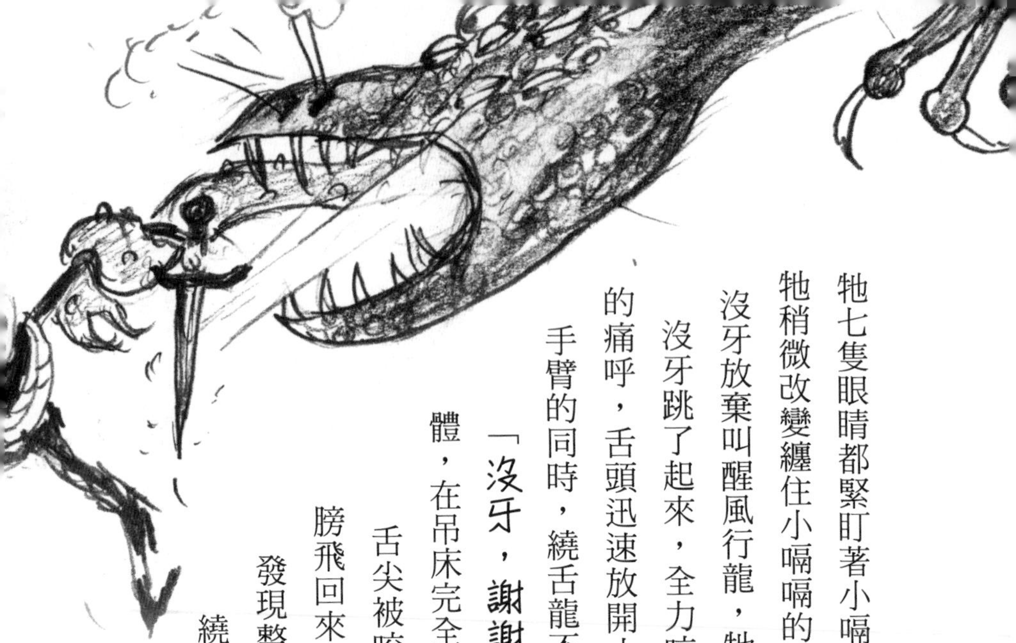

牠七隻眼睛都緊盯著小嗝嗝的劍。

牠稍微改變纏住小嗝嗝的方式，準備把劍連著整條手臂一起扯掉……

沒牙放棄叫醒風行龍，牠發現自己再不出手，小嗝嗝就完蛋了。

沒牙跳了起來，全力咬住繞舌龍噁心的舌尖。繞舌龍發出尖銳刺耳的痛呼，舌頭迅速放開小嗝嗝，黑色口水噴得到處都是。鬆開小嗝嗝手臂的同時，繞舌龍不小心放開崖壁，整頭龍墜向深淵。

「**沒牙，謝謝你。**」小嗝嗝用氣聲說。他最後一次晃動身體，在吊床完全解體的同時，他成功落在懸崖的岩架上。

舌尖被咬的繞舌龍怒不可遏，牠馬上撐開蝠翅般的翅膀飛回來，七隻眼睛閃爍著熊熊殺意。小嗝嗝往下看，發現整個龍群都張開翅膀停止獵食俯衝，正隨著那頭繞舌龍往上飛。

牠們究竟想做什麼？

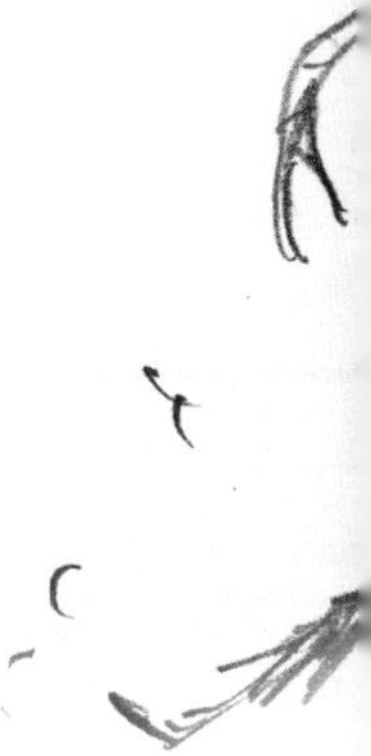

小嗝嗝的腦袋高速運轉。

老阿皺說過：「**你千萬要好好保管你的劍……這是會為你指引方向的劍……**」

小嗝嗝突然懂了。龍群剛剛不是看他，牠們要的，是這把「劍」。

「**你們要這把劍是吧？它就在這裡！**」小嗝嗝大叫。他往後仰，眼明手快地從魚腳司背包裡拔出魚腳司的劍，把劍舉起來，確保每一隻龍都看到它了，才用盡全力將魚腳司的劍丟進峽谷。

劍在空中劃出美麗的弧。

無數隻龍眼睛死死盯著那把劍。

為首的繞舌龍撲向迅速下墜的劍，其他的龍也蜂擁而上，像追玩具的狗一樣擠來擠去、推來推去、互相惡吼、撕咬。

這樣他們會暫時分心，等發現那不是他們要的劍，他們才會回來。小嗝嗝心想。

「我……快……撐……不……住……了……」鼻涕粗氣喘如牛地說。他鼻孔張得老大，眼珠子似乎隨時會迸出來，用力咬在一起的牙齒好像隨時會碎裂。「沒用的小廢物，還不快來救我……」

他太重了，我沒辦法把他拉上來。小嗝嗝心想。

他焦急地左顧右盼，看到岩架上還有他和魚腳司攀岩用的繩索與爪鉤。小嗝嗝手忙腳亂地把繩索一端綁在凸出的岩石上，將綁著爪鉤那一端往下垂，彷彿在碼頭抓螃蟹。

「啊啊啊啊啊啊！」鼻涕粗驚聲尖叫，手指終於鬆開了。就在他放手的瞬間，爪鉤勾到他的腰帶，穩穩拉住他……

鼻涕粗掛在岩石下，被繩索與腰帶拉得不停擺盪。

好，鼻涕粗暫時安全了……

可是情勢依然不樂觀。

一點也不樂觀。

龍群很快就會回來。

一旦發現那不是牠們要的劍，就會立刻飛回來。

準戰士們困在崖壁上，像甕中之鱉一樣進退兩難。

「沒牙！」小嗝嗝命令。「你趕快飛去學校找我父親，找閃燒大師，找誰都好，反正你要帶人回來救我們。」

「好。」沒牙難得很聽話，牠一有藉口離開這地方，就馬上拍拍翅膀飛走了。

所有準戰士都醒來了，大部分的人都爬下吊床，在崖壁上找地方盡量站穩腳步。每個人都拿著弓箭、長矛或長劍。

狩獵龍也都醒過來了，牠們鼓起脖子望向黑暗的峽谷，準備迎接下一波攻擊。

黑暗中，數個黃色小點逐漸變大，變成龍的眼睛。

細微的念誦聲變得越來越響。

「讓人血染紅你的利爪……

毀滅骯髒的人類……

把人類像木柴一樣點燃……

龍族叛軍來了……」

「**牠們來了啊啊啊啊啊！**」年幼的危險凶漢族人大喊。「**大家小心！**」

一大群龍怒吼著飛來，展開第二波攻擊，還沒飛到崖邊就開始噴火。

這回，維京人的狩獵龍飛上去迎擊，牠們雖然體型較小，仍然高吼著撲了上去。

超惡邪養的猛烈凶魔一口咬住一隻大陰森翅龍的脖子，體型較大的陰森翅龍也抓住猛烈凶魘的喉嚨，兩條龍互相撕咬、噴火，形成一團大聲尖叫的火球，在空中翻滾了好幾圈，落入遠在下方的峽谷。

龍族叛軍的攻勢十分猛烈，卻沒有持續很久，這回狩獵龍群成功把牠們趕走了。數量眾多的龍群排成散亂的陣型往上飛，飛向夜空，再俯衝向下方的索爾之雷峽谷。

小維京人全都氣喘如牛，他們看著龍族叛軍撤退、消失在夜裡，卻沒有人拍手，因為這只是一時的勝利。他們知道，龍群會再次進攻，直到崖上一個活人也不剩。

這就是龍族的戰鬥方式。

同樣的戰鬥模式，小嗝嗝看過無數次。龍族習慣多次進攻，戰鬥一陣子後暫時撤退，然後再次襲來，和貓咪玩弄老鼠的方式有點像。

準戰士七零八落地排成一排，抓著陡峭的崖壁，人人上氣不接下氣、頭髮燒焦、臉上是龍爪抓出來的血痕，看起來十分可笑。他們的狩獵龍也受了傷，

有的龍耳朵受傷，有的龍身上多了幾道鮮明的綠色爪痕。很多人的背包和吊床都遭龍火波及。

崖壁瀰漫著意味深長的死寂。這些年輕人從小由戰鬥民族帶大，他們此時寡不敵眾，也知道自己無法撐到援軍抵達。他們完蛋了，如果能活著看到明天的太陽，那一定是天賜奇蹟。

眾人緊張兮兮地攀在岩壁上時，有人輕聲唱出不服輸的歌。

「我生是英雄，死也是英雄，
我要和天上的先烈相逢，
你可以奪走我赤紅的血，但你搶不了我的英勇，
只要世界能再次自由，這就不是徒勞無功……」
「鼻涕粗，我們該怎麼辦？」維西暴徒部族的超惡邪喊道。
鼻涕粗拔出自己的劍，努力擺出嚴肅的表情，可是他現在被爪鉤吊在高空，雙腳無用地在空中晃蕩，一隻腳還插著一枝箭，怎麼看都很好笑。
而且鼻涕粗剛經歷生死關頭，現在根本不曉得下一步該怎麼辦，這是他此生第一次說不出話來。他的嘴張了又合，看上去有點像掛在釣釦上的魚。
最後，他勉強擠出一句話：「各位男子漢，準備作戰！」在現在的情況下，這句話有說等於沒說。
「喂，男生，我們可不是男子漢！」神楓露出好戰的笑容喊道。「小嗝嗝，你覺得該怎麼辦？」

嗯，我來想想……
他們的兵力是我們
四倍，他們有翅
膀、爪子、牙齒和
龍火，我們有什麼
呢……？

在「看起來很勇猛，擺姿勢展示身上的骷髏頭刺青」這方面，小嗝嗝比不上鼻涕粗，但在「情急之下策劃狡計」這方面，他就在行多了。順帶一提，有些人認為對領導人而言，後者比前者有用許多。

領導人必須善用手上的裝備與周遭環境。（註3）

小嗝嗝的視線停留在爪鉤上。

「大家聽著！」小嗝嗝對崖壁上的眾人

註3　小嗝嗝似乎很瞭解各種軍事策略，莫非在傻瓜公立圖書館讀過《孫子兵法》？

高呼。「你們身上不是都有繩子嗎？把爪鉤綁在繩子上，繩子另一端綁在崖壁的石頭上——石頭越大越好！」

年輕戰士已經走投無路，只要有計畫——不管聽起來多麼荒唐——他們都只能放手一試。所有人聽小嗝嗝這麼說，紛紛焦急地綁起繩子和固定爪鉤。

「龍群攻過來的時候，」小嗝嗝接著喊道。「你們要靠近他們，把爪鉤都丟到他們背上。」

峽谷傳出不祥的低吟，挾帶威脅的低鳴遠遠傳來，黑暗中出現點點黃色微光……

「**他們又來了啊啊啊啊啊！**」小危險凶漢出聲警告。準戰士紛紛吞了口口水，挺起胸膛，努力在崖壁上站穩腳步，握緊手裡的爪鉤。

龍多勢眾的龍群迅速飛上來，越飛越近、越飛越近。

「還沒……還沒……再等等……」小嗝嗝高聲說。

就在龍群近在咫尺時——「丟爪鉤！」

崖壁上，年輕戰士拋出綁著長繩的爪鉤，爪鉤飛向進攻的龍群。小嗝嗝覺得龍群彷彿一座座活生生的小山，或像會動、會噴火的建築物。

有些爪鉤沒有勾到目標，也有些從龍背滑落或彈開，但有更多爪鉤卡在龍堅硬的背鰭上，或者刺入龍腿與肩膀厚實的筋肉。

帶頭的繞舌龍和之前一樣大叫：「撤退！」龍群聽命遠離準戰士，又一次往上飛，準備俯衝回峽谷，伺機展開下一波攻擊。

然而，情況沒有牠們預期的那般順利。

駭人的龍族軍隊往上飛，邊得意地噴吐龍火、喊口號或尖叫，讓獵物與被龍火點燃的東西留在崖壁上。牠們將重新整頓軍隊，再次進攻……

但剛剛有很多龍被爪鉤勾到，爪鉤連著繩子，繩子另一頭綁著岩石。龍群向上飛時，繩子被拉得繃緊，崖壁的岩石被一塊塊扯落。

剎那間，空中到處是交纏的繩索與四處亂飛的岩石。龍群驚愕地尖叫，岩石撞上一隻又一隻龍，還有好幾隻龍被繩索打到頭部、翅膀與爪子。

害怕的龍群奮力掙扎，牠們發現掙扎沒有用便開始互相攻擊。越是掙扎，纏住牠們的繩子就越難解開。

領頭的繞舌龍發現情況不妙，牠尖聲命令龍群保持鎮定、團結起來，但這群龍還沒培養出臨危不亂的默契，而且龍族最痛恨被鎖鏈或繩索束縛，都被繩子嚇壞了。崖壁旁的半空中，龍群亂成一團。

前一秒，牠們還是得意洋洋、整齊飛行的龍族軍隊，下一秒，岩壁上的小英雄們欣喜地看著牠們大聲尖叫、奮力掙扎，每隻掙脫繩索的龍都逃得不見蹤影，消失在天邊……

當時，小嗝嗝三世帶領一群年輕維京人攀在崖壁上，面對兵力比他們多三倍的龍族軍隊——英雄傳說跟我說的版本也許不一樣，但這就是小嗝嗝三世在雷霆山之戰獲勝的真相。

戰鬥場
宴會堂

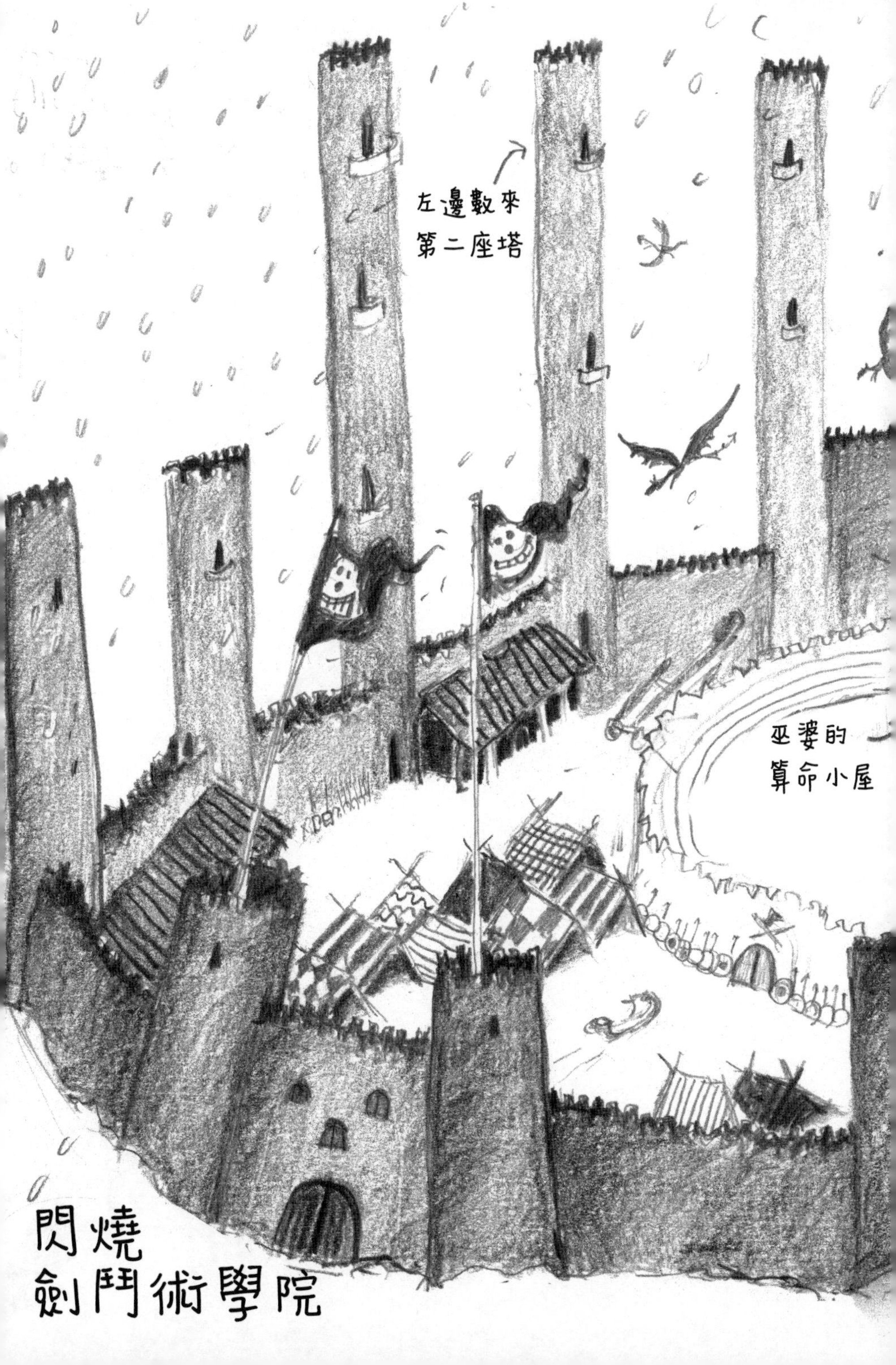
左邊數來
第二座塔
巫婆的
算命小屋
閃燒
劍鬥術學院

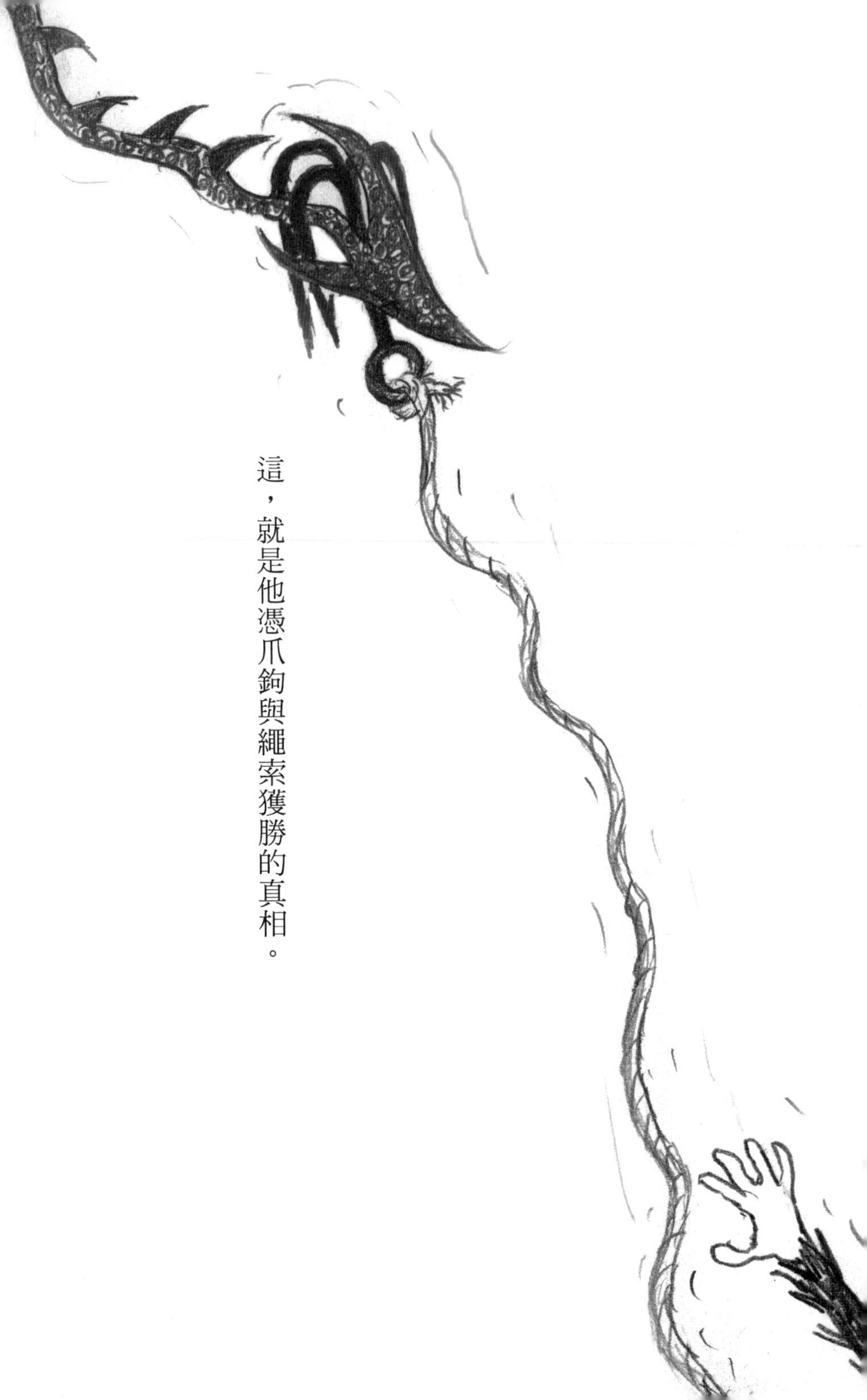

這，就是他憑爪鉤與繩索獲勝的真相。

第四章　捉迷藏

就在猛惡龍群消失之際，崖壁響起年輕戰士們的歡呼聲，風行龍終於醒了過來。

「我是不是錯過什麼了？」牠無辜地問。

鼻涕粗還掛在小嗝嗝下方的樹下，包括超惡邪與凶酷利在內，幾個強壯的殘酷傻瓜與維西暴徒還得爬下去把他拉上來。

不知為何，他們覺得鼻涕粗腿上插著一枝箭、內褲被爪鉤勾著，掛在萬丈深淵之上，好像非常好笑。

「**哈哈哈哈哈哈哈！**」超惡邪和凶酷利笑得合不攏嘴。「你看起來好像被人釣起來的魚喔！」

「堂弟，我會讓你後悔的。」鼻涕粗拔掉腿上的箭，邊暗自發誓。「小嗝嗝你等著瞧，我一定會讓你後悔。我的時代一定會來臨。」

話雖這麼說，他受了傷也不方便攀岩，只能由風行龍載他飛上崖頂。

現在才半夜一點，但沒人想繼續在崖壁睡覺，免得猛惡龍群回來找碴，更何況大部分的吊床都燒成灰燼了。年輕戰士在黑夜裡奮力往上爬，這其實不簡單，因為他們大部分的爪鉤和繩子剛才都拿去對付龍群了。

小嗝嗝的滴答物告訴他，他們大約是在清晨六點鐘抵達閃燒劍鬥術學院，這時年輕戰士都已疲憊不堪。

小嗝嗝從未見過如此壯觀的城堡——奇怪的是，城堡異常安靜。

準戰士對城堡的高牆呼喊，要裡頭的人開門、放下吊橋，但高聳的灰牆沒有給他們任何回應。城牆上，一群群永不鳥被他們吵醒，用牠們憂愁、哀傷的鳴叫回應小維京人，牠們的叫聲好像在說：「你們在哪——裡——？」

疲憊不已的小戰士把爪鉤往牆上拋，沿著城牆爬上去，最後精疲力竭地癱在城牆上。

「我還以為我們這次真的沒救了。」魚腳司氣喘吁吁地說。

魚腳司癱倒在小嗝嗝身旁。

他的頭盔不知何時弄丟了，他的狩獵龍恐牛在崖上聽到猛惡龍群的恐嚇，嚇得飛到魚腳司頭上，爪子揪緊他的頭髮，還發出驚恐的牛叫聲（幼龍遇到危險時，常常爬到母親的頭上或背上，緊抓著母親不放）。

恐牛抱著魚腳司的頭不放

神楓則興奮得不能自已，說話的語速比平時還要快。

「小嗝嗝你超厲害，太厲害了！爪鉤那招真的太猛了！」

小嗝嗝雖然累得動彈不得，衣服和頭髮有點燒焦，還是感到十分驕傲。既然逃離險境了，年輕戰士紛紛走過來拍拍小嗝嗝的背，感謝他出主意。

「呃……你叫什麼名字……是小嗝嗝嗎？做得好。」維西暴徒部族的超惡邪粗聲說，邊說邊用力拍小嗝嗝的背，害他差點摔倒。「我之前誤會你了，真抱歉……」

「你看，我就說吧，」殘酷傻瓜部族的凶酷利笑嘻嘻地說。「他這個人其實滿酷的。」

小嗝嗝不習慣受年紀比他大、個性比他粗暴的維京人讚賞，這種人平常不是無視他，就是嘲笑他。

我父親叫我讓其他的年輕維京人對我刮目相看，我做到了。小嗝嗝心想。他既害羞又自豪，整張臉都紅了。

感覺真好。

但是，他心中還是有種難以言明的不安，他雖然暫時擊退了龍群……可是那麼多不同品種的龍，為什麼會聯手攻擊他們？龍群為什麼要來搶小嗝嗝的劍？還有，牠們為什麼要用龍語喊那麼可怕的口號？

不久，年輕戰士靜了下來，開始環顧四周。城堡裡怎麼沒有人？大家都跑去哪裡了？

就連神楓興奮的話聲都消失了。

四周一片死寂。

他們從沒來過閃燒劍鬥術學院，但他們知道城牆上應該要有人站哨，即使在夜裡也該有守衛巡邏。守衛呢？他們都去哪了？城牆上有整齊堆好的長矛與盾牌，彷彿剛有人把兵器整理好。

牆上卻一個人也沒有。

老阿皺說我們會在閃燒劍鬥術學院遇到致命危險……小嗝嗝想。

「沒、沒、沒有吃東西。」沒牙無辜地眨著大眼睛說。

翅膀扇動的聲音傳來，小嗝嗝嚇了一跳……

結果那只是沒牙。沒牙飛過來坐在小嗝嗝的頭盔上，牠露出怡然自得的神情，嘴裡咬著看上去像一大塊山豬肉的東西。

「你剛剛跑哪去了？」小嗝嗝有點不高興地問。「我不是叫你去找人幫忙嗎？你怎麼跑去吃早餐了？我們剛才情況很危急耶！」

沒牙歉疚地微微一動。「喔，嗯，沒牙有找人，沒牙到、到、到處找人。」

「那你嘴巴裡怎麼會有食物？」小嗝嗝嚴肅地問。

「沒有吃東西，」沒牙無辜地眨著大眼睛說。「只是咬、咬、咬空氣而已。」

這麼可愛的一隻小龍，
怎麼會**說謊**呢？？

「我倒覺得你的『空氣』聞起來像山豬肉。」小嗝嗝說。

「**喂————！**」殘酷傻瓜部族的凶酷利大喊。「**有人在嗎————？快出來啊！**」

沒有人回應。

「你——們——在——哪——裡——？」永不鳥的鳴叫聲跟著響起。

小戰士們面面相覷。

也許，他們還未脫離險境。

大家都在想同一件事，但沒有人想把這句話說出口：**說不定城堡裡也有猛惡龍群……**

他們紛紛拔劍，小心翼翼地探索不見人跡的城堡。

但無論他們走到何處，除了無盡寂靜，只找到呼嘯的風聲及永不鳥的鳴叫：

「你們在——哪——裡——？」

鳥鳴十分符合現在的情境，大家都緊張兮兮地玩這場陰森的捉迷藏遊戲。黎明前的黑夜，大家躡手躡腳地探索杳無人煙的陌生城堡，誰也不知道會不會有人突然跳出來攻擊他們。

這些年輕戰士都是經驗豐富的盜賊和軍人，他們像突擊隊一樣輕手輕腳地走在城堡裡，每看到一道新的門，兩個年輕戰士就會先守在門的兩側，所有人再一起舉著戰斧和劍衝進門。他們檢查了桌子底下、門後和掛幔後方，卻什麼也沒找到。

「你們在──哪──裡──？」永不鳥繼續啞聲鳴叫。

小嗝嗝背部繃緊，全身上下的神經都繃得比弦還要緊，他覺得隨時會有龍爪抓在他背上、龍火噴在他脖子上。

城堡裡有好幾間寬敞的訓練室，旁邊的架子上排了劍與長矛。城堡的幾座高塔都空無一人，中間巨大的戰鬥場滿是點燃的火把──火把不可能自己點燃，一定有人來過這裡，那他們現在究竟去哪裡了？

大家在充滿回音的廊道探索了半個小時，最後小嗝嗝和超惡邪的準戰士們終於在中間會合，旁邊就是一座窗戶透出光線的宴會堂。

就在小嗝嗝快崩潰時，上方傳來拍翅聲，有人大叫：「**有龍！**」一些過度緊張的準戰士想也不想，直接舉起北方弓射擊。

「**奧丁的鬍子啊，你們這些笨蛋，不要射箭啊！你們差點射中我的頭了！**」天上的人怒吼。那是偉大的史圖依克，他騎著他的大馱龍——牛心——飛來。

「**還不快開城堡大門！**」

走康莊大道上山的成年戰士抵達城堡了，他們蹣跚地走進城堡大門，小嗝嗝發現他們在途中也遇上了阻礙，顯然康莊大道沒有大家想像中好走。

大人也被猛惡龍群攻擊了。

成年戰士有的人臉部燒傷，有的馱龍四肢受創、耳朵多了撕裂傷，不知為何，還有人舉著一根焦黑的桅杆，頂端的旗子依舊堅毅地隨風飄揚。大家顯然經歷了一場惡鬥，每個人都很嚴肅。

族長們騎著馱龍飛來，在戰鬥場降落，表情都異常陰沉。他們默默打量年輕準戰士身上的灰燼、血跡、爪痕、燒傷，有的小維京人衣服破破爛爛的，有的人還因為吸到了煙而咳個不停——沒錯，孩子們也遭到龍族軍隊攻擊了。準戰士都是英勇的青少年，他們盡可能若無其事地提著壞掉的武器走來走去，眼神卻透出和死亡擦身而過的恐懼。

他們嚇壞了。

他們從沒看過不同品種的龍族結隊攻擊人類，蠻荒群島從來沒發生過這種事。

所有人都怕昨晚的戰鬥重演……

「你們都還活著嗎？」神楓母親——沼澤盜賊部族的族長柏莎——低吼。柏莎是個和小山一樣高壯的女人，兩條大腿有著雷霆般的氣勢，微焦的髮辮到現在還在冒煙。

神楓上前一步，對母親敬禮。「多虧了小嗝嗝．何倫德斯．黑線鱈三世，我們都還活著。」她說。「可是城堡裡的人都不見了。」

族長們聽了，不安了起來。

「索爾的二頭肌啊！」殘酷傻瓜族長牟加頓大吼。「閃燒該不會打敗仗了吧！怎麼可能！他可是蠻荒群島有史以來最厲害的英雄耶！而且他手下有四十個戰士，還有赤虎龍……他們怎麼可能打輸？怎麼會這樣？」

大家合力推開宴會堂比一般房屋還高的大門。

吱——吱——呀——呀——

這裡同樣不見人影。

宴會堂裡有一口黃金大釜，釜下的柴火已經熄了，灰燼卻仍在冒煙。

長桌上擺了許多套餐具與食物，顯然是為了替新的維京戰士接風洗塵——如果順利通過試煉，他們本該在火把熊熊燃燒的宴會堂共享盛宴，上千個維京人一起向新一代戰士敬酒才是。

蠻荒群島各部族彷彿參加喪禮，默默地走進宴會堂，環顧本該舉辦接風盛宴的廳堂。

食物全擺在長桌上，桌子中央是一頭烤山豬——它好像被某種生物用牙齦咬了幾口，應該是沒牙做的好事。沒腦袋阿笨找到一隻雞腿，大口吃起肉來。

「唔……好吃……而且還沒涼掉。」他邊吃邊說。

還沒涼掉……這表示城堡的居民是在不久前離開的。

那他們現在在哪裡？

「你們——在——哪——裡——？」永不鳥的鳴聲從窗戶飄進來，令人毛骨悚然。

情況真的很古怪。

叩！叩！叩！

響亮、高傲的敲門聲從某處傳來，彷彿雷神索爾用戰斧尖端敲金屬門。

狂風呼嘯的懸崖上，居民不知消失在何方的無人城堡裡，一群花了整晚和猛惡龍群交戰、此時又累又餓的維京人，聽到突如其來的敲門聲。突兀的聲響幾乎把他們嚇死了。

叩！叩！叩！

「那是什麼？」無情部族的霸抓圓睜著墨藍色雙眼，緊緊握住還在冒煙的戰斧，悄聲說。「那是什麼聲音？」

叩！叩！叩！

「又來了！」史圖依克驚呼。

響亮的聲音迴盪在廳堂內，好像有人在敲金屬門，等待眾人回應。

叩！叩！叩！

「你——們——在——哪——裡——？」

「聲音到底是哪裡來的？」史圖依克問道。

不妙。小嗝嗝心想。

「可能是魚腳司抖得太用力，膝蓋撞在一起了。」鼻涕粗說。他雖這麼說，鼻涕粗壞壞的笑容少了平時的驕傲，畢竟在現在的情況下，那陣敲門聲實在很詭異，令人心底發毛。

叩！叩！叩！

「我的鳥蛤啊，我的拇囊腫啊！聲音好像是從大釜傳出來的！」史圖依克高聲說。

叩！叩！叩！

聲音的確是從黃金大釜傳出來的。

大釜裡好像有什麼東西或是什麼人，那個東西或那個人正在敲擊大釜內部，發出清脆、響亮的敲門聲。
「沒腦袋阿笨，你去檢查大釜！」史圖依克命令。
「呃……族長，其實我的腿有點痛，」阿笨說。「以前打仗留下的舊傷……有時候會突然發作……」
維京人是聽恐怖故事長大的，故事裡，放進鍋子的骨骸有時會起死回生。阿笨和其他維京人感到害怕，也是情有可原。
族長們面面相覷，最後一起走向大釜。
十八位高壯的族長提著武器圍住黃金大釜，蠻荒群島大部分的維京戰士也聚集在四周。
無情部族的霸抓挺起胸膛，伸手敲敲鍋蓋，發出三聲霸道、清亮的叩門聲。
他一本正經地清了清喉嚨。
「我不管你是誰，快給我出來！」他命令道。「我是無情族長霸抓！你已經被我們團團圍住了，還不快舉雙手投降，乖乖出來！」

大釜突然變得非常非常安靜。

這回，輪到史圖依克敲門。

「我數到三，你如果不出來，」他用最有威嚴的語氣警告大釜裡的東西。「我們就只能自己打開蓋子了。我告訴你，我們手上有很多武器喔……」

大釜沒有發出聲響。

那十八位毛茸茸的族長寧可被狂風暴雨吹得暈頭轉向，也不想在其他人面前丟臉。他們從頭到腳——從頭到髒兮兮的腳趾甲——都怕得要命，但就算有一百隻鬼在和祖先在鍋裡開幽靈派對，他們也非要打開鍋蓋不可。

「牟加頓！凶殘瘋肚！」史圖依克霸氣地說。「來幫我把鍋蓋掀起來……」

「不要打開鍋蓋……拜託拜託不要打開鍋蓋……」可憐的魚腳司怕得快哭了。小嗝嗝覺得魚腳司說得很有道理，還是不要亂碰大釜比較保險。

鍋蓋實在太重了，三個維京族長費了九牛二虎之力才把它拉——拉——拉起來，它落在地板上，發出洪亮的「噹啷」聲……

……三個維京族長異口同聲大吼……

……有東西從大釜飛出來……

「是雞！」大屁股鬆一口氣，大喊。「只是雞而已啦！」

「只是雞而已！**哈**！**哈**！**哈**！**哈**！**哈**！」維京人尷尬又寬心地放聲大笑。

「**哈**！**哈**！**哈**！**哈**！**哈**！」

就在這時……

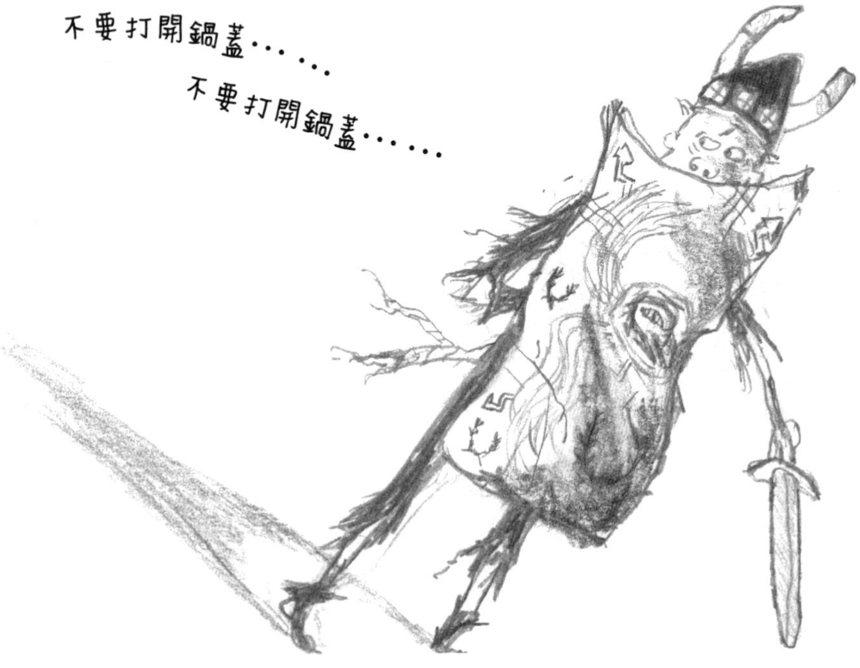

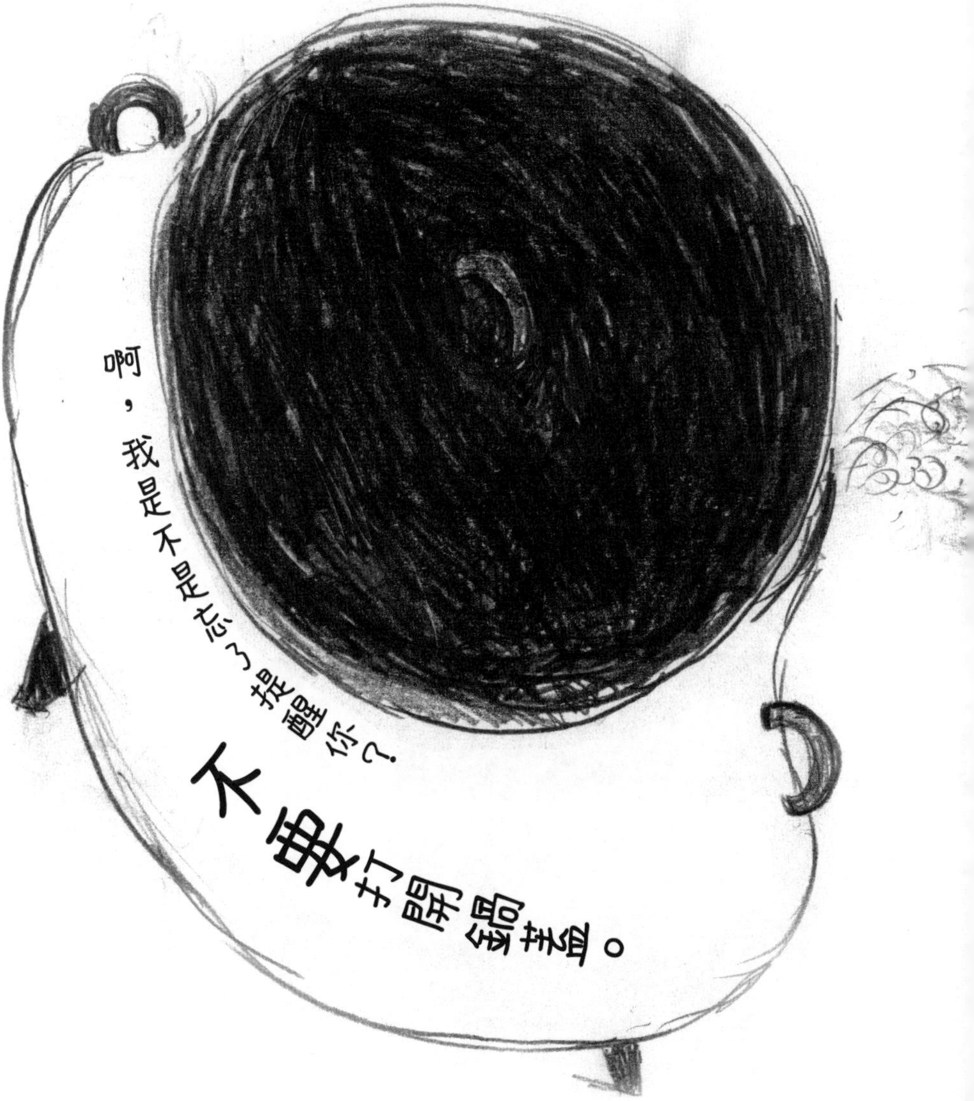
啊，我是不是忘了提醒你？
不要打開鍋蓋。

「等一下，」魚腳司驚恐地尖呼。「鍋子裡還有別的東西！」

果不其然，有東西從鍋底爬上來，一隻手摸索著，緊緊抓住了鍋緣。

那是一隻戴著鐵指甲的人手。

第五章　大釜裡可怕的東西

「**啊啊啊啊啊啊啊啊啊啊！**」大家齊聲尖叫。白手伸向他們，毛流氓部族、凶殘部族、無情部族、沼澤盜賊部族、寂靜部族、痛揍蠢貨部族，以及蠻荒群島各部族開始像受驚的水牛，在宴會堂橫衝直撞。

「幽靈和惡鬼……」偉大的史圖依克嘴唇發白，喃喃地說。「……從鍋子裡生出來了……」

暴牙整個人跳進戈伯懷裡，拚命往上爬，像要爬到戈伯頭上。

啤酒肚大屁股試圖躲到椅子下，結果像瓶口的軟木塞似的，卡在那裡動彈不得。

大釜裡有
可怕的
東西

小嗝嗝既害怕又好奇地盯著第二隻手探出大釜，和珊瑚一樣白的手上沾了某種神祕的灰綠色黏液，顫抖著伸——伸——伸出來，抓住鍋緣。

一顆慘白的人頭很慢很慢地從大釜裡探出來，和骷髏頭一樣露齒燦笑。那個人非常緩慢地站起來，映入眾人眼簾的是一個老太婆，她留了長長的白髮，視力不佳的眼睛蒙了厚厚一層灰垢，鼻子和刀刃一樣尖銳。

「有鬼！有鬼！有鬼啊！」維京人尖叫。

老太婆骨瘦如柴，穿戴著長長的白袍與灰色胸甲，表情不懷好意，怎麼看都像鬼怪。

小嗝嗝從指縫看過去，突然驚呼一聲，發現那個老太婆根本不是鬼魂，而是比鬼更可怕的東西。和她相比，英靈神殿的幽靈戰士簡直像來找你玩耍的小貓咪一樣無害。

她彷彿褪色了，皮膚蒼白無血色，小嗝嗝

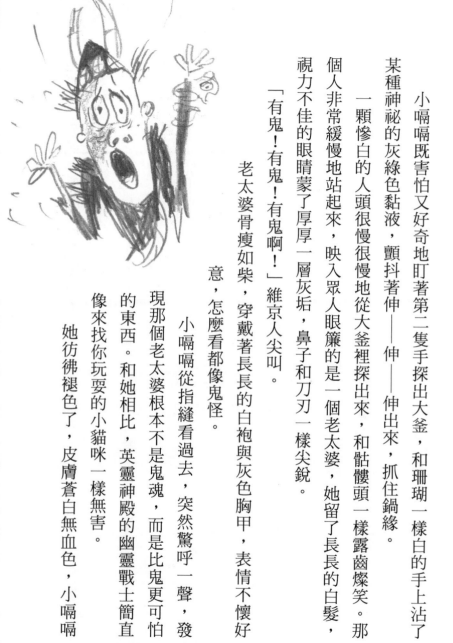

幾乎不敢看她。她的皮膚緊緊包著骨頭，小嗝嗝覺得自己像在看一顆裸露的骷髏頭和戴著鐵護甲的手指。

「天啊天啊天啊天啊天啊！」小嗝嗝驚恐地高喊。「**是奸險的阿爾文的母親！**」

驚恐是正確的反應。

奸險的阿爾文的母親，是個很討厭、很強大的巫婆，小嗝嗝原本以為她已經死了。

如果她還活著，就表示她兒子也活著。這可是「天大的壞消息」，因為奸險的阿爾文是小嗝嗝一生的宿敵……

「小嗝嗝，你認識這個鬼嗎？」偉大的史圖依克驚訝地問。

「她不是鬼，」小嗝嗝說。「是奸險的阿爾文的母親。她是非常危險的巫婆。」

「喂！大家！她不是鬼！只是巫婆而已！」殘酷傻瓜族長牟加頓鬆了口

氣，對眾人高喊。

溼答答、黏呼呼的巫婆滑溜溜地爬出大釜。

大家錯愕地看著她像狗、像狼一樣用四肢爬行，在宴會堂裡爬來爬去，鐵指甲「喀、喀」敲在地上。她移動的方式令人不寒而慄，你會覺得她不是人，而是甲蟲或某種邪惡怪物。

她在長桌的主位坐下，歪著頭看大家，等著大家發問。

問題馬上就來了。

「女士！」偉大的史圖依克似乎覺得自己被冒犯了，他第一個大吼。「妳給我們解釋清楚！妳這麼晚從大釜裡冒出來，把我們嚇得半死！妳在搞什麼鬼？」

巫婆的話聲是陰冷的氣音，任誰聽了都會毛骨悚然，忍不住坐直身體，檢查自己的靈魂有沒有被她偷偷吸走。

「我的名字是優諾，是這座城堡的巫婆。老實說，」巫婆語帶冰寒地說。

「我不喜歡跑進大釜裡，也不喜歡從大釜裡冒出來，可是不久前城堡遭遇危險又恐怖的龍群攻擊，閃燒和他的戰士們都戰敗了，整座城堡除了我之外無人生還。我有先見之明，先躲進大釜裡，逃過了一劫……」

小嗝嗝環顧四周，沒看到火燒的痕跡、沒有被掀翻的椅子、沒有血跡，也沒有任何打鬥的痕跡。

她在說謊。

可是大家剛經歷過人類與猛惡龍群的血戰，沒理由不相信她。閃燒和他的戰士被同一群龍族抓走，聽起來沒什麼不自然的啊。

宴會堂裡一片譁然，有人高呼：「我的褲褲啊，他們竟然被抓走了！」還有：「我們要為他們報仇！」

「為什麼會這樣？」一個無情部族族人困惑地問。「為什麼會發生這種事？這到底是怎麼回事？」

巫婆迷濛的雙眼閃過一道精光。

「有人把龍王狂怒從狂戰島放出來了，現在牠要率領龍族叛軍來殺死我們所有人類……」巫婆嘶聲說。

所有維京部族發出了驚呼。

天啊天啊天啊……所以在崖上攻擊我們的，「真的」是龍王狂怒的叛軍。小嗝嗝心想。

「那些龍的模樣，你們也看到了，那就是『赤怒』。」巫婆接著說。

「請問，」偉大的史圖依克其實不想聽到答案，但他還是問了。「『赤怒』是什麼？」

「赤怒，就是龍族群聚起來，毫不留情地狩獵的現象。」巫婆優諾露出微笑。「牠們唯一的目標，就是把世界上所有的男人、女人和小孩殺死，讓人類滅絕。」

宴會堂裡鴉雀無聲，維京人努力消化這段話。

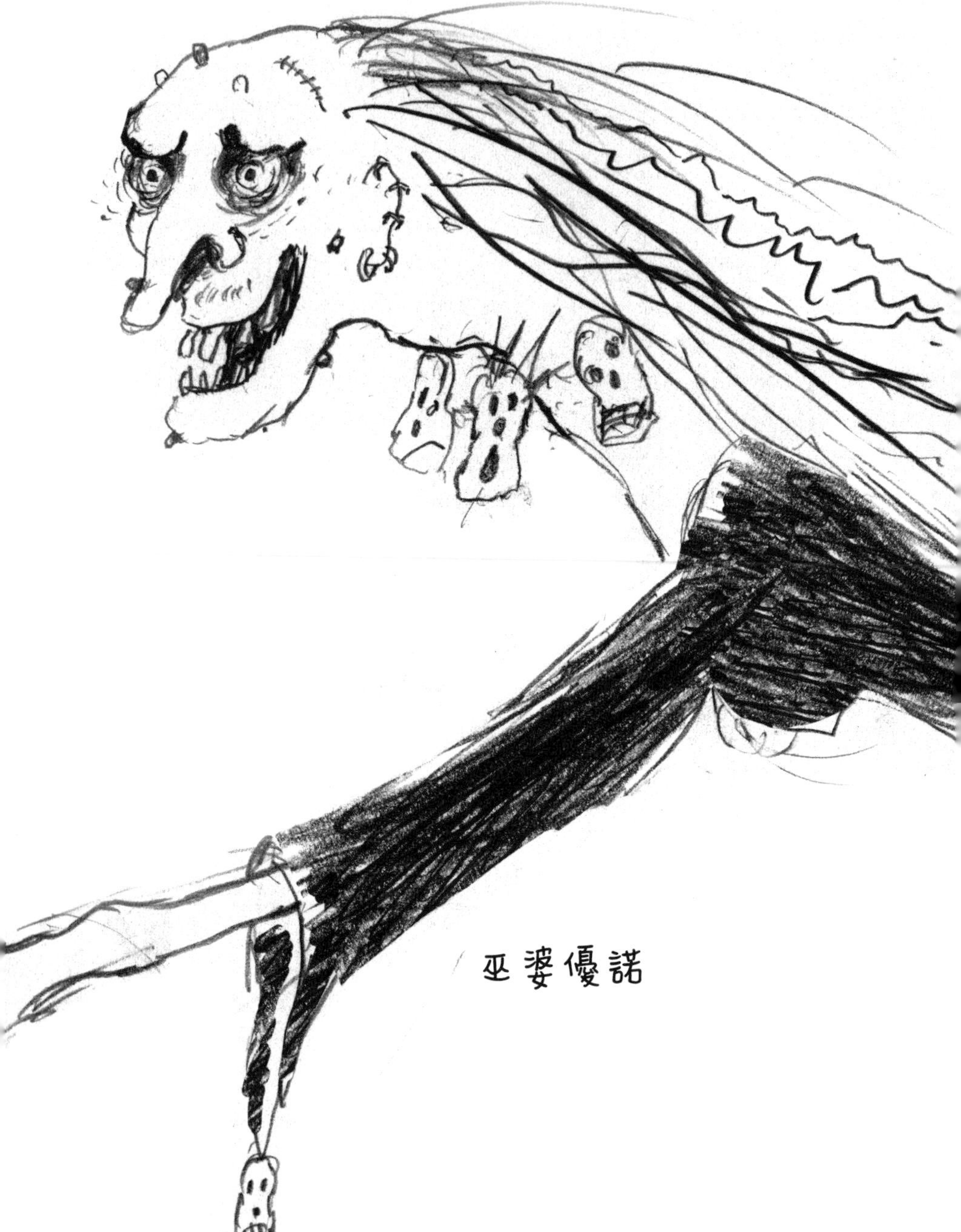

巫婆優諾

「末日降臨——！」

巫婆尖叫，聲音如同指甲刮過黑板般刺耳。「**末日降臨蠻荒群島了！**」

「怎麼可能，」史圖依克急躁地說。「龍族只是稍微活躍了點而已，什麼末日……」

「你大可問問你兒子，」巫婆悄聲說。「畢竟放走龍王的，就是他……」她越說越開心。

糟糕。

大家驚恐地倒抽一口氣，蠻荒群島各部族的人紛紛轉頭看小嗝嗝，他們氣憤地咂舌，指著他不停搖頭。小嗝嗝覺得好丟臉，他整個人縮了起來，臉燙得像要燒起來了。

就這樣，就這麼簡單。幾個小時前，小嗝嗝還是在雷霆山之戰拯救全年輕

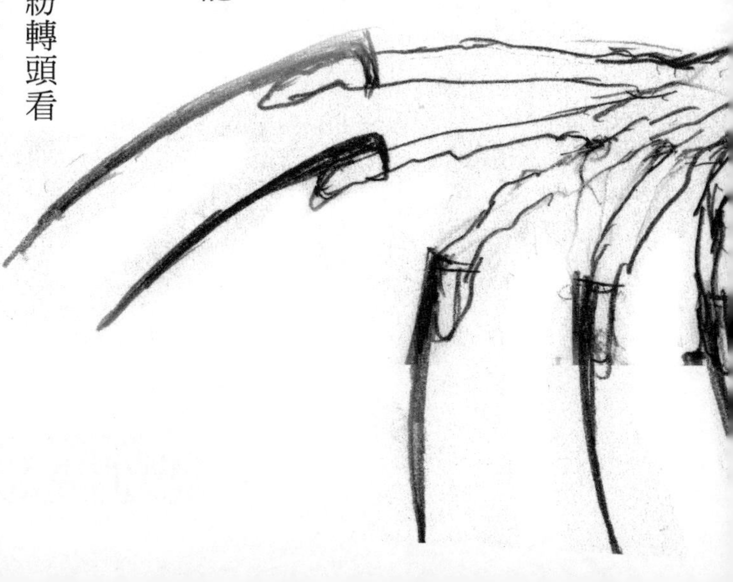

戰士的英雄。

結果大家在一瞬間忘了他的豐功偉業，只把他當成放跑龍王狂怒、害所有人遇到生命危險的笨蛋。

小嗝嗝的臉變得火紅，耳朵也紅透了，他只希望自己能爬上煙囪，就這麼消失。

「他和龍王狂怒說過話，」巫婆嘶聲說。「龍王對小嗝嗝．何倫德斯．黑線鱈三世說過龍族叛亂的事，你們問問他，問他龍王說了什麼。」

「小嗝嗝，龍王說了什麼？」史圖依克轉向兒子。

「父親，我不是從很久以前就告訴過你了嗎？」話語衝口而出，小嗝嗝不安地動來動去。「龍王說，他會在一年後率軍回來，消滅全人類。可是那是很久以前的事了，一年也過去了，我本來想說他可能忘了這件事……」

又是一陣可怕的沉寂。偉大的史圖依克發出尖銳的高音，有點像熱水壺爆炸的聲音。

大部分的父親聽到兒子這麼說，也會跟史圖依克一樣氣炸。

「這麼重要的事，你怎麼都沒告訴我？全人類都要滅絕了！你怎麼一次也沒提過！」

「我有提過，可是你都太忙了，沒時間聽我說話啊。」小嗝嗝難過地說。

史圖依克費了好大的勁才控制住脾氣。

消滅全人類？你覺得這件事不
重要嗎？你怎麼一次也沒提過！

「偉大的女先知，我們該怎麼辦？」殘酷傻瓜族長牟加頓代表所有維京人發問。「我們該怎麼做，才能避免這場大災難？」

巫婆露出笑容——完全不懷好意的笑容。

「你們得擁立西荒野新王。」

宴會堂裡又是一片譁然。

很多人大叫：「不行！我們再也不要讓國王統治了！」

蠻荒群島的維京人都崇尚獨立，他們整天互相爭鬥與盜竊，才不想讓什麼國王來對他們呼來喚去呢。蠻荒群島已經很久沒有西荒野國王了，大家也不打算擁立新王。

巫婆過去就是發表了類似的言論，才會惹上麻煩。她在大陸國王——醜暴徒阿醜——面前提到什麼預言啊、新王啊，結果被阿醜關在樹牢裡，一關就是二十年。

但事實證明，時機非常重要。**現在**，巫婆只需高舉一根手指，嘶聲說：

「**末日降臨！我們不擁立新王，就準備迎來末日吧！**」

才剛和赤怒龍群惡鬥一場的大夥聽巫婆這麼說，瞬間噤若寒蟬。

「現在只有西荒野國王能拯救我們了。好消息是，」巫婆柔聲說。「**上一任**西荒野國王恐怖陰森鬍曾留下一則預言，是我們巫婆代代相傳的預言……」

「法力高強的巫婆啊，請把預言告訴我們！」維京人紛紛高呼。

巫婆湊上前，輕聲唸出這段話，彷彿在分享超棒的祕密。除了火堆劈啪作響與狂風呼嘯聲，宴會堂裡鴉雀無聲，所有維京人都靠過去聽巫婆說話。

小嗝嗝覺得自己隨時會摔倒在地，他彷彿被看不見的網子困住，網子越收越緊，要讓他窒息而死。

巫婆像隻大型蜘蛛，用故事結成的網困住宴會堂裡所有人，蜘蛛絲像煙霧般飄進大家的耳朵。小嗝嗝也是故事的一部分——在此之前，他一直覺得自己的故事和他造的海鸚希望號一樣，不停地隨機漂流、打轉，沒想到故事正朝特定的方向前進，朝他之前沒有看清、沒有理解的方向發展。

「龍族時日即將到來，
只有王能拯救你們。
偉大的王將是
英雄中的英雄。
集齊失落的王之寶物者，
將成為君王。
無牙的龍、我第二好的劍、
我的羅馬盾牌、
來自不存在之境的箭矢、
心之石、萬能鑰匙、
滴答物、王座、王冠。
最珍貴的第十樣，
是能拯救人類的龍族寶石。」

小嗝嗝劍鞘裡藏著陰森鬍第二好的劍，背心裡放了陰森鬍的滴答物（不久前被砸到了），右手提著被無腦狗臭撞凹的方形羅馬盾牌，箭袋裝了來自美洲——不存在之境——的箭矢，腰間掛著萬能鑰匙，手臂上的手環鑲著半顆心形紅寶石，無牙的龍就飛在他頭上……

這些是失落的王之寶物。

怎麼可能……小嗝嗝心想。**怎麼可能……這些都是我不小心找到的東西啊！這是意外！我又不是故意集齊王之寶物的……**（註4）

「世界上沒有真正的『意外』。」巫婆彷彿聽到小嗝嗝的心聲，她嚴肅地說道。

她想做什麼？小嗝嗝宛如被蛇髮女妖變成了石像，只能動也不動地站在原處。**她為什麼要我當新王？這真的是陰森翳的預言嗎？會不會是她亂編的？既然她知道失落的王之寶物是什麼，為什麼不把我的東西偷走就好了？**

沒有人想到小嗝嗝，只有魚腳司和神楓目瞪口呆地盯著他。小嗝嗝對他們搖搖頭，示意他們不要說話。

其他人都忙著想像自己當上偉大的西荒野國王，沒注意到大部分的王之寶物已經落入一個人手裡。

註4　你可以看看小嗝嗝的前八本回憶錄，瞭解小嗝嗝找到王之寶物的前因後果。

小嗝嗝的東西都破破爛爛的，怎麼可能是失落的王之寶物？其他人沒發現也不奇怪。

小嗝嗝是個身材瘦小的十三歲男孩，龍族叛亂某方面而言是他惹的禍，誰會想到他可能成為西荒野新王？大家沒想到小嗝嗝，也一點都不奇怪。

「不可能！」一個無情族人高呼。「不存在之境的箭矢？萬能鑰匙？心之石？滴答物？這些不過是童話故事裡虛構的東西！我們怎麼可能找到這些奇奇怪怪的東西？而且就算這些東西真的存在，搞不好我們還沒找到它們，赤怒已經變得更嚴重，龍王狂怒已經率軍猛攻過來了！話說回來，西荒野國王到底要怎麼阻止龍族叛亂？」

「你們得找到國王，」巫婆立刻接口道。「找到國王以後，王之寶物就會出現了。三週後，你們不是會在這所學校辦一場劍鬥術大賽、當作年輕戰士的成人禮嗎？你們必須開放所有人參加競賽……只要找到英雄中的英雄……就能找到你們的新王。」

失落的王之寶物

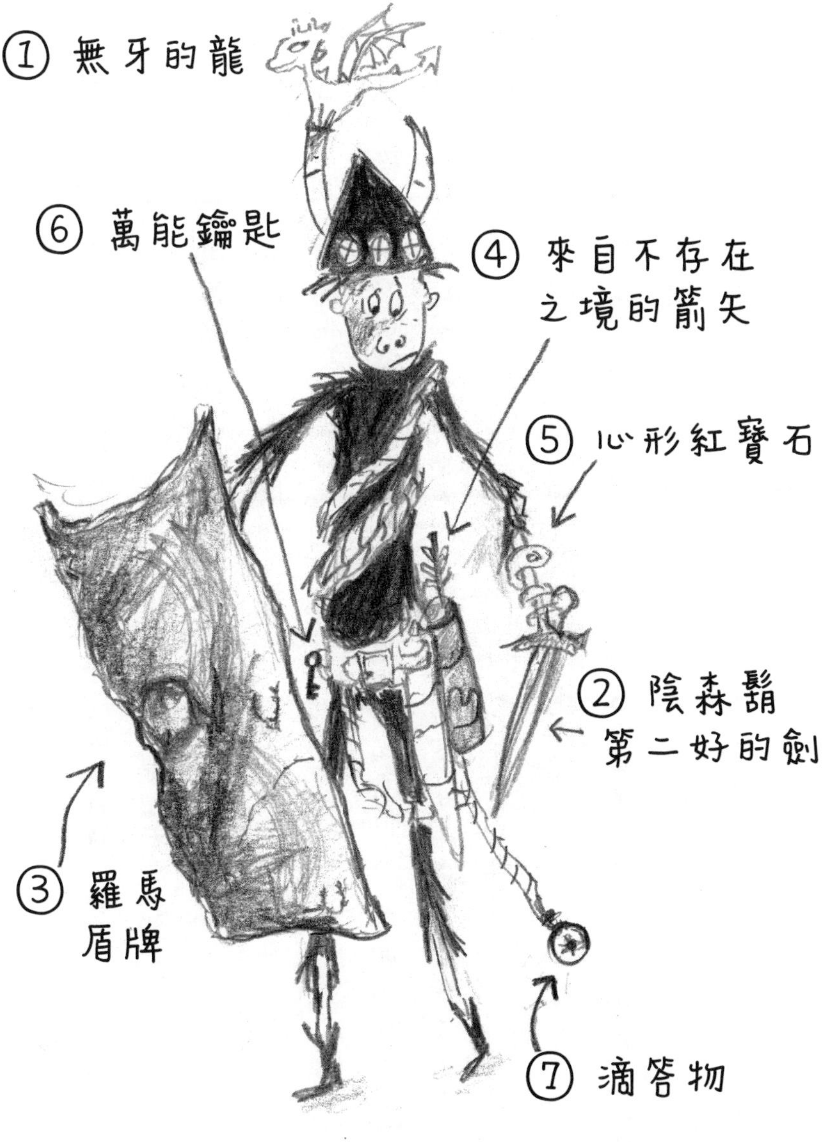

(王座此時靜靜沉在毛流氓港裡，王冠藏在閃燒劍鬥術學院地下，**沒有人**知道龍族寶石在哪裡。)

這下，巫婆終於說到維京人們聽得懂的部分了。

對大部分維京人而言，什麼陰謀狡計、不可能的任務、莫名其妙的謎語、不存在的大陸啊……那些都太難懂了。不過巫婆一提起老派的劍鬥術大賽……還不快把盾牌擦亮，把刀劍磨利，準備參賽囉！

大家都想在劍鬥術大賽中一展長才。

維京人們興奮地說笑、跺腳。

這時候，巫婆又慢條斯理地說：「我說要開放『所有人』參加競賽……」

剛才眾人太專心聽巫婆說話，都沒發現有人從大門和窗戶溜進宴會堂，像老鼠似地湧入。這些人有的缺了鼻子，有的少了耳朵，有的把牙齒磨得很尖銳，有的人像狗一樣吠叫，有的和女首領一樣用四肢爬行。

「**流放者部族**……」偉大的史圖依克悄聲說。宴會堂裡每一個維京人都拔劍出鞘，和一般人聞到老鼠臭味的反應一樣。

「可是我們不接受這些人，」殘酷傻瓜族長牟加頓嚴肅地提醒優諾。「就算是用維京人的標準來看他們，他們也太壞、太惡劣、太凶暴了。」

「你們不接受他們，就是不接受自己！」巫婆嘶聲說。「你們會遭遇災難，說不定是因為你們太軟弱，都忘記怎麼當維京人了。反正諸神會引導真正的新王贏得劍鬥術大賽，讓我們知道誰對誰錯。」

「最老的長老！」沼澤盜賊族長柏莎大聲說。她呼喚的對象，是維京人當中年紀最大的長老，這是一位個子矮小、全身布滿皺紋的痛揍蠢貨。「流放者部族不可以參加比賽，對不對？他們全體都是罪犯耶！」

「小柏莎，給我放尊重點！」柏莎話才剛說完，馬上被巫婆嘶聲責罵。「這些人是我選中的人，而且他們再次擁立我兒子——阿爾文——當族長了，」（說到這裡，她的語調變得十分陰冷，有幾個流放者嗚咽出聲。）「恐怖陰森翳的長子——奸險的惡心——是阿爾文的祖先，這表示阿爾文是陰森翳的直系子孫……」

最老的長老嘆了口氣。

瘦瘦的人，究竟是誰

他昨晚和猛惡龍群打鬥，打得很辛苦，他真覺得自己上了年紀，不該搞這些有的沒的了。

「她說的恐怕是實話，流放者部族和其他維京人一樣，可能是恐怖陰森翳的繼承人。」

原來這就是巫婆的把戲……她想讓她兒子當國王……

小嗝嗝偷瞄流放者們一眼，剛剛有個高高瘦瘦的人跟著其他流放者溜進來，這個人全身裹著毛皮，看不出是誰……但這個人的身分，小嗝嗝再清楚不

那個全身裹著毛皮、高高

過。

厚厚的黑色毛皮露出木鼻子的鼻尖、一條象牙白假腿，還有一閃而逝的劍光。小嗝嗝知道他是誰。

他絕對是奸險的阿爾文……

阿爾文緩緩放下兜帽，露出一張奸邪的臉：他的頭和雞蛋一樣光溜溜的，笑容露出太多顆牙齒，感覺就不懷好意。這次，他似乎沒有再失去身體部位了（這些年來，阿爾文並沒有小心照顧自己的肢體），倒是下巴正中間長了個顯眼的大疣，也許是滿身是疣的母親傳染給他的。

「小嗝嗝．何倫德斯．黑線鱈三世，早安啊。」奸險的阿爾文愉快地打招呼，邊說邊優雅地揮揮鉤爪。「能再次見到你，真是太好了……」

巫婆猛然跳上宴會桌，踢開桌上的杯子。

「各位小可愛，是時候發誓了！」她得意地大聲說。「請對著我曾經是棕色的雙眼發誓！我當然不是不信任你們，但畢竟我們都是維京人……你們族長必須代表自己的部族立誓，保證讓劍鬥術大賽的冠軍——英雄中的英雄——正式成為西荒野新王。到時候，所有人都得對新王俯首稱臣。」

巫婆的語氣十分陰沉。蠻荒群島各部族的維京人都以自由為傲，要他們發誓效忠新王，簡直是要他們的命。

「我要你們用鮮血在紙上簽名，別想用什麼吐口水、什麼手指交叉蒙混過關。」

桌上擺著紙張與墨水，這其實滿奇怪的，畢竟這裡是宴會堂。巫婆逼最老的長老當場寫下誓言。

各族族長在燭光下你看看我、我看看你。

不能簽！小嗝嗝在心中吶喊。但這句話他怎麼可能說出口？當初放了龍王狂怒的就是小嗝嗝，他現在處境很尷尬，沒立場阻止族長簽名。

族長輪流發誓，每個人動作俐落地用劍割破手指，以自己的鮮血簽名。

最後簽名的是奸險的阿爾文。他提著暴風寶劍踏上前，巫婆接過寶劍，割

老天爺啊！
是奸險的阿爾文！

破自己和阿爾文的手指，一起在紙上署名。

那真是肅穆的一刻，莊嚴的承諾。隆冬早晨，狂風呼嘯的山頂上，十七位維京族長共同立誓。

這是不能違背的誓言。

簽完名後，族長們將紙張交給最老的長老。

「可惜可憐的閃燒不在這裡，」柏莎哀傷地嘆息。「他要是參加劍鬥術大賽，一定能輕鬆打敗所有人，成為英雄中的英雄。」

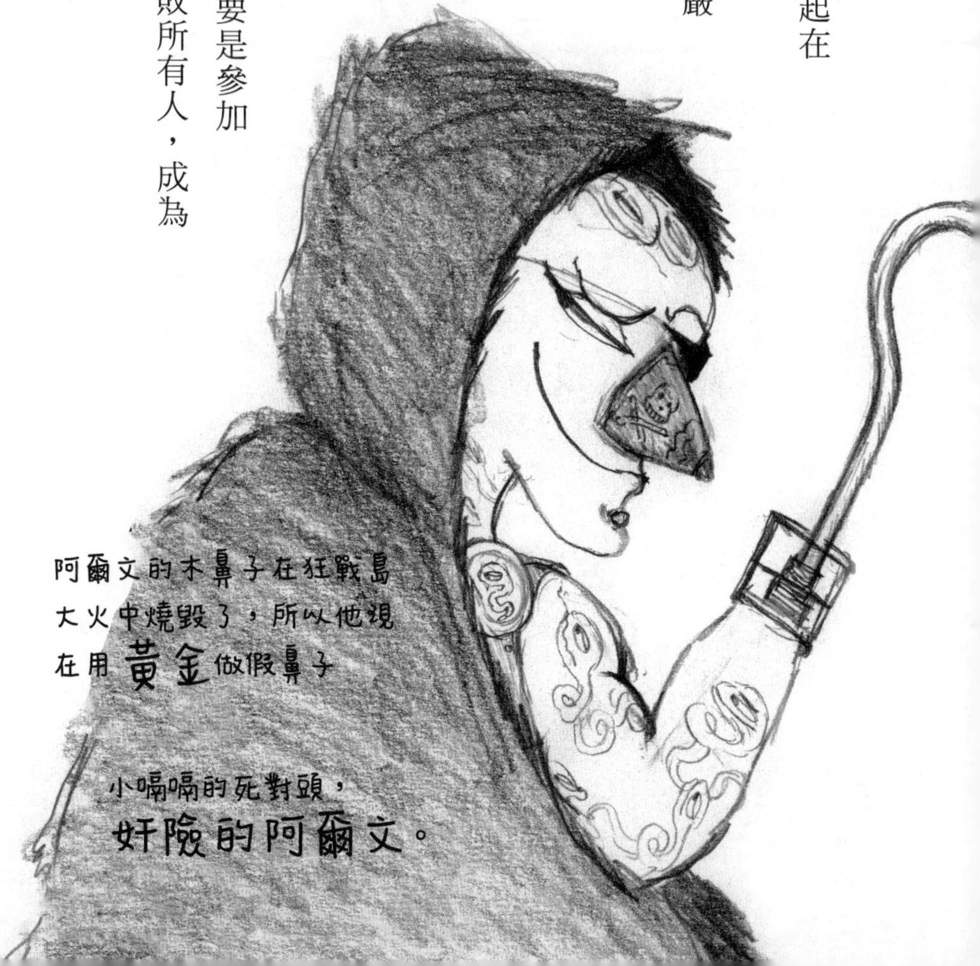
阿爾文的木鼻子在狂戰島大火中燒毀了，所以他現在用黃金做假鼻子
小嗝嗝的死對頭，
奸險的阿爾文。

我發誓，

元旦劍鬥術大賽的冠軍將是西荒野新王，我將對新王俯首稱臣。

簽名：

偉大的史圖依克

柏莎

凶殘瘋肚

維西暴徒族長維西暴徒超超超惡邪

危險凶漢族長阿危十世

奸險的阿爾文

切記：用鮮血立下的誓言，是永遠不能違反的誓言。

年加頓

醜暴徒卑弊（代理族長）

巫婆優諾

無情族長霸抓

淒涼族長惡狗笨蛋

痛揍族長阿瘡

不在場者：狂戰部族、歇斯底里部族、熔岩粗人部族

和平派希瓦

平靜度日昆丁

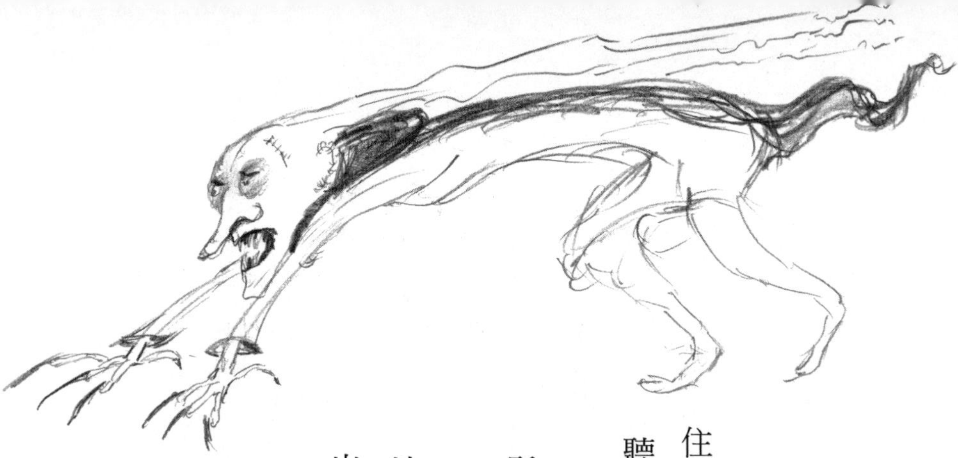

「是啊，他不在真是太可惜了。」巫婆笑咪咪地附和。

「那麼……各位沒意見的話，我要回去睡覺了。閃燒讓我住在戰鬥場後面的小屋裡，這幾天如果有人想算命，或是想聽聽關於劍鬥術大賽的營養學建議，都可以來小屋找我……」

說完，她又趴了下來，手腳並用爬出宴會堂，長長的白髮在塵土滿布的地上拖行。

她離開時，眾人陷入詭異的沉默（沒人想提起「她在地上爬」這件事，可是我不得不說，這真的很詭異），等她出去了大家才鬆一口氣，彷彿噁心又討厭的東西終於走了。

噁心又討厭的東西的確走了。

「我們還等什麼？」殘酷傻瓜族長牟加頓大吼。「不是要辦喪事嗎？**大家還不快點大吃大喝！**」

於是，新一代戰士的盛宴成了閃燒大師的喪禮。蠻荒群島的維京人真的很會辦喪禮，他們雖然整晚和發狂的龍族戰鬥，現在還是有力氣開派對——而且緊繃的情緒，反而讓他們胃口大開。大家動手拿食物和酒水，邊吃邊唱狂放的航海歌謠，戰鬥得疲憊不堪的雙腳帶著身體瘋狂跳舞。

小嗝嗝抱頭坐在火爐邊，看著其他人吃喝玩樂，但他滿腦子想著這一切的意義。王之寶物為什麼會在他手上？巫婆到底在玩什麼把戲？龍王狂怒下一次進攻，會是什麼時候？

流放者們也在暗影處徘徊，看著其他維京人開派對。阿爾文再度裹著毛皮站在門邊，象牙白假腿一直輕敲地面。

而蠻荒群島各部族的狩獵龍與馱龍耳朵緊貼著頭皮，在窗邊飛翔或在餐桌下爬行，默默看著玩得不亦樂乎的眾人。

龍王狂怒進攻時，牠們會站在哪一邊？牠們會忠於人類主人呢，還是加入叛軍？

我們只能等著瞧了。

第六章　在學校遇到的麻煩

「**哈！哈！哈！哈！哈！哈！**」

從大家「轟轟烈烈」地抵達閃燒劍鬥術學院到現在，已經過了兩個星期，期間沒人看到受赤怒影響而呼喊口號的猛惡龍群，也不見龍王狂怒的蹤影。

全蠻荒群島的準戰士聚集在戰鬥場，觀看魚腳司和油肚低瓦的練習賽，大家圍在戰鬥中的兩人旁，笑得前仰後合。魚腳司打架是他們每天的娛樂節目。

油肚低瓦的劍鬥術並不高明，他身體的寬度和高度差不多，而且又很笨，有時還會攻擊自己的手臂。

但魚腳司處劣勢。

因為恐牛到現在還坐在魚腳司肩膀上，緊揪著他的頭髮。

恐牛上次嚇壞了，即使他們現在相對安全，牠還是拒絕吃東西、睡覺或從魚腳司身上下來，小嗝嗝用小黃瓜和紅蘿蔔引誘牠也沒用。可憐的恐牛哀傷地坐到魚腳司頭頂，默默眨著眼睛，尾巴軟趴趴地垂在身後。

「**對不起，**」小嗝嗝求牠放開時，牠歉疚地用牛般的聲音說。「**我做不到。**」

只要附近有很大的聲音，牠就會用力抓緊魚腳司的頭髮，害魚腳司痛得像獵狗一樣尖吼。

可以想見，恐牛對魚腳司的劍鬥術一點幫助也沒有。

相信我，如果有龍抓著你的頭不放，你一定也無法發揮劍術。

你很容易重心不穩。

唯一的好處是，對手會被魚腳司突然發出的高亢尖叫聲嚇到。

更慘的是，魚腳司最好的劍被小嗝嗝丟進峽谷了，他只好用備用的劍——

「尖尖先生」——戰鬥。

魚腳司無父無母，沒有人幫他買昂貴的鬥劍裝備，尖尖先生是他從鐵匠的垃圾堆撿來的，劍況實在不怎麼樣。尖尖先生常常亂晃，還會卡在劍鞘裡拔不出來。

所以，大家很喜歡看魚腳司跌跌撞撞地和油肚低瓦打鬥，因為他只能頂著一隻驚恐地亂動亂叫、掙扎著想逃離長劍的龍，用搖搖晃晃的尖尖先生努力保護自己。

情勢急轉直下，恐牛驚恐得用前腳遮住魚腳司眼睛，魚腳司完全看不到對手的招式。

「恐牛！我看不到啦！」魚腳司大喊。

「對不起對不起，」恐牛哞哞叫。「可是打架太暴力太可怕了，我們就不能做一些『友善』的事嗎……」

就在這時，情況變得更慘了——打到一半，尖尖先生的劍刃完全鬆脫，可憐的魚腳司手裡只剩劍柄。

「**哈哈哈哈哈哈哈哈！**」旁觀的準戰士們哈哈大笑。「是可拆式劍刃耶！」

「不如讓我們來幫你把龍弄下來吧。」鼻涕粗冷笑著說，一邊不懷好意地摩拳擦掌。

恐牛驚恐地號叫：「**我吃素！拒絕暴力！**」

準戰士越湊越近，眼看魚腳司要被揍扁了……

「讓開！」飛在天上的小嗝嗝大喊。他騎著風行龍降落在魚腳司身邊，將鼻涕粗和狗臭撞倒在地，魚腳司見狀連忙爬上風行龍的背，和小嗝嗝一起騎龍飛上天。

「喂，你們看！是放跑龍王狂怒的小嗝嗝！他來救他的怪胎朋友了！」鼻涕粗高呼。

「兩個怪胎！」一個年輕的無情族人大叫。

哈！哈！哈！

「怪物！」維西暴徒超惡邪跟著呼喝。

一分鐘後，兩個男孩和好朋友神楓一起坐在左邊數來第二座塔的屋頂，暫時逃離劍鬥術練習，想稍微休息一下。三個孩子都綁著劍鬥士綠帶。

沒牙在和神楓的狩獵龍——暴飛飛——玩耍，而小嗝嗝的劍齒拉車龍老朋友——獨眼龍——也坐在城牆上。

「謝謝你。」魚腳司說。「我其實不需要你幫忙，但還是謝謝你。」

「不客氣。」小嗝嗝說。

「他們逮到我們的時候，我們就死定了。」魚腳司說。

「反正現在大家對我的好感度那麼低，我怎麼樣都沒差了。」小嗝嗝說。

他說得沒錯。

自從巫婆揭發小嗝嗝的祕密、所有人得知是他放了龍王狂怒，準戰士就不再理睬他了，彷彿當他是受詛咒的存在。

小嗝嗝發現，就連成年戰士也都離他遠遠的，沒有人想靠近他，大家都把他當成某種可怕的傳染病。

老實說，這讓他有點鬱悶。

總而言之，小嗝嗝、魚腳司和神楓最近常常來左邊數來第二座塔聊天，盡可能不和其他人互動。

他們可以靠著城牆看其他人打鬥，平靜地閒聊。

「狀況不妙，」魚腳司對小嗝嗝說。「阿爾文的劍鬥術好

像進步了很多。」

他們瞇著眼睛望向戰鬥場，場上有數百個維京人在練習劍術。奸險的阿爾文正在和巨無情對練，巨無情是個技藝精湛的劍鬥士，是青銅帶等級的閃劍高手，大家都覺得他有可能成為劍鬥術大賽的冠軍。而阿爾文雖然有一條腿是義肢，卻和巨無情打得不分上下。

小嗝嗝初遇阿爾文時，阿爾文的劍術還不太好，但他這兩年想必有勤加練習，肌肉也變得很結實。

劍齒拉車龍獨眼龍睜開眼睛。

「如果那個有鉤爪的討厭人類當國王，」牠說。「我就立刻加入龍族叛軍。」

「你不是很有『革命精神』嗎？」暴飛飛壞壞地慫恿牠。「怎麼到現在還沒加入叛軍？」

「我一條腿有舊傷。」獨眼龍正色說。

「我可以輕鬆打敗龍族叛軍！」神楓邊說邊對想像中的敵人揮劍。「可是我的腳可能沒辦法……」

兩天前，神楓穿上靴子，才發現裡頭不知怎地多了一隻海膽。她把腳上的刺都拔掉了，但走路還是一拐一拐的。

「是巫婆搞的鬼！」魚腳司說。「一定是她！海膽哪會自己從海裡爬出來，爬進妳的鞋子？一定是巫婆把海膽放在妳的靴子裡。她不是想讓阿爾文在劍鬥術大賽中獲勝、當上西荒野新王嗎？她肯定想先把劍術好的競爭對手除掉。」

他說得有道理。

劍術好的維京人，這週都遇上一些奇奇怪怪的事件。

「還記得粗臂地獄的事嗎？」魚腳司又說。「她跟『流

放者』比腕力，結果使劍的手扭傷了。」

「我母親的幸運劍也不見了……」神楓說。「少了幸運劍，她的劍鬥術會大打折扣……」

殘酷傻瓜族長牟加頓最近肚子不舒服，常常癢得在地上滾來滾去。「他吃壞肚子了，」巫婆見狀說。「吃了我的『粉紅藥』就會好。」

結果牟加頓吃了粉紅藥非但沒有痊癒，肚子不適的情況反而**更嚴重**了，這件事怎麼想都很可疑。三個小英雄瞇著眼俯瞰戰鬥場。

身披褐色斗篷的巫婆也在觀戰，她坐在算命小屋門口，叼著菸斗看眾人練習劍鬥術。

算命小屋長得很陰森，它像隻肥嘟嘟的醜地精，蹲在戰鬥場後方。

巫婆就是在小屋裡經營算命事業，她在門口擺了一張看板，上頭寫著「算你命、改你運」幾個歪歪扭扭的大字。

過去一週，算命小屋生意興隆，許多人都去請巫婆算命，還領取巫婆自己烤的籤餅。凡是到小屋拜訪巫婆的人，出來時都走路有風、一副胸有成竹的模樣，小嗝嗝懷疑這些人全被巫婆唬了，每個人都相信自己將是下一任西荒野國王。

「喔喔喔喔，」沒牙嗅著空氣嘆息。「**餅乾聞起來好香、香、香喔……**」龍族的嗅覺十分敏銳，即使身在高塔頂樓，沒牙還是能聞到可怕小屋飄來的現烤餅乾香味。

巫婆似乎感覺到小嗝嗝等人的視線，也許她的視力沒有小嗝嗝想像中差——她抬起頭，筆直望過來。

三個孩子反射性蹲下來，躲在城垛後面，高塔牆上只剩三顆頭頂和三雙眼睛。

巫婆乾笑了起來，取出嘴裡的菸斗。

「我的阿爾文是不是表現得不錯啊？」她對小嗝嗝三人喊道。「你們不覺得他很有可能成為英雄中的英雄嗎？小鴨子們，有空來嘗嘗我的餅乾，說不定我也能幫你們改運……」

她把菸斗塞回嘴裡，繼續看大家對練。

「情況不太妙。」魚腳司說。「我們不能讓阿爾文當上西荒野新王。你們快想想，有沒有能在劍鬥術大賽中打敗他的高手？」

「閃燒大師！」神楓興奮地說。「他是完美大英雄！」

「是沒錯，可是他人間蒸發了。」魚腳司提醒她。「我猜這也是那個討厭巫婆幹的好事，但她到底是怎麼對付閃燒大師還有一整群赤虎龍的？」

「你們覺得，」魚腳司頓了頓，用力吞口口水。「他們會不會被巫婆**殺掉**了？」

「她那麼可怕，應該什麼事情都做得出來。」小嗝嗝說。「他當然不希望閃燒、他的戰士團和赤虎龍群被殺死，可是他實在想不到其他的可能性。

「既然這樣，小嗝嗝，我覺得『你』應該去贏得這場比賽。」神楓說。「你不是有王之寶物嗎？陰森鬍第二好的劍跟其他寶物都在你手裡……」

小嗝嗝嘆了口氣。「我的劍鬥術還算可以，可是我的個子比其他人小很多，而且現在沒有人要理我，他們怎麼可能讓我當西荒野新王？我們應該找別人去打贏阿爾文，再把王之寶物交給那個人。」

「話說回來，這把劍為什麼這麼重要？」小嗝嗝自言自語。「老阿皺為什麼說它是『指引方向的劍』？赤怒龍群為什麼非要拿到這把劍不可？」

小嗝嗝的努力劍長得不起眼，劍刃黯淡無光。

但這把劍有個祕密。

這是小嗝嗝數年前得到這把劍時，無意中發現的祕密。（註5）

註5　請參閱《馴龍高手Ⅱ：尖頭龍島與祕寶》。

只要轉動劍柄末端的圓球，它就會鬆脫，露出隱藏在劍柄內的夾層。夾層藏著一份由恐怖陰森鬍親筆簽署的遺囑，他說這是他第二好的劍，他要將這把劍傳給真正的繼承人。

小嗝嗝扭開圓球，從祕密夾層取出那張紙，重讀了第一百遍。可是遺囑沒有提到叛亂、西荒野國王或任何有用的資訊，小嗝嗝看不出赤怒龍群為什麼要得到這把劍。

「小嗝嗝！你在上面做什麼？怎麼沒在練習劍鬥術！現在馬上給我下來！」

那是偉大的史圖依克的叫聲，史圖依克剛剛打贏對手，抬頭就看到兒子在高塔上閒晃。小嗝嗝跳了起來，匆匆把遺囑塞進背心口袋，將劍插進綠色的鬥劍腰帶，再次跳上風行龍的背。馱龍有點昏昏欲睡

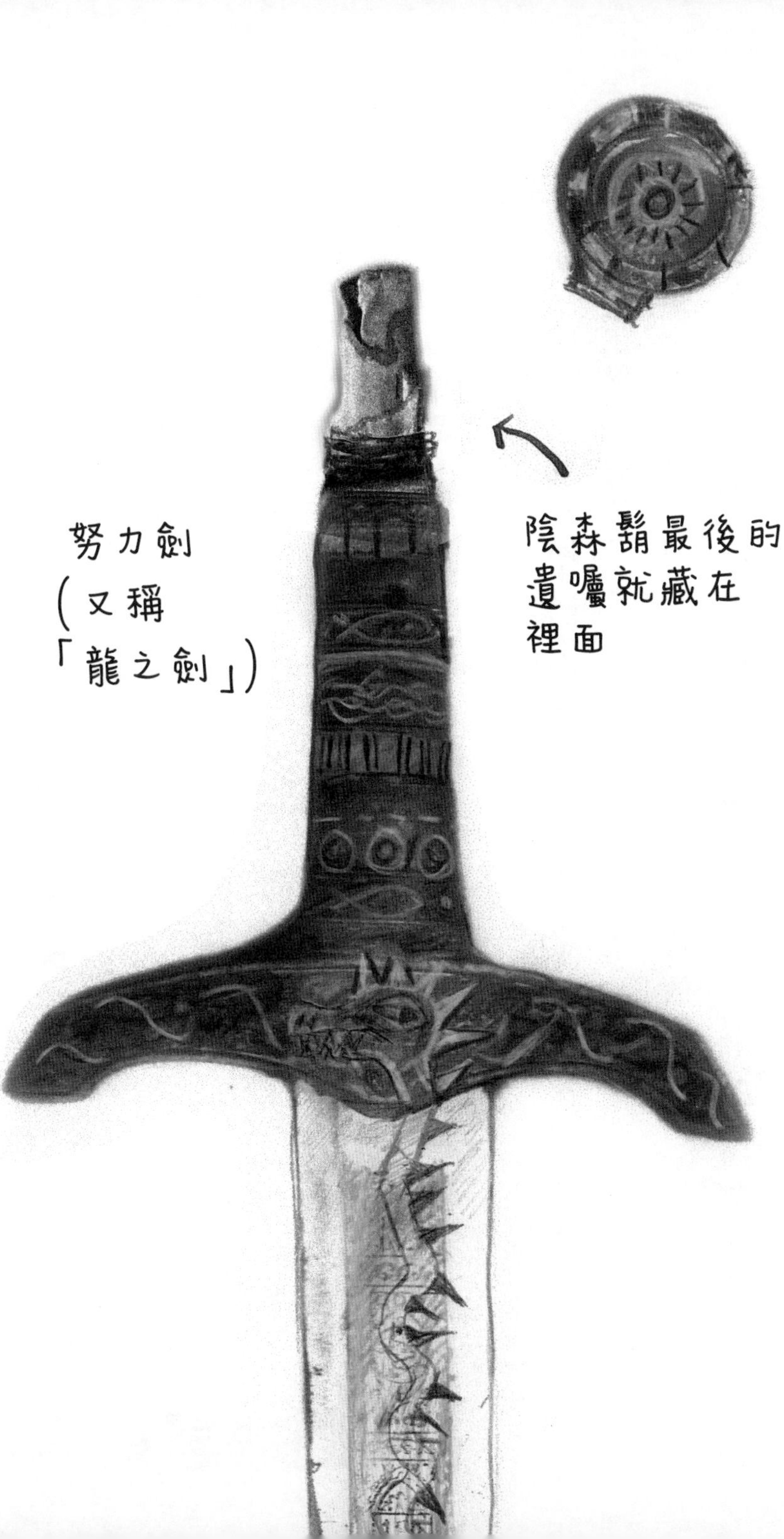
努力劍
（又稱
「龍之劍」）
陰森鬍最後的
遺囑就藏在
裡面

地載他飛到地面，牠冬眠了太久，到現在還沒完全清醒。

小嗝嗝降落在滿身大汗的史圖依克身旁。

「父親，有什麼事嗎？」

「小嗝嗝，」史圖依克嚴厲地說。「你應該多多練習劍鬥術，才能在大賽時好好表現——而且大家覺得什麼龍王狂怒啊、赤怒龍群啊都是你害的，你更應該挽回形象。我當然不覺得這件事是你的錯，我知道那都是意外……」

「呃，父親，其實那也『不完全』是意外，我的確放了龍王狂怒。」小嗝嗝誠實（但不太明智）地說。「其實，我認為我們該在龍王狂怒第二次進攻前，趕快釋放『所有』的龍。」

「放了所有的龍？」偉大的史圖依克非常、非常平靜地重複道，語氣蘊含危險。「你在說什麼啊？」

「父親，事情是這樣的，」小嗝嗝熱切地說。「如果放龍族自由，他們就沒必要叛亂了，我們就能在戰爭開始前終結戰爭。」史圖依克越聽越迷糊，他這個野蠻人腦子不靈光，小嗝嗝這番話對他來說太複雜了。

「**閉嘴！**」史圖依克大吼。「別再說要龍族自由這種莫名其妙的話了！你已經惹了大麻煩，這樣還不夠嗎？還有，你不要再跟那個頭上有龍的魚咬死待在一塊，害我們丟臉了！」

「恐牛趴在他頭上，又不是魚腳司的錯，我們有想辦法勸她下來，她就是不下來啊。」

史圖依克很努力克制自己的脾氣。「小嗝嗝，我也知道魚咬死不是故意的，可是別人已經在懷疑你了，你再繼續跟一個頭上有龍的弱崽待在一起，別人會覺得你很奇怪。你千萬要記得，在我們蠻荒群島，奇怪的人不可能受歡迎。」

「父親，這件事我們不是說過很多次了嗎？」小嗝嗝說。「魚腳司是我的朋友，他平常都會幫我，我當然也要幫他——」

「**可是這次不一樣，你放了龍王狂怒，害全部族丟臉！**」史圖依克不小心罵得太凶，小嗝嗝瞠目結舌。

「小嗝嗝，你該長大了。」史圖依克用比較平靜的語氣說。「你是我的繼承人，你得放下幼稚的事，成為像樣的領導人。兒子，你乖乖練習劍鬥術，別再說什麼解放龍族了。我只要你練習劍鬥術，拿到好一點的鬥劍腰帶，就這樣。」

說完，史圖依克大步走遠。

「父親，你還是別讓別人看到你的鬥劍技術比較好，」小嗝嗝沮喪地說。「厲害的人都被巫婆除掉了。」

但史圖依克已經走遠，他也沒心情聽小嗝嗝的忠告。

呼火龍

統計資料

恐怖：……………………3
攻擊：……………………3
速度：……………………4
體型：……………………3
叛逆：……………………7

呼火龍是喜歡惡作劇、行動難以預料的小生物，牠們會腹語術，而且十分擅長模仿人類的話語。

第七章　算你命、改你運

隔天，巨無情也和殘酷傻瓜族長牟加頓一樣肚子不舒服。

「巨無情不是昨天那個和阿爾文打得不相上下的人嗎？」魚腳司說。「他昨天是不是也去了巫婆的算命小屋？」

沒錯，就是那個巨無情。

「巫婆盯上他了……」魚腳司唏噓道。

兩天後，硬屁股高帽的幸運帽不見了，在找到帽子前，他說什麼也不肯參加比賽。

「換他被巫婆盯上了……」魚腳司悄聲說。

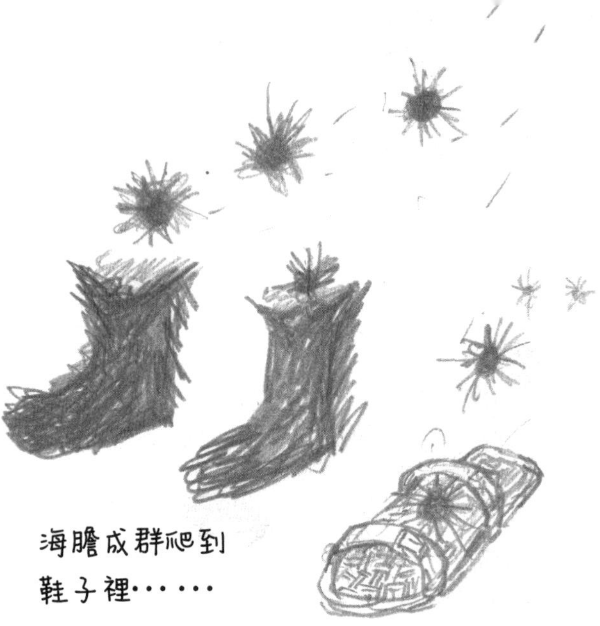

劍術不錯的痛痛阿吉、長腿肥肚與無禮魯貝菈都遇到和神楓一樣的問題，他們穿上靴子才發現裡頭有海膽，三個人只能一跛一跛地走路。

「巫婆也盯上他們了……」魚腳司嘶聲說。「海膽怎麼可能成群爬到人的鞋子裡？」

小嗝嗝苦苦哀求父親低調一些，假裝自己劍術不佳。

「父親你聽我說，這都是巫婆搞的鬼，劍術好的人都被她盯上了……你們平常在戰鬥場練習，她都在旁邊看……我的雷神索爾啊，你無論如何都不可以去她的算命小屋……」

可是史圖依克太驕傲了，他就是聽不進去。

「胡說八道！」偉大的史圖依克大吼。「小嗝嗝，我愛去哪裡是我的自由！我聽說巫婆真的能讓人改運，而且她的餅乾很好吃！」

然而，又一批劍術精湛的劍鬥士身體出現奇怪的毛病、還有被海膽刺傷時，就連最愚笨的維京人也發覺不對勁。

換作是你，也會開始擔心。

戰鬥場上盡是起了疹子、渾身發癢的劍鬥士，有的人跛腳走路，有的人捧著肚子，而硬屁股高帽那種比較迷信的人根本無法練習，只能在城堡裡到處找幸運帽。

只有流放者部族平安無事，他們繼續安靜地在戰鬥場邊緣對練。

不再有人開熱鬧的派對，也不再有人深夜練劍，城堡又變回一開始那種陰森森、鬧著鬼的模樣。

「我們離開這個鬼地方吧！」一天晚上，殘酷傻瓜族長牟加頓在宴會堂高喊。「這裡發生了這麼多怪事，一定是被詛咒了！而且待在這裡很危險，要是

海膽爸爸、海膽媽媽、海膽寶寶……

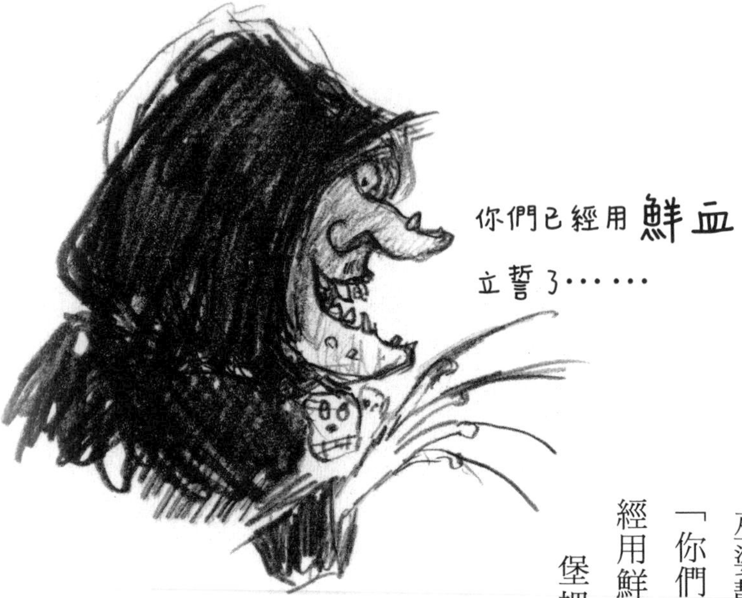

龍族叛軍攻過來怎麼辦？我們會被牠們一舉殲滅掉！」

巫婆靜靜坐在火爐前，用火鉗撥弄木柴。

「你們不能走，」巫婆的語調比毒藥還甜膩。「你們已經用鮮血立誓了，不能違背誓言。你們得繼續待在城堡裡，在元旦當天參加比賽，爭奪『英雄中的英雄』這個稱號……」

維京人轉向最老的長老，長老焦慮地撥弄自己的白髮，以致頭髮都翹了起來。他取出族長簽名的那張紙，檢查了一遍。天啊。「你們確實用鮮血立了誓，」最老的長老不情願地說。「你們不能不遵守諾言。」

那天晚上，大家在宴會堂安安靜靜吃飯，沒有人聊天。

沒有人敢獨自行動，無論去哪都成群結隊、提著武器行走。大家吃東西前會先讓龍試毒，穿手套和鞋子前也會小心檢查裡面有沒有怪東西。

宿舍的火把在夜裡熊熊燃燒，徹夜不止，每個部族都指派守衛夜間巡邏宿舍巡邏，免得「危險」趁其他人睡覺時，從門窗溜進房裡。

然後，就在劍鬥術大賽的前一天，小嗝嗝害怕的事情終於發生了……

巫婆陷害了偉大的史圖依克。

史圖依克沒有肚子痛，也沒有踩到海膽，而是遇到更可怕的事。

偉大的史圖依克消失了。

就跟閃燒大師和他的四十個戰士一樣。

事情是這樣的。

元旦前兩晚，小嗝嗝半夜突然被叫醒。

小嗝嗝過去三週早晚都練劍，現在累到得用力搖他才醒得過來。一睜開惺忪睡眼，看到史圖依克最器重的七個戰士舉著火把站在床邊，他就有種很糟糕的預感。戰士們正在大聲爭吵。

「太荒唐了！」啤酒肚大屁股氣呼呼地說。「這可是部族危機耶！怎麼可以讓這個小男孩主事！他連真正的戰士也不是，還沒資格當我們的領導人——他可能**一輩子**都不會有那個資格。之前都沒有人敢對史圖依克說實話，可是我們必須承認，這小子就是個怪胎，你們看看他的手臂，細得像兩根麵條！我是史圖依克的弟弟，應該讓我當代理族長才對！」

「小嗝嗝明天就會成為真正的戰士了，」打嗝戈伯沉重地說。「我們要給他一次機會。我聽說他在雷霆山一戰中，表現得很勇敢、很聰明，是他帶領年輕人擊退龍族……說不定他能帶領我們贏得勝利……」

「**那是他運氣好！**」大屁股怒吼。「上次只是他運氣比較好而已！他可是放跑龍王狂怒的人，怎麼能讓他當族長！我們都知道他是罪魁禍首，其他戰士都不想理他，其他部族都覺得他被詛咒了……」

「放跑龍王狂怒那件事只是意外，我十三歲時也發生過很多意外啊。」打嗝戈伯辯道。

（小嗝嗝沒想到戈伯會這麼努力為他辯護，心裡十分感動。）

「這些都不重要，」沒腦袋阿笨說。「小嗝嗝是族長繼承人，所以代理族長應該由他來當。」

戰士們吵了老半天，最後投票表決，支持小嗝嗝當代理族長那方以四比三獲勝。

「如果他失敗——」啤酒肚大屁股不滿地說。「相信我，這個怪胎絕對會失敗——我會接下族長的責任。」

小嗝嗝用力吞了口口水，越聽臉色越蒼白。「發生什麼事了？為什麼要我當代理族長？我父親呢？他生病了嗎？受傷了嗎？」

「你父親失蹤了。」沒腦袋阿笨回答。「他今天晚上說要去拜訪什麼人，結果就沒有回來了。你現在是我們的族長，你有什麼吩咐？」

大家都盯著小嗝嗝。

除了圍在床邊的七個壯漢，毛流氓部族的其他人也都醒了，大家都盯著小嗝嗝不放。

鼻涕粗惡狠狠地瞪著小嗝嗝，小聲說：「小堂弟，快哭啊……你就是個小嬰兒，還不快叫父親回來救你……」

族長必須為了部族，放下自己的情緒……

史圖依克的話語浮現在小嗝嗝腦中。

族長不能表現出害怕或擔心的樣子……族長要先有領導人的樣子，再來考慮自己的感受……

小嗝嗝站起來，繫上綠色鬥劍腰帶，過程中努力不讓雙手顫抖。

他筆直注視著打嗝戈伯。

小嗝嗝心亂如麻：

他在哪裡？他一定是去見那個可怕的巫婆了，巫婆把他怎麼了？她該不會把父親「殺死」了吧？

他不讓自己的臉表現出任何情緒。

「把整座城堡搜一遍。」小嗝嗝下令。

打嗝戈伯和六個長老對他鞠躬，其中三人一臉憤慨、很不情願的樣子。

毛流氓們風風火火地在城堡裡尋找史圖依克，學校的每一間房間都被他們搜過，所有人都被他們吵醒。

但他們就是沒找到史圖依克。

「巫婆的小屋也要搜。」小嗝嗝命令道。

「可是小嗝嗝，」沒腦袋阿笨出聲抗議。「巫婆是長老耶！（而且她超級可怕。）我們不能搜長老的小屋……你這是在侮辱她……」

「搜她的小屋。」小嗝嗝重複道。

叩！叩！叩！戰士們敲敲小屋的門。

「女士，很抱歉，」大屁股羞愧地鞠躬說。「我們奉代理族長的命令……來搜妳的小屋……」

「我沒聽過這種事，難道他想冒犯我？」巫婆柔聲說。不知為何，她那雙半閉著的蛇眼透出一絲笑意。「你們儘管搜，別客氣。」

她早就知道我們會來……

七個毛流氓戰士擠進窄小的算命小屋，把整間屋子徹頭徹尾搜了一遍，最後當然沒找到東西，只好紅著臉出來，在其他部族面前再次對巫婆道歉。

「我原諒你們。」優諾微笑著說。「你們的代理族長太年輕了，現在還缺乏經驗，他不明白自己的舉動有多麼失禮。以後他就會明白了……」她嚴肅地說，蒙上白垢的眼睛機械性地轉向小嗝嗝。「沒錯……」（她輕柔的聲音真的很像在威脅人。）「他以後就會明白了……」

「你看，」啤酒肚大屁股大步離開小屋，穿過竊竊私語的人群。他面紅耳赤地罵沒腦袋阿笨：「他才剛當代理族長沒多久，就害我們丟臉了！」

隔天，毛流氓繼續搜索。

卻還是沒找到偉大的史圖依克。

他在哪裡？
他在哪裡？
他在哪裡？

這年的元旦前夕，小嗝嗝忙著擔心父親，幾乎沒有闔眼，元旦早晨的太陽升起時，他依舊醒著。這是個美麗的冬季早晨，天上一朵雲也沒有、連風也沒有，是適合辦劍鬥術大賽的好日子。

早餐時間到了，沒牙和暴飛飛也偷偷飛去巫婆的小屋。

為了「吃」，沒牙和暴飛飛什麼事都做得出來。

這三週以來，籤餅誘人的香味一直飄在空氣中。

這天暴飛飛在小屋後面找到一個小洞，牠唆使沒牙鑽進去偷餅乾。

「不、不、不要。」沒牙看著洞口說。

牠很怕巫婆。

「沒牙不餓。」牠的肚子突然「咕嚕」一聲。

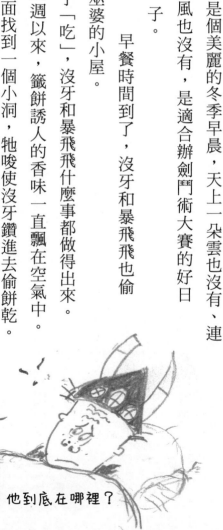

「巫婆又不在，」暴飛飛說。「我剛剛有看到她，她去宴會堂吃早餐了。」

「妳、妳、妳確定？」沒牙問道。

「妳確定裡面『沒有巫婆』？」

「我確定。我在這裡守著，免得她突然回來。」暴飛飛說。

暴飛飛眨了眨長著長睫毛的大眼睛。暴飛飛是心情龍，能改變身體顏色，牠說話時皮膚變成漂亮的淡紫色。「沒牙，你是超勇敢、超厲害的龍，而且你體型這麼小，剛好可以鑽進洞裡。你看我，我太大隻了……」

「不要。」沒牙難得沒有中美人計。

暴飛飛垂著漂亮的長睫毛看牠。「沒牙是膽小鬼……」牠唱道。

「沒牙『才不是』膽小鬼！」沒牙怒號。

「明——明——就——是……」暴飛飛繼續唱歌。

沒牙氣呼呼地在洞口盤旋，最後鼓起勇氣，擠了進去。

一分鐘後，沒牙風風火火地衝出來，彷彿有狼在後方追趕牠，嘴裡叼著籤餅，手爪也抓著好幾塊餅乾。

牠把幾塊餅乾丟在暴飛飛腳邊，帶著剩下的餅乾飛去找小嗝嗝。

小嗝嗝、魚腳司和神楓在宴會堂外排隊，等著進去吃早餐。小嗝嗝昨晚沒睡好，今天精神不濟，他正想著待會要好好吃一頓早餐，打起精神來，沒牙忽然降落在他肩頭。

「沒牙，你在吃什麼？」小嗝嗝罵道。「我不是叫你不要再亂吃東西了嗎？你最好不要跟我說那是鑰匙或手錶之類的東西。」

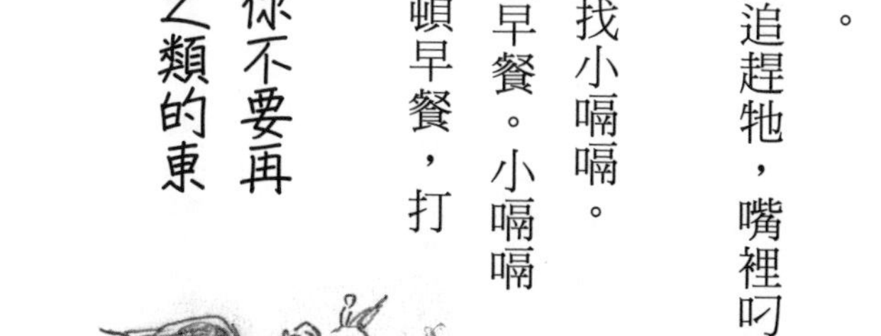

沒牙張開爪子，把籤餅拿給小嗝嗝看。

小嗝嗝看到沒牙爪子裡的籤餅，忍不住倒抽一口氣，連忙走到宴會堂的另一側，免得被別人看見。

「沒牙，這些是哪裡弄來的？」

每塊籤餅都夾著一張紙條，每一張紙上寫的都是「你就是西荒野新王」。

小嗝嗝還來不及阻止牠，沒牙又把一塊餅乾連紙條一起吃下肚。

最後，滿口餅乾的沒牙開口說話，噴得餅乾屑到處都是。

「他在巫婆的小、小、小屋裡。」沒牙說。

小嗝嗝猛然一跳。

「誰？」

「你父親。」沒牙回答。

「你怎麼知道？」小嗝嗝問牠。

「他的劍、劍、劍放在桌上，」沒牙解釋道。「還有一頂大帽、帽、帽子……」

「是硬屁股高帽的帽子嗎？」小嗝嗝問。

沒牙點點頭。

小嗝嗝還沒罵牠，牠又吃了三塊籤餅。

我就知道。小嗝嗝心想。**我就知道，我就知道，我就知道……**

小嗝嗝跑回宴會堂正門，從門口往內望。

他看到披著褐色斗篷的巫婆坐在火爐前吃東西，看樣子小嗝嗝還有至少五分鐘時間，五分鐘後她才會吃完早餐、起身回算命小屋。

「你要去哪裡？你該不會要去巫婆的算命小屋吧？」魚腳司邊跟著小嗝嗝跑步，邊嘶聲說。「你瘋了嗎！她要是發現你在小屋

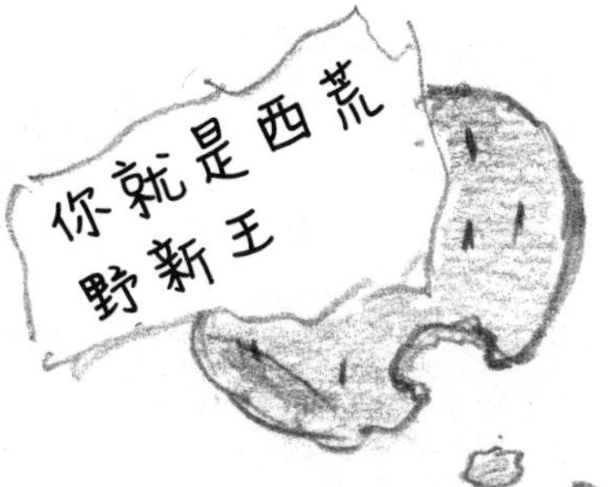

裡，一定會殺了你！」魚腳司亂揮手臂，看起來有點像人形風車。「你至少要帶其他人一起進去——帶搜救隊一起去啊！」

「我非得找到父親不可。」小嗝嗝說。「我現在不能找別人，因為他們覺得已經徹底搜過小屋了。等我們**確認**我父親在裡頭，就可以找人幫忙，反正巫婆現在在宴會堂吃飯，趁她還沒吃完，我們很快很快地搜過一次……」

「**唔唔嗯！**」沒牙面紅耳赤地說。牠有很重要的話要說，可是嘴裡塞了三塊籤餅，說不出話來。牠試著把餅乾吞下肚，可是太多塊了……

「你會被她抓到！我說真的！」魚腳司高呼。「真是的，怎麼會這樣……我們一定會跟以往一樣，遇到某種恐怖的東西，不然就是被一堆毒書龍或挖腦龍包圍。」

「你不用跟我來啊。」小嗝嗝指出。

「我當然要跟你來啊！」魚腳司哀怨道。「我不是你的好夥伴嗎？而且你雖然自己一個人也很厲害，有時候還是需要我幫忙啊。你想想看，要是你今天剛好需要我，我又不在，那我以後一定很難過……」

「我覺得你的主意很棒！」神楓跑過來說。「既然要搜那個老太婆的小屋，你就需要找專業人士幫忙——你需要我這個盜賊。巫婆很會藏東西，可是她們騙不過『我』，我有魔法手指，還是蠻荒群島最厲害的獵人。」

「**唔唔唔唔唔！唔唔唔唔嗯！唔唔唔唔——！**」沒牙含糊地說。牠努力咀嚼口中的餅乾，試圖飛到小嗝嗝三人面前阻止他們。

神楓邊跑邊戴上黑手套，她今天跑得比較慢，因為腳上的傷還沒痊癒。

「我跟你說，我會用這把梳子把整棟小屋梳過一遍。」她從口袋取出一把細齒梳，高舉著一根手指說。「我會像嗅龍跟獵犬還有狼生的小孩一樣，把小屋徹徹底底搜一遍，看到巫婆牙齒也要翻過來檢查，看到襪子也會拿起來聞一聞，看到鍋子還要打開看。等我搜完，我會查出巫婆所有的祕密，一切都會在我的掌握之中。」

他們在小屋門口停下腳步。

小屋很小。

真的很小。

而且很陰森。

「**不會吧**。」魚腳司悄聲說。

他現在才注意到，除了寫著「算你命、改你運」、搖搖晃晃的大看板，以及下面寫著「失物招領」幾個小字的看板之外，門上還刻了字。他認得那個字跡，想必是很久很久以前，一個早就死了的老海盜──一個惡劣又喜歡作弄人的海盜──刻的字。

入內者請當心。

「恐怖陰森翳！這是他以前住的小屋！好痛痛痛痛痛痛！」（恐牛的爪子突然收緊。）「這表示屋裡一定有討人厭的『驚喜』……還有陷阱……還有大災難……」

「這表示，」小嗝嗝說。「我們找到線索了。」

三個小維京人拔出各自的劍。

「唔唔唔唔嗯嗯！唔唔唔唔唔唔唔唔嗯——！唔唔唔唔嗯嗯嗯——！」

滿口餅乾的沒牙拚命想出聲，牠撲到小屋門前，試圖阻止小嗝嗝三人入內。

「沒牙，別怕，」小嗝嗝安慰牠。「我們很快就出來了，而且暴飛飛會幫我們把風，如果巫婆回來了，她會警告我們。對不對啊，暴飛飛？」

暴飛飛吃完餅乾，正在門邊閒晃。

牠點點頭。「那當然，」牠說。「我先跟你們進去拿幾片餅乾再出來，餅乾真是太好吃了……」

「唔唔唔唔唔嗯！唔嗯嗯嗯！！！唔嗯嗯嗯嗯！」

沒牙有很重要很重要的話要說，牠在空中翻來覆去，緊張到快崩潰了。

小嗝嗝拿出萬能鑰匙。

「我不敢看了。」魚腳司呻吟著摀住雙眼。

小嗝嗝打開門。

第八章　我的雷神索爾啊，當然不該搜算命小屋啊！難道你沒看過小嗝嗝的前幾本回憶錄？

開門的瞬間，他們就後悔了。

這是個歪斜的小房間，暗到小嗝嗝三人必須不停眨眼，努力在黑暗中視物。他們跌跌撞撞地進屋，眼前只有一片漆黑。沒牙用爪子勾住小嗝嗝的背心，絕望地抗議著，邊拚命把他往外拉。

他們的眼睛漸漸適應微弱的火光，除了餘火的光芒，還有幾隻快淹死的蛞蝓燈泡在一碗水裡，散發微光。在那恐怖的剎那，屋內的一切突然被收入眼底，侵襲他們的眼睛。

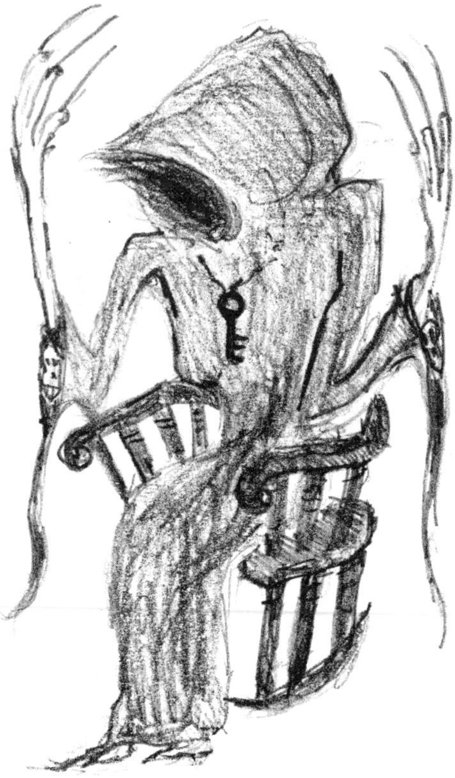

到處都是蜘蛛網，魔藥瓶罐與碎肉散在房間各個角落，牆上掛著地圖、潦草的文字與腐爛的紙張，還有複雜的圖表與族譜，上面濺了類似血跡的東西。晒衣繩掛了正在風乾的東西，但那不是衣服，而是指甲和頭髮。缺了一條腿、由一堆書支撐起來的桌子上，擺著一盤西洋棋。房間一角是個陰暗的大壁櫥，微弱閃爍著的殘火上掛著一口大釜……而亂七八糟的房間中央……房間中央……

一個披著褐色斗篷的人坐在椅子上，彷彿在等待他們。

一看到那個人，他們立刻轉身想逃，七手八腳地奔向門口、腿用力奔跑、心臟迅速鼓動、不停下沉的胃有種沉甸甸的嘔意……

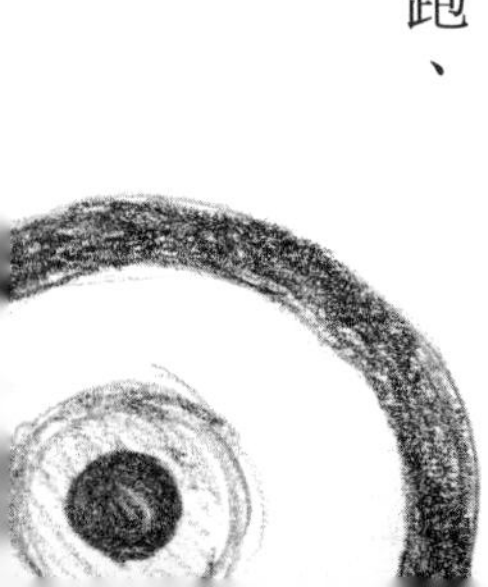

……可是沒有用。

一陣狂風從後方吹來，房門被看不見的手重重**關上**。

太遲了。

他們被困住了。

「小嗝嗝・何倫德斯・黑線鱈三世，我等你等了好久，還以為你不會來了。」身穿褐色斗篷的人慢條斯理地說，邊緩緩拉下斗篷帽。

是巫婆。

「**唔唔唔——咕嚕！**」

沒牙終於把滿口的餅乾吞下肚，尖聲說：「你、你、你們看！沒牙剛剛就想警告你們！巫婆在裡面！在宴、宴、宴會堂吃早餐的是別人！」

沒牙鑽進小嗝嗝的上衣，在小嗝嗝肚子前滾了幾圈，最後顫抖著躲到小嗝嗝背後。

巫婆微微一笑。

她似乎聽得懂龍語。

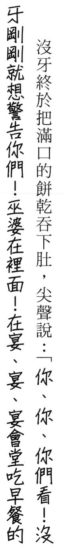

「沒錯，現在穿著褐色斗篷在宴會堂吃早餐的，是我的流放者朋友。這種斗篷不只有一件喔。」

她在椅子上坐直身，卻還是有點駝背，彷彿習慣在更狹小的空間生活。她皺巴巴的手裡拿著大沙漏，雙手不停擺弄那個沙漏。她的皮膚蒼白而無血色，慘白的模樣令小嗝嗝不敢直視，皮膚繃在骨頭上，看著她就好像在看骷髏頭。戴著鐵指甲的手指，「喀、喀、喀」地敲在沙漏上。

喀、喀、喀。

小嗝嗝口袋裡，滴答物滴、答、滴、答作響。

巫婆優諾看起來真的很可怕。

「親愛的孩子們，能和你們獨處真是太好了。」邪惡巫婆柔聲說。「那些滿身肌肉、討厭得要命的大人都不在呢。你們要不要吃餅乾啊？」

她指向桌上一大籃令人垂涎三尺的餅乾。

「不吃嗎？」她又笑吟吟地說。「那我該怎麼招待你們呢？你們喜歡下西洋棋嗎？我先警告你們，我的棋藝非常、非常厲害喔……」

桌上除了西洋棋盤，還有一頂高帽、史圖依克的劍、一盒雪茄（小嗝嗝認得那個雪茄盒，那是醜暴徒阿醜的），還有閃燒的紅領帶。

「可是這盤棋已經下到一半了。還是說，」巫婆用毒藥般甜膩的聲音說。

「你們是來算命和改運的呢？」

三個小維京人盯著她，他們都嚇得說不出話來，簡直像被毒蛇困在角落的三隻小老鼠。

「還是說，你們遺失了什麼東西？」

「可惡的巫婆，妳把我父親怎麼了？」小嗝嗝直截了當地指著父親的劍。

「可愛的小鴨子啊，我個人是覺得『父親』這種東西沒那麼重要。」巫婆說。「我倒是很喜歡玩猜謎遊戲。你覺得我把你父親怎麼了？昨晚你的戰士來搜過了，他們什麼都沒找到喔。」

「他們有沒有檢查壁櫥？」小嗝嗝問道。

房間陰暗的一角，有個大壁櫥。

「壁櫥上了鎖，」巫婆回答。「沒有人知道鑰匙在哪裡。」

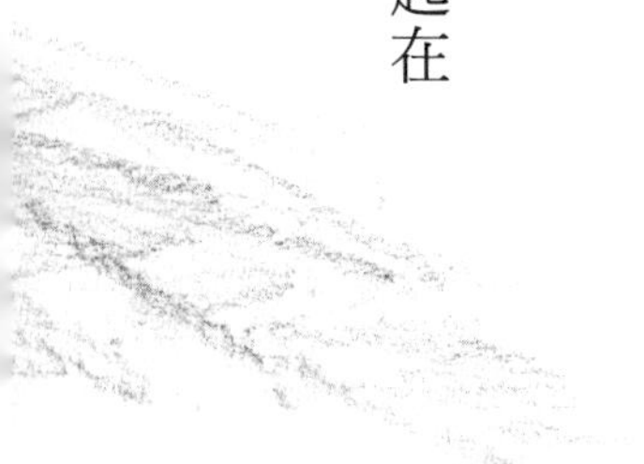

可是巫婆胸前就掛著一把鑰匙。

「你怎麼把父親弄丟了呢？真是不小心。我或許能幫你找到父親——來，我們玩一場捉迷藏吧，獎品就是你父親。如果『你』幫『我』找到一樣東西，說不定『我』也能幫『你』找到父親。如果你找不到我要

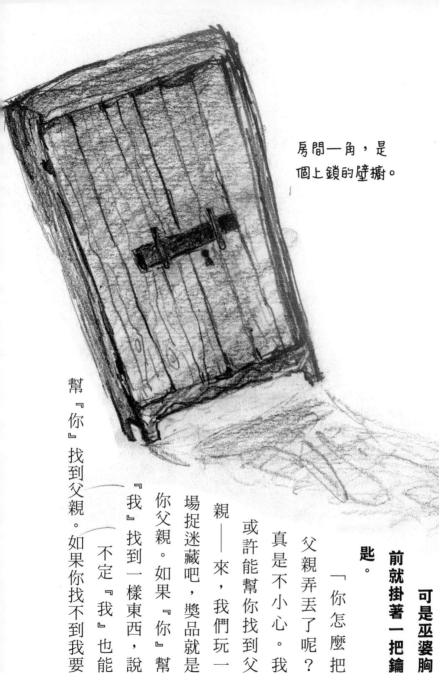

的東西，那……」巫婆聳聳肩。「你的父親……」巫婆骷髏般的臉上，浮現非常、非常邪惡的笑容。「就**永遠**找不回來了。」

「哪有這麼壞的遊戲。」神楓說。

「我這個人就是這麼壞。」巫婆說。

「妳要我找的，是什麼東西？」小嗝嗝問道。

「我要你幫我找到失落的西荒野王冠。」

「既然妳自己都找不到，妳怎麼會覺得我有辦法找到王冠？」小嗝嗝問她。

「直覺。」巫婆一臉嫌惡地看著他說。「你看看你，明明就是個討厭的小男孩，卻不必努力就弄到好幾件失落的王之寶物，簡直像是寶物自己來找你……」

巫婆的聲音變得和蛇一樣，她一一指向小嗝嗝擁有的寶物。「你已經拿到六樣寶物了：羅馬盾牌、滴答物、來自不存在之境的箭矢、萬能鑰匙、心之石、第二好的劍……你是在炫耀吧。」

「我不是故意收集這些東西的，」小嗝嗝抗議道。「那都是意外。」

「世界上沒有『意外』。」巫婆冷峻地說。

她為什麼要一直重複這句話？

「那些寶物好像在找你，」巫婆接著說。「你就像是小嗝嗝形狀的磁鐵，把我家寶貝阿爾文的宿命搶走了。哼，我又回來了，我要把你的運氣搶回來，你給我走著瞧。

「我要你把這六樣寶物交給我。」巫婆柔聲說。

「作夢！」小嗝嗝大聲說。

「當然不是現在，但你總有一天會把這些東西給我的。」巫婆信誓旦旦地說。「**現在**，我要你把失落的西荒野王冠找回來給我，把王冠交給我，我就把你父親還給你。」

「那我們要去哪裡找王冠？」小嗝嗝問道。

小屋中間有一口掛在火堆上的大釜，巫婆彎腰移開火盆，露出地上的活板

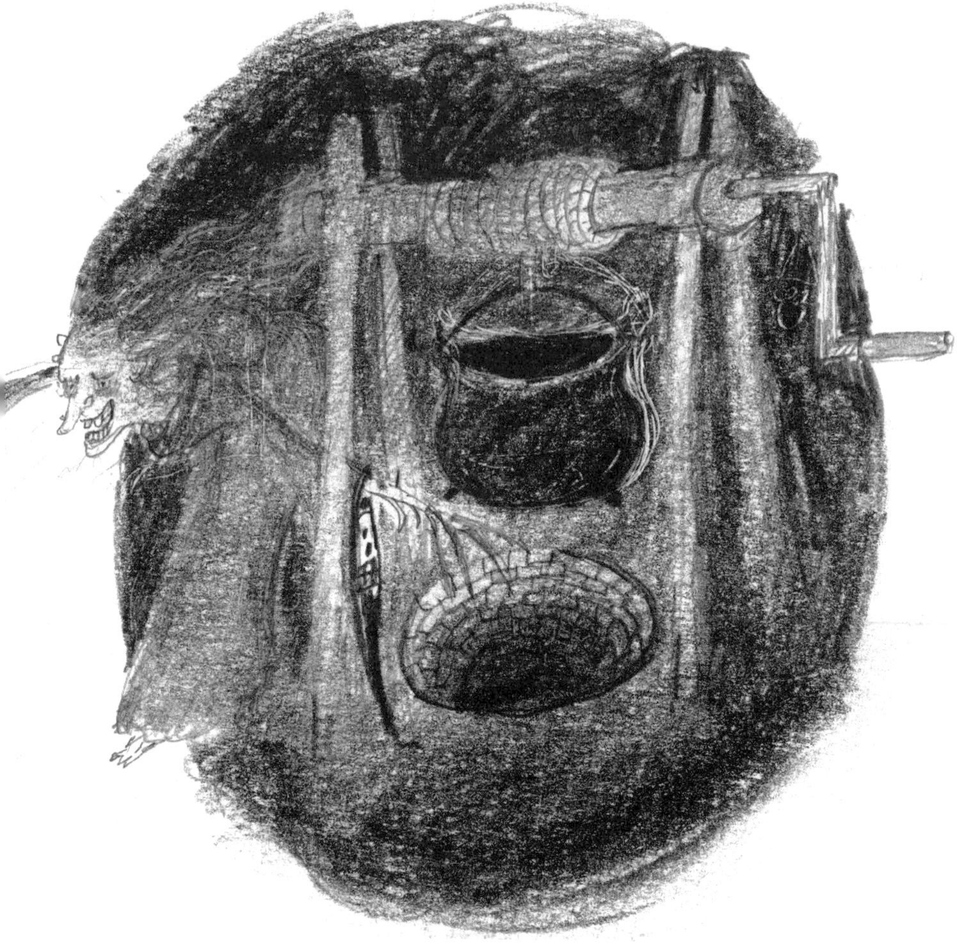

門。她打開活板門，下面是一口深井。

「我的雷神索爾啊，」魚腳司哀聲說。「我就說我們會被一大群毒書龍包圍……我就說吧……」

巫婆高聲輕笑，聽起來像石頭在金屬盆裡撞擊的聲響。

「房間底下是地牢，唯一的『入口』就是這口井……親愛的孩

子們，就我所知，這也是唯一的出口。」

「地牢裡有什麼東西？」小嗝嗝又問。

「這個啊，可能是一點也不危險的東西，」巫婆笑吟吟地回答。「也可能是撕吼龍、挖腦龍、死亡與黑暗。地牢像座迷宮，有很多複雜的通道，迷宮某處有一個火坑，而火坑裡的某處，藏著失落的西荒野王冠……」

「既然是陰森翳的地牢，一定有各種殘忍的陷阱。」魚腳司哀鳴道。「小嗝嗝，我們真的真的不能下去……」

巫婆歪著頭看他們。

「那麼……你們要和我玩這場遊戲嗎？」

「妳沒有劍，」小嗝嗝緩緩地說。「我們這邊有三個人，妳不過是個老婆婆，我們完全可以先制伏妳，再用我的鑰匙打開壁櫥。」

「是沒錯，」巫婆笑吟吟地說。「可是我的指甲淬了人類所知最猛烈的毒藥，倘若你們被我抓傷，倘若有**一滴**毒藥進入體內，你們必定會痛苦地慢慢死去。如果我是你，就不會冒這個險。」

巫婆轉了轉戴著鐵指甲的手指，小嗝嗝仔細一看，發現每根指甲都沾了有點像墨水的深紫色液體，「死亡」彷彿附在那些鐵指甲上。

「這些指甲，」巫婆又說。「和藥材店一樣，充滿了死亡。我已經拿老鼠實驗過了，老鼠可是一點也不喜歡這玩意喔。」她示意房間一角，小嗝嗝看到一排老鼠躺在地上，小小的腿僵硬地舉在空中。

看到那排老鼠屍體，三個小孩劇烈顫抖了起來。

「說不定你父親不在壁櫥裡，說不定

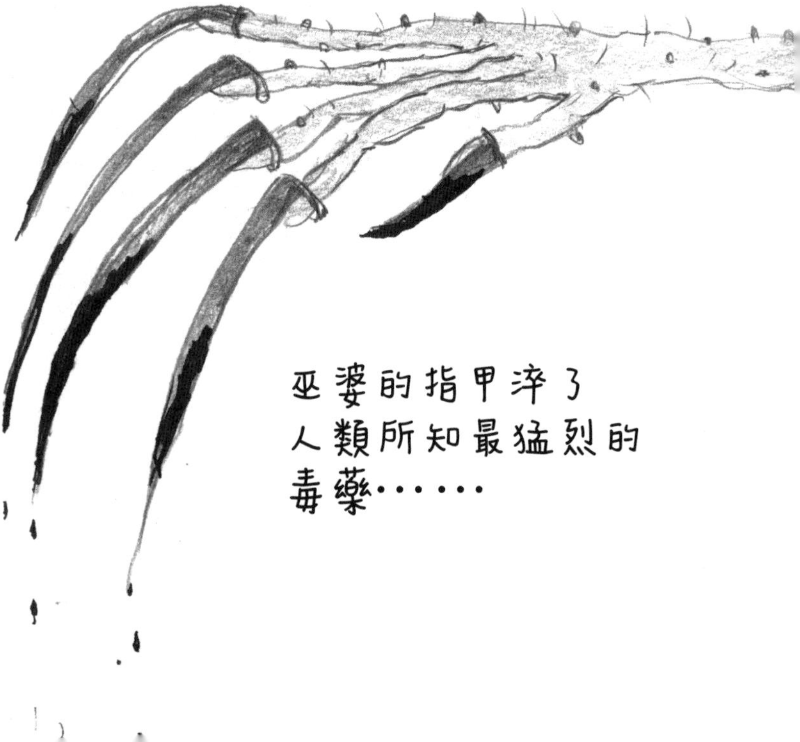

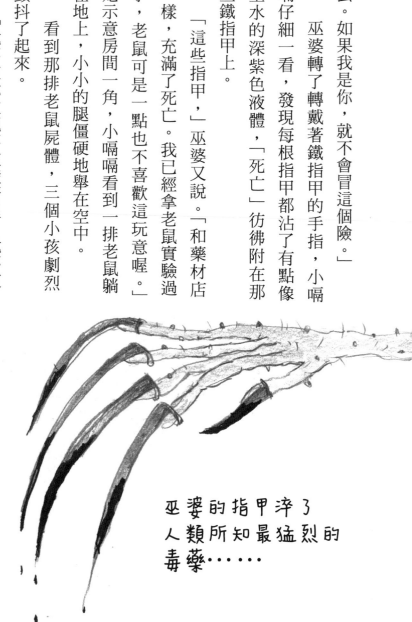

我——在——說——謊——！」她愉快地唱道。「這場遊戲是不是很棒啊？」

「超棒的。」小嗝嗝禮貌地回答。「妳說王冠在井底，我怎麼知道妳說的是不是實話？」

「你不——知——道——！」巫婆又唱道。「這說不定也——是——謊——言！我可能只是想把你除——掉——而——已——！

「這就是遊戲的好玩之處。我到底是在說謊呢、還是在說實話？在你考慮的時候，不如跟我玩一局骰子吹牛，我們來看看你運氣多好吧……」

她乾瘦的手指拿起骰子，將骰子倒入骰盅，搖了三次。

「來吧！」她高呼。「我來看看。」她把骰盅放在桌上，將蓋子開了道縫，貪婪地往內看。

「喔喔喔，四顆骷髏頭，一顆白骨……啊呀，原來我運氣這麼好。小嗝嗝三世，你要跟嗎？還是你覺得我在吹牛？」

骰子吹牛是運氣與機智的遊戲。

骰子與骰盅

如果小嗝嗝跟了，他就必須自己骰出更好的組合。巫婆的臉宛若面具，不透露任何情緒。

她說的是實話，還是謊話呢？

小嗝嗝想了許久，終於回答：

「我跟……」

「明智的選擇。」巫婆點點頭。「可是既然跟了，你就得骰出更大的組合……」

她將骰鐘遞給小嗝嗝。

小嗝嗝打開蓋子。

她說的是實話……至少，這次是。

四顆骷髏頭，一顆白骨。

小嗝嗝拿起白骨朝上的那粒骰子，將它丟回骰鐘，然後看也不看就把骰鐘還給巫婆。

「五顆骷髏頭。」小嗝嗝・何倫德斯・黑線鱈三世說。

他霍然起身。

巫婆和男孩剛才談的，不光是骰子吹牛。

「我會幫妳找王冠。」小嗝嗝說。「如果我不去，妳會殺了我和我父親，所以我別無選擇。」

「沒——錯。」巫婆說。

小嗝嗝嘆口氣，看了滴答物一眼。「這表示我們得在三個小時內找到王冠，才來得及回來參加劍鬥術大賽。」

「沒——錯。」巫婆又說。「你們要是遲到了，大家都會很失望……」

「如果我帶著王冠回來，妳會放了我，對不對？」小嗝嗝故作輕鬆地問。

「那當然。」巫婆柔聲說。「這是奸險之人的承諾。」

哈！」魚腳司說。「妳以為我們沒聽過這種騙術嗎……」

「我的朋友也要一起來。」小嗝嗝說。

「為什麼？」巫婆一臉狐疑。

因為他們和妳待在這裡，一定會被妳殺掉。

「因為我每次執行英雄任務，他們都會幫忙。」小嗝嗝告訴她。「神楓是技法高超的盜賊，魚腳司是……半人半龍，我們都稱他為……『追蹤男孩』。」

「汪。」魚腳司配合地吠叫一聲。

「如你所願。」巫婆聳聳肩。「那就請三個小寶貝下去囉，祝你們好運。」

於是，小嗝嗝、魚腳司和神楓爬進還帶有火焰餘溫的大釜，大釜掛在洞口搖來晃去。**嘎吱**、**嘎吱**、**嘎吱**，巫婆轉動大釜腳架的把手，把他們送入地底深處。

「暴飛飛，快來啊！」神楓及時高喊。美麗的心情龍剛才一直默默吃籤餅，他們差點忘了牠。

巫婆轉到鍊條的極限，開心地低哼一聲，往洞裡望去。

她四肢並用地爬回桌邊，拿起骰盅的蓋子，看看小嗝嗝擲骰子的結果。

「**五顆骷髏頭……**」巫婆氣憤地輕聲自語。「真是隻幸運又聰明的小老鼠，索爾啊，請祢詛咒他……

「哼，他再怎麼聰明、運氣再怎麼好，也不見得能通過地牢的考驗。」她冷酷又得意地說。「遊戲還沒結束，離結局還很遠呢。」

說完，她蹣跚地回去下西洋棋了。

骰子吹牛

第九章　下去

三個孩子並肩坐在大釜裡，六隻手一起抓住中間的鏈條。

六十秒後，大釜降到伸手不見五指的黑暗中，只剩下沒牙、恐牛和暴飛飛眼睛發出的光源。

五分鐘後，他們還沒降到底。

「**好痛好痛好痛好痛好痛**。」魚腳司被恐牛的爪子抓得哀叫連連。「我從沒想過我會這麼說，不過我突然覺得阿爾文當巫婆的兒子，其實挺可憐的。你們覺得史圖依克真的被那個老太婆關在壁櫥裡了嗎？」

「應該是。」小嗝嗝小聲回答。「可是她太會說謊了，我也看不太出來這是真的還是假的。但我敢肯定，她的指甲真的有毒。」

小嗝嗝很擔心史圖依克的狀況，忍不住微微發抖。「我父親不會有事的……他不會有事的……」小嗝嗝一遍遍重複這句話，算是在安慰自己。

「好煩喔。」神楓說。「再這樣下去，我們就要遲到了啦。」

「**哈！**」魚腳司氣憤地說。「神楓，我們不會遲到，而是會完全錯過劍鬥術大賽。妳知道我們為什麼會錯過比賽嗎？」他用閒聊的語氣說。「我們會錯過比賽，是因為我們馬上要死了。妳說得沒錯，死掉真的很煩。」本就低落的士氣，隨著大釜下降而越來越低迷。

這口井真的很深，他們還要再這樣下降多久才會到底？小嗝嗝抬頭往上看，井口微弱的火光已經變得和針尖一樣小了。

魚腳司握住鐵鏈的手流了手汗，他試著往下方的黑暗望去。「小嗝嗝，挖腦龍是什麼樣的生物？」

「這個嗎，」小嗝嗝小聲回答。「他們會把人的腦袋從耳朵吸出來，然後吃掉。」

「好棒喔。」魚腳司顫抖著說。「那這個『小手術』結束以後，人還能好好活著嗎？」

「魚腳司，就算是油肚低瓦，少了腦袋也活不下去。」小嗝嗝告訴他。「挖腦龍體型很小，卻是蠻荒群島最可怕的龍品種之一，就連巨無霸海龍也怕他們。沒有人喜歡被挖腦龍吸腦袋。」

魚腳司用力吞了口口水。「那我們還可能遇到什麼樣的龍族？」

「嗯，住在地底的穴龍都不好惹。」小嗝嗝說。「希望他們還在冬眠。陰森鬍還真把王冠藏在全世界最危險的地方了……山洞裡可能有撕吼龍，這種恐怖龍族會流口水，還會大聲尖叫，他們要是抓到你，會把你的手腳都拔掉。當然，山洞裡還會有滅息龍，他們有點像超大的蟒蛇，還有土嘶牙龍……還有黏蟲龍，他們會用網子把你黏住，把你全身塗滿黏液，最後再把你吃掉……」

有可能住在閃燒劍鬥術學院地牢裡的恐怖龍族太多了，小嗝嗝來不及說

完。

大釜終於降至地牢底部，「砰！」一聲重重撞上地面，大釜傾倒在地，三個小維京人滾了出來。

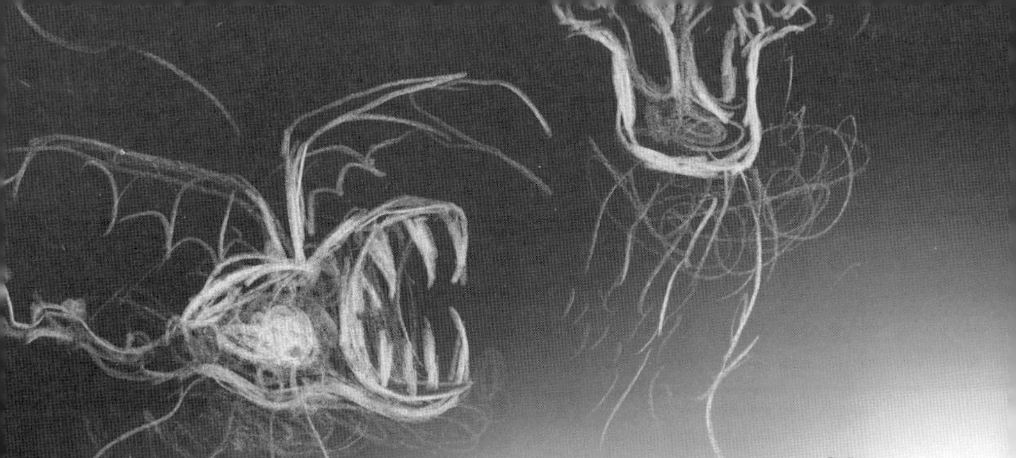

第十章　你有資格當英雄嗎？還是你只是穿裙子的小水母？

他們來到一個寬敞的洞穴，空氣冷得令人呼吸困難，牆上還結了冰。螢火龍、蛞蝓燈與閃爍不定的電黏黏照亮了洞穴；電黏黏長得有點像電蠕龍，會從屁股分泌黏黏的物質，把自己黏在洞壁。**千萬不要摸電黏黏**——不然你會被電得很慘。而且牠們不太衛生。

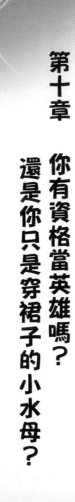

映入眼簾的畫面美不勝收——小嗝嗝沒想到這裡會有藍色、綠色與黃色冰塊，當蛞蝓燈昏昏欲睡地飛過去（看起來像發光的超級大黃蜂），冰塊還會閃過七彩虹光。冰柱掛在洞頂，滴水形成神奇的形狀。

這個洞穴與許多通道相連，遠方傳來奇怪的隆隆聲，那該不會是某種生物的吼叫聲吧？

「真有趣，」小嗝嗝慢悠悠地輕聲說。「地道是冰做的——以前應該是岩漿流道——不然就是巨型土嘶牙龍很久以前挖出來的通道。」

「你怎麼都在這種很可怕的時候覺得事情很有趣。」魚腳司抱怨道。「要是那個巨型土嘶牙龍還活著怎麼辦？」

「那他現在應該一千萬歲了。」小嗝嗝回答。「你們看，穴龍都還在冬眠，我們只要盡量壓低音量，去找巫婆說的火坑就好了。它都叫『火坑』了，應該很好找吧？」

「我們要從哪裡開始找？」魚腳司低聲問。

第一個小時，他們隨著通道走，繞了一圈又一圈。

地道裡結了冰，穿上骨製溜冰鞋後可以快速行動，在錯綜複雜——瘋狂得像蜘蛛結的網般複雜——的地道裡滑行。

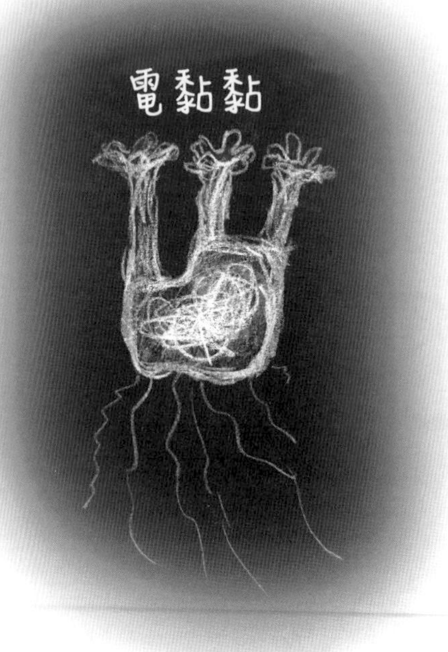

有一次，他們溜進一個滿滿都是龍的洞穴，形形色色的龍睡在岩石上，還有大群大群的龍像蝙蝠一樣，掛在天花板上。

幸好小嗝嗝說得沒錯，龍族都還在冬眠，三個小維京人趁龍族沒有發現他們，趕緊退出洞穴。

可是一小時後，他們又回到了原點，大釜與深井就在眼前，卻不見火坑的蹤影。

「好吧，」小嗝嗝小聲說。「找火坑比我想像中困難，地道實在太多、太複雜了。」

他檢查滴答物。「只剩兩個小時……」

暴飛飛在前頭，像是看到了什麼。

「你們看！」牠敏銳的黃眼睛看到某種東西，於是「咻」地飛回來，美麗的金色身軀劃過空中。「通道邊邊好像有鎖鏈，我們要不要跟著鎖鏈走？嗯，我自己是比較喜歡隨便繞圈圈啦。」

「我也有看到！」沒牙得意地說。「我也看、看、看到鎖鏈了！啊，當然是暴飛飛妳先看到的。」牠連忙補充。「妳『超厲害』——不過我也、也、也有看到那個！」

鎖鏈似乎通往某處……跟著鎖鏈走，應該比盲目地兜圈子來得好。

鎖鏈一端在歪倒在地的大釜旁邊，一路延伸至前方的地道。

「好喔，」小嗝嗝也想不到更好的方法。「大家拔劍，我們跟著鎖鏈走。」

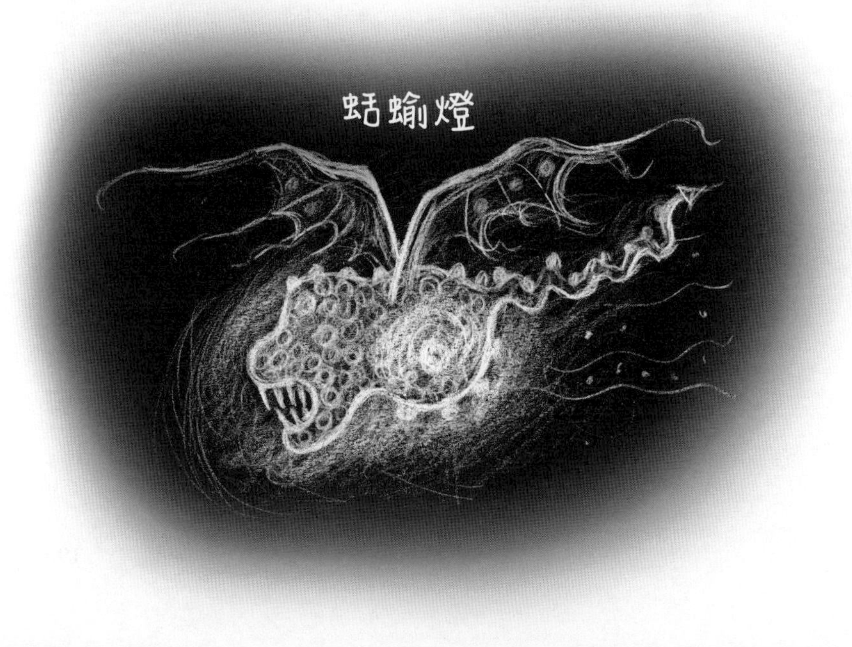

他們邊走，小嗝嗝邊收起鏈條，說不定待會能派上用場（金屬鏈至少不會像繩子一樣被火燒斷）。三個好朋友跟著鎖鏈前行，穿過一條條地道，拐過一個個彎。最後，暴飛飛消失在過彎處，悶叫了一聲——沒牙飛過去救牠，結果叫得更大聲。

三個小維京人急匆匆地過去救沒牙和暴飛飛時，戲劇化的一瞬間已經過去了，暴飛飛嗤之以鼻：「**哼，不過是個人類。**」沒牙也尖聲說：「**我就知道！**」牠們飛近去查探那個奇怪的東西。

是人類？

那還真的是人，而且是處境尷尬的一個人。

那個人似乎在溜冰時一頭撞上隱形的黏蟲龍網，結果全身被網子纏住，只能倒掛在那邊。

他對小嗝嗝他們低喃了什麼，聲音聽起來很氣憤，可是他倒吊在空中，而

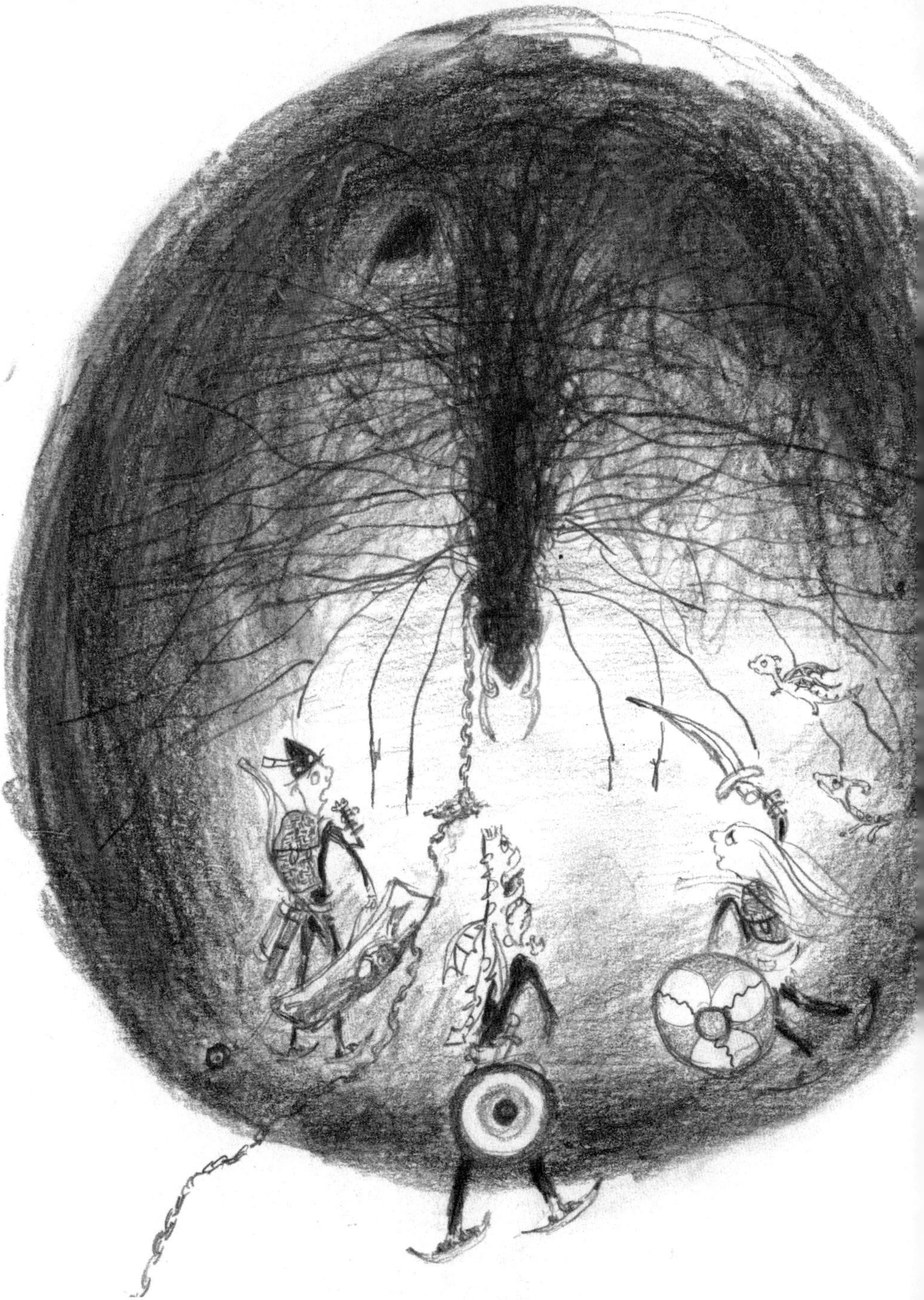

且在通道的另一端，所以小嗝嗝聽不太清楚內容。三個孩子小心翼翼地接近（他們謹慎地放慢速度），終於聽清那個人說的話。

他們溜得更近，聽到那個人片刻不停地謾罵。

「**笨蛋！白痴！傻瓜！**」

沒牙飛上前，在空中翻身看那個人的臉後飛回來報告。

「是閃燒。」沒牙說。

「**真的嗎？**」

「沒錯，」沒牙說。「**絕對是他**。」

聽沒牙這麼一說，他們心情瞬間好了起來。

「太棒了！」神楓唱道。「是完美大英雄！」

「萬歲。」魚腳司小聲說。

小嗝嗝心中萌生了希望。

他們終於改運了，閃燒正是他們現在最需要的人。閃燒是技藝高強的英雄，他可以幫忙找王冠，而且只要把他帶回地表，他隨隨便便就能在劍鬥術大賽中勝過阿爾文……

可是閃燒看到小嗝嗝、神楓和魚腳司，好像一點也不開心。

「**蠢材！單細胞水母！沒大腦的渡渡鳥！**」他用氣音——音量最大的氣聲——說。

「如果你要我們幫你，」走到火冒三丈、不停辱罵他們的英雄面前時，小嗝嗝建議他。「那不是該禮貌一點嗎？」

「『你們』最好有『幫到忙』啦！」自信滿滿、頭下腳上的英雄低聲說。

「那是我找路回去用的鏈條！這麼棒的點子，只有我這個天才想得到！結果你們三個『笨蛋』把鏈條都撿走了！」

「別擔心，」神楓愉快地說。「暴飛飛的方向感很好，給她五分鐘，她一定能找到回去的路。」

「金髮小丫頭，妳又是什麼人？」閃燒試著拔劍，可是他全身都被黏答答的龍網纏住了，只能像毛毛蟲一樣蠕動。「妳來我的地盤做什麼？」

「我不是金髮小丫頭，我是赫赫有名的盜賊。我們是來找失落的西荒野王冠的。」神楓有點不高興，但還是聊了起來（你如果有什麼祕密，**絕對**不可以告訴神楓，她是蠻荒群島最愛聊天的人）。「是那個討厭的巫婆優諾派我們來的，她說王冠在什麼『火坑』裡，你有看到火坑嗎？」

「可惡的騙子！那個滿口謊話、舌頭分岔的巫婆！」閃燒怒不可遏。「二十年前，那個女人在人間蒸發前幫我算命……她說我會是西荒野新王。我這麼聰明、這麼勇敢、這麼有魅力、這麼有耐心、這麼善良、劍鬥術這麼厲害，當然會是西荒野新王！她說，我只要找到那頂可惡的王冠，就能當上國王……」

「所以你聽了巫婆的話，過去**二十年**都在找王冠？」小嗝嗝驚呼。

這是天大的壞消息。

「當然不是整天都在找啦。」閃燒不耐煩地罵道。「你是沒長腦袋的笨蛋嗎？我可是閃燒劍鬥術學院的校長耶。過去二十年，我有空時就會找找王冠。

二十年來，巫婆半句消息都沒有，根本音訊全無，最近突然帶著她可惡的兒子來找我，兩個人衣服破破爛爛的。我好心讓他們在這裡住下來，還給她討厭的兒子上一對一劍鬥術課……」

原來如此，小嗝嗝心想。**所以巫婆才會成為這座城堡的巫婆，阿爾文的劍術才會突飛猛進……**

「……她還叫我派我的四十個戰士去執行她瞎掰的任務，她說我的戰士很礙事。結果呢？你們看她是怎麼回報我的！你們來到城堡前，她綁架了我，叫我在三個星期內找到王冠，不然就讓我在這地方度過餘生！」

「你運氣真好，」神楓說。「她只給了我們『三個小時』……」

「她叫你們找王冠？**你們三個？**」

自信滿滿的英雄似乎覺得這件事很好笑。「一個跛腳的金髮小丫頭、一個頭上有龍的奇怪小男孩，還有一個瘦巴巴的小怪胎？太荒唐了……太荒唐了……」

「『我』可是蠻荒群島史上最偉大的英雄！」閃燒罵道。可惜他全身被黏蟲龍網纏住，倒掛在空中，要不然這句話應該很有氣勢。「我長得帥、武藝高強、勇敢無畏、聰明絕頂……

「每一條地道、每一個洞穴我都徹底找過了，我找了二十年，就是沒看到王冠或火坑。相信我，這裡沒有王冠或火坑這種東西……你們三個小怪胎幹麼一直站在那邊盯著我看？還不快放我下來？」

自信滿滿的大英雄還真沒禮貌，難怪蠻荒群島有這麼多人和他作對。

「他真的好無禮喔。」魚腳司說。

「真的。」神楓說。「而且他說他找了二十年，到現在還沒找到王冠。」她冷笑一聲。「看來他並不是完美的大英雄。」神楓失望透頂地搖搖頭。

「那是因為找到王冠是『不可能的任務』。」閃燒氣呼呼地嘶聲說。

「小嗝嗝常常完成不可能的任務啊，」神楓不為所動。「而且他還比你瘦小很多。」

「閉嘴!閉嘴!」閃燒倒著的臉整個漲紅,好像隨時會爆炸。「閉嘴,快放我下去!讓完美的我回歸仰慕我的世界……你們還在等什麼?」

「要不要放你下來,還很難說。」小嗝嗝緩緩地說。「你必須先回答一個問題:假如『你』成為西荒野新王,你願意解放龍族,禁止所有形式的奴隸制度嗎?」

可想而知,聽小嗝嗝這麼說,閃燒笑得喘不過氣來。「當然不會,你那是什麼荒謬的問題?我們不養龍、不蓄奴,誰要幫我們做沒人想做的工作?」

嗯……

「好,」小嗝嗝下定決心。「把他放下來,可是不要解開他身上的鎖鏈,我們不能讓他回去參加劍鬥術大賽。」

於是,神楓幫閃燒劈開龍網,他終於能好好站在地面。閃燒氣得七竅生煙,鬍子到現在還黏呼呼的。「壞蛋,還不快把鎖鏈解開!」他喘著氣說。「我以英雄之名發誓,我絕對不會逃跑。」

可是小嗝嗝、神楓和魚腳司都讀過閃燒寫的《有個性的劍鬥術》，在這本書中，閃燒建議讀者用各種方法勝過對手，其中一種方法就是盡情說謊。

「我們沒心情相信你。」神楓笑嘻嘻地說。「小嗝嗝願意放你下來，你就該偷笑了，換作是我，可能就會讓你繼續掛在那邊。」

他們再次出發，在迷宮般的冰道中溜了好久好久，大英雄則在他們後方邊溜邊小聲抱怨與謾罵，他身上的鎖鏈一端固定在神楓手腕。

「我不是說過了嗎？」閃燒咬牙切齒道。「這些可惡的地道，我每一吋都找過了，每一個角落都印在我智力超群的腦子裡。相信我，這裡沒有火坑——等一下。」

大英雄說到一半，突然彎著脖子，彷彿在傾聽什麼聲音。

喀、**喀**、**喀**，還有很細微的聲音——東西被**撕**——開的聲音。

我的雷神索爾啊。

是「撕吼龍」。

牠們怎麼會突然醒來？

「快逃啊！被那些生物逮到，你們就要被分屍了！」閃燒用氣音尖喊，害怕得眼睛暴凸……

……魚腳司直接在冰上躺了下來，身體像海星一樣平攤在地上，再也不肯動了。

「魚腳司！」小嗝嗝拉著他的手臂輕喊。「快點！魚腳司，你可以的，你可以的！我們必須**現在**離開這裡！」

可是魚腳司剛剛一直努力跟上其他人，已經累得動彈不得了。他平時就不太擅長溜冰，這回恐牛還緊抓著他的頭和肩膀，害他無法平衡，他摔倒過太多次，真的真的受夠了。

「不要。」魚腳司癱在冰上說。「我不該跟你們來的，再這樣下去，你們只會被我拖累。你們想繼續走就走吧，我待在這邊等死就好。」

「那個弱崽說得對，我們應該把他丟在這裡。」閃燒嘶聲說。他試圖繼續往

撕吼龍

統計資料

恐怖：··················8
攻擊：··················8
速度：··················8
體型：··················7
叛逆：··················8

撕吼龍是孔武有力的穴居龍族，牠們和猛禽蛇龍很相近，能擠進狹窄的空間。撕吼龍群能將獵物撕成碎片。

前溜，卻被神楓與鎖鏈制止。「我在雷霆山下就告訴過你們了，他不是當英雄的料，而是穿著小裙子的水母。你們知道撕吼龍會對獵物做什麼嗎？我是大帥哥，世界需要我，所以我不能死在這裡。」

這個人還有臉自稱英雄呢。

「魚腳司，你待在這裡真的會死。」小嗝嗝嘶聲說。

「我不管。」魚腳司閉上眼睛說。「我太累了。這裡很好啊，很安靜，我在這片舒服的冰上死掉就好了。嗯，反正都沒救了。」

嘰、**嘰**、**嘰**、**撕**、**撕**。

小嗝嗝聽到龍爪和冰層相碰的聲響，撕吼龍群在陰暗的冰道裡嗅嗅聞聞，聲音越來越近、越來越近。

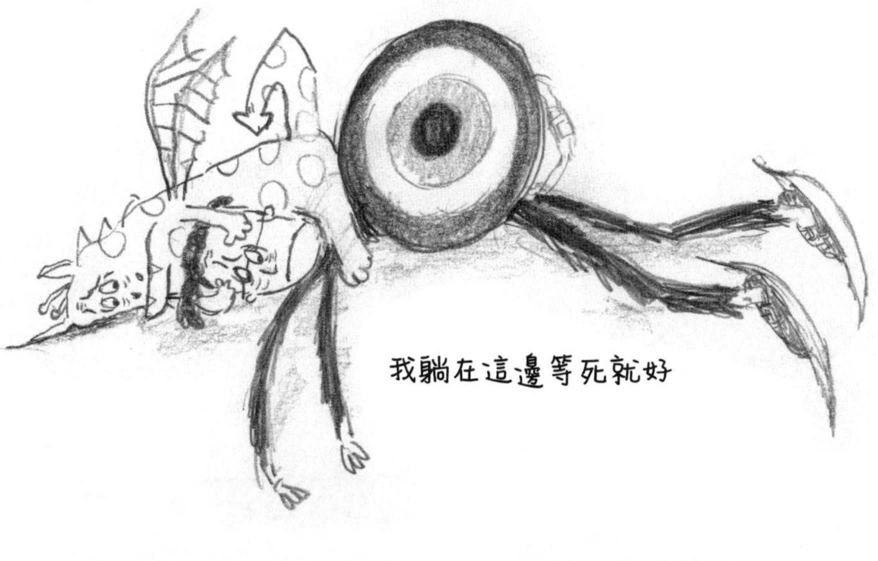

「我的雷神索爾啊……魚腳司，我們還有救！」小嗝嗝焦急地說。「我們還可以活下去……相信我，我們做得到……」

第十一章　撕吼龍與電黏黏

在那情急萬分的時刻，小嗝嗝腦中萌生一個想法。

巫婆剛才為什麼沒把王之寶物搶走？

那是因為她知道小嗝嗝會需要那些東西……

小嗝嗝從口袋取出滴答物。

滴答物有許多箭頭，兩根用來報時，一根用來量測緯度，一根不論何時都指向北方。

還有幾根小嗝嗝看不出有什麼功能的箭頭。

他找到了。

一根看似裝飾用的粗箭頭，上頭刻了一個小王冠——一個被小小火焰包圍的王冠……

「魚腳司！你看！是王冠！」小嗝嗝喘著氣說。「陰森翳的滴答物，能指引我們找到火坑裡的王冠！」

魚腳司撐開疲憊不堪的眼皮。恐牛稍微鬆開爪子，贊同地哞了一聲。

「魚腳司，你看，運氣站在我們這一邊！」

魚腳司心中燃起微弱的希望之光，跌跌撞撞地站起來。小嗝嗝和神楓設法撐起他的身體，帶著他、拖著閃燒繼續溜冰，而後方的窸窣聲與腳步聲越來越近，喘氣聲也越來越大。

莫名其妙的探險隊沿著地道滑去。

撕吼龍群逐漸逼近，四人拐過一個彎時，龍群開始號叫。小嗝嗝四人溜進一個寬敞的洞窟，正要穿過洞窟時，視力極佳的沒牙看到某個東西，牠尖呼：

「你、你、你、你們看！」

右方地上有個稜角分明的長方形洞穴，那不可能是自然形成的洞，那麼直的線條，只可能是人類鑿出來的。

「**下去！**」小嗝嗝下令。一、二、三，魚腳司、神楓和閃燒從洞口**跳下去**，小嗝嗝舉著長方形盾牌跟了上去。就在他跳進洞口的瞬間，他看到令人胃部融化的畫面：跑在最前頭的四隻撕吼龍尖叫著拐彎跑來，在他滑入方洞時，牠們張開血盆大口衝向他們……

哐啷！

盾牌完整蓋住方洞。

洞彷彿是為盾牌量身打造的。

也許，很久很久以前，真的有人在地上為盾牌量身鑿了一個長方形的洞……

小嗝嗝抓住盾牌的皮革把手，掛在

空中，腳下三英尺就是地面。

「快放開！」神楓對他大喊。

「不行！」小嗝嗝高呼。

「他們會跟過來！」

吱吱吱嘎！吱嘎吱嘎！

令人毛骨悚然的尖銳噪音傳來，想必是利爪撓抓金屬盾牌的聲音。

哐啷！

一隻撕吼龍全身的重量落在盾牌上，撞凹金屬板中央，金屬離小嗝嗝的臉只剩幾英寸……

我的雷神索爾啊……

撕抓、撕抓、撕抓。利爪搔刮著盾牌邊緣……

撕吼龍群隨時可能抓穩盾牌，把小嗝嗝連盾牌一起從洞裡拔出來……

一根爪子探到盾牌下緣，將它往上扳……

「**神楓！**」小嗝嗝感覺自己被往上拉，突然尖叫道。「**抓一隻電黏黏，往盾牌丟！**」

盾牌又往上抬了一些，小嗝嗝和撕吼龍噩夢般的大臉面面相覷，看到黑色唾沫、布滿血絲的瘋狂眼睛，感受到牠噁心的熾熱氣息吹在自己臉頰。

「**啊啊啊啊啊啊啊啊啊！**」小嗝嗝放聲尖叫。撕吼龍又用力一拉，小嗝嗝的身體被拉到盾牌與洞口的縫隙，撕吼龍張開大嘴，準備咬下去……

……就在千鈞一髮之際……

啪嘰——！

悅耳的「嘎吱」與「啪嘰」聲響起，那是電黏黏撞在盾牌上的聲音，牠撞

上去之後就顫抖著黏在盾牌表面，整面盾牌瞬間通電。撕吼龍驚恐地尖叫，猛然往後跳，彷彿突然被一整窩虎頭蜂螫到。盾牌又落回洞口，小嗝嗝抓著皮革把手在空中晃蕩，而同時……

啪嘰！啪嘰！

神楓又把兩隻電黏黏丟到盾牌上。她戴著盜賊手套，所以沒有被電到，而且她可是丟東西的專家。小嗝嗝跳到地面時，她從進入地牢到現在首次綻放大大的笑容。

「天才！」她歡呼。「小嗝嗝，你**真的**是天才！你看……我們要成功了！這是命運給我們的徵兆，我們快成功了……」

「先別急著慶祝……」被撕吼龍嚇得魂飛魄散的小嗝嗝喘著氣說。剛才神楓沒看到牠瘋狂的眼睛，她不曉得他們只差一點點就要被撕吼龍群撕成碎片。

「別忘了，我們如果想重見天日，就必須從洞口爬回去，再次面對他們。他們會在上面等我們……相信我，他們一定在那裡等著……」

「可是金髮小丫頭說得對，」閃燒氣喘吁吁地說。「太不可思議了，我在地道裡找了二十年，從沒看過那個長方形的洞。我從沒來過這地方。」

「那是『沒牙』找到的！」沒牙得意洋洋地說。

「是啊，沒牙你好棒，你好聰明。」小嗝嗝說。「快看！」小嗝嗝興奮地指著洞穴另一頭高呼。

壞掉的滴答物好像瘋了，它急匆匆地連續「滴」了二十五下，倒著播放毛流氓部族國歌，最後彈出一根彈簧，可憐的滴答物終於靜了下來。

了無生機的黑暗中，閃爍著生機蓬勃的金光。

洞穴地上有一圈明亮的光芒，四人走近，發現那是個金色的坑洞，豔麗的火河輕舔黑色坑壁。

「怎麼可能……」閃燒目瞪口呆地驚呼。「**怎麼可能**！聰明絕頂、勇敢無敵的我找了二十年，我冒著生命危險在地牢裡找了二十年，結果你們三個莫名其妙的怪小孩一來就找到火坑了。怎麼可能？這一定是意外！」

「世界上沒有『意外』這種東西。」魚腳司善意地提醒。

這真的是超自然景象。

雷霆山冰霜迷宮的中心，正是他們尋找許久的火坑。

土、水、石、火。

四種元素守護著失落的西荒野王冠，守護著這件價值連城的寶物。

在那勝券在握的時刻，惡意滿滿的絮語在地道中迴響起來。

那是小嗝嗝在雷霆山艱險之路聽過的聲音，只是現在變得更響亮了。

那是龍語，怨憤、嗜血、咬牙切齒的龍語。它在空曠的戶外已經夠可怕了，在黑暗中幽幽迴響時更是驚心動魄，足以讓人脊椎融化，身上每一根毛髮都直直豎起。

「讓人血染紅你的利爪……

毀滅骯髒的人類……

把人類像木柴一樣點燃……

火坑。

龍族叛軍來了……」

「那是什麼鬼？」大英雄閃燒問道。

「沒什麼……沒什麼……他只是想嚇嚇我們……」小嗝嗝連忙摸摸恐牛的背。

「他成功嚇到我們了。」魚腳司倒抽一口氣。

「不要理他，」小嗝嗝低聲說。「他聽起來很近，不過離我們還有好幾英里，而且他不可能通過通電的盾牌進到這一層。」

小嗝嗝取下背包。

經歷了這麼多事件，他們三人的防火裝都多了幾個洞。「神楓，可以把妳的防火手套借我嗎？」小嗝嗝

說。「有人有完好的防火鞋嗎？」

三人勉強湊出一件還算完整的防火裝，小嗝嗝套上衣服，戴上頭盔與面罩時，他刻意轉身，不讓另外兩人看見他的額頭。

「小怪胎，等一等。」可憐的閃燒快哭出來了。「我才是英雄，我已經找這個火坑找了二十年……這個不可能的任務是屬於我的……你們怎麼可以讓這個瘦巴巴的小怪胎進去，而不是讓我去？」

神楓默默解下閃燒身上的一條鎖鏈，一端綁在一顆大石筍上，另一端垂進火坑。

「這樣應該可以了。」神楓邊說邊檢查小嗝嗝的防火裝有沒有破洞。

小嗝嗝拉住鏈條。

就算你身穿防火衣，爬進火坑還是很可怕。

他深吸一口氣，想到他父親。

英雄可不好當。

他慢慢爬進火坑。

防火裝果然有幾個破洞。

爬下去時，小嗝嗝感覺到火焰舔拭破洞處的皮膚，彷彿有燒紅的硬幣緊貼著大腿、手臂與小腿後側。

到了坑裡，他穿過火焰，來到火圈中間。這個洞穴，應該至少一百年沒有人來過了。

洞穴中央，是金光閃閃的西荒野王冠。

它靜靜躺在那裡，根本不曉得自己為閃燒造成多大的困擾，彷彿打從一開始就等著小嗝嗝過來。

王冠美得眩目，是由黃金打造的完美的圓。

小嗝嗝伸出顫抖的手，準備拿起王冠。

他突然停下動作，彷彿被什麼東西螫到，將呼之欲出的喊聲吞回去。

因為，有一隻和岩石同樣是棕色的小龍，蜷縮在王冠裡。

王冠裡，有一隻蜷縮著的綠色小龍。

真是的，不愧是恐怖陰森鬍！

他當然設了陷阱！現在想來，火坑裡有龍也是理所當然，火焰在燒一種黑色物質（可能是泥炭或煤塊），但一定有什麼為黑色物質點火，而那個東西當然是龍。

小嗝嗝不認得這個品種，不過他願意用性命打賭，這種龍一定有劇毒。

他別無選擇，只能在不吵醒小龍的情況下拿走王冠。

他的盜竊技巧將接受生與死的考驗。

小嗝嗝輕顫著拔劍。

他屏著一口氣，很慢、很慢，很小心、很小心地伸手，觸碰王冠。

小龍如石像般，靜靜躺在原處。

小嗝嗝輕輕握住王冠，輕輕一拉。

又一拉。

王冠沒有動。

小龍倒是抬起了頭，睜開眼睛。

第十二章　失落的西荒野王國

牠是一隻很老、很老的龍，全身像梅乾一樣是乾巴巴的棕色。牠老到幾乎無法睜開眼睛，皺紋又多又深，以至於看起來像揉成團的地圖。

小嗝嗝從來沒看過這麼老的龍。

有一瞬間，小嗝嗝深信小龍要殺他，牠像龍、像準備出擊的響尾蛇一樣揚起頭來。

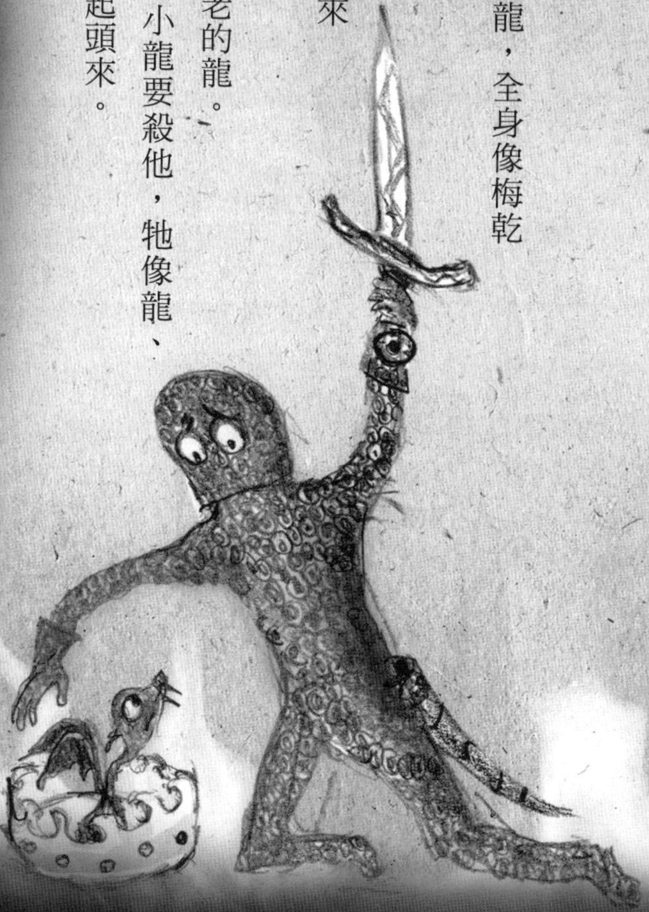

小嗝嗝試圖移動握劍的手，沒想到他的手臂似乎變成一塊石頭，怎麼也動不了。

火圈中心，龍眼睛對上男孩的眼睛，金色貓眼對上小嗝嗝的藍眼。

小嗝嗝頭暈目眩，不得不閉上眼睛。

「你是誰？」老龍問道——但其實牠已經知道答案了。

「我是小嗝嗝．何倫德斯．黑線鱈三世，我想把王冠拿走。」小嗝嗝禮貌地說。「請問你是誰？」

「小嗝嗝三世啊，我是奧丁牙龍，我理應殺死任何想染指王冠的人……」牠的嘶嘶聲輕得幾乎聽不見，彷彿葉片骨骸的窸窣聲。

奧丁牙龍

「請不要殺我。」小嗝嗝閉眼說道。

一片漫長的沉默。

「因為，人類和龍族無法和平共處。」老龍說。

「龍王狂怒也說了類似的話。」小嗝嗝終於睜開雙眼。「可是我不這麼認為。」

「我曾經和你抱持相同的信念，」老龍疲倦地說。「但後來我改觀了。」

「人類和龍族怎麼不能和平共處！」小嗝嗝大聲說。「我有幾個好朋友都是龍族！我們只是不知怎麼走錯路了……

「本該自由的龍族，被人類奴役……可是你『一定要』相信人類和龍族能做得更好，你『一定要』相信我們能創建更好的世界……」

「小嗝嗝三世，『你』若成為西荒野國王，可願意解放所有龍族？你願意遵守諾言嗎？」老龍問他。「你願意窮盡畢生之力，確保人類與龍族和平共存？」

小嗝嗝不想當西荒野國王。

但有時候，我們不得不長大。

「我願意。」小嗝嗝回答。「我發誓。」

老龍又嘆息一聲。

「問題是，」老龍說。「我年紀很大很大了，我可以告訴你，你並不是第一個如此發誓的人。歷史恐怕會重演。」

「也許它不必重演。」小嗝嗝說。

「且聽我將故事娓娓道來，」老龍告訴他。「聽完後，也許你會改變想法……」

「其實我在趕時間。」小嗝嗝說。

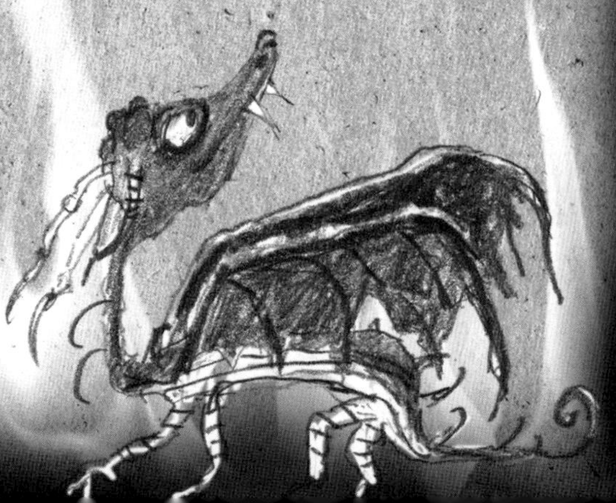

老奧丁牙龍用有催眠之力的眼睛盯著他。

蒼老的聲音多了一絲強硬。

「我們時間多得是。」老奧丁牙龍說。

「我們時間多得是。」小嗝嗝重複道。

雷霆山冰冷的內部，火坑裡的火圈中央，小嗝嗝盤腿坐下，把劍橫放在膝上，開始聽故事。

「其實，」奧丁牙龍說。「你並不是第一個擁有『小嗝嗝』之名的人類，你也不是第一個擁有那把劍的人類。」

天啊，天啊。小嗝嗝又覺得頭皮發麻，彷彿許多黑色甲蟲在頭上亂爬。

「第一個對我立下誓言的人類，名叫……小嗝嗝·何倫德斯·黑線鱈『一世』……」

小嗝嗝‧何倫德斯‧黑線鱈一世的故事

「五、六個世紀前，」老龍說。「我還很年輕。那是黑暗的時代，龍族與人類長年征戰，龍族領袖——海龍無慈——預見了未來，得知自己將死在名為小嗝嗝的人類手裡。

「他得知一個名叫小嗝嗝的人類住在蠻荒群島某座島上，於是派我去殺死那座島上所有人類。

「然而，飛去那座小島時，我飛得太低了，不慎卡在一棵樹的樹枝上。我胸口受了重傷，身體像被釣鉤勾住的魚，自己把自己纏得死死的。我掛在那裡，掛了兩天，變得越來越虛弱。

「一個大約九歲的小男孩救了我。

「諷刺的是，他正是無慈派我去殺的男孩……小嗝嗝一世。

「小嗝嗝一世爬上我受困的那棵樹，將我救了下來。你要知道，在那個年代，人類和龍族是勢不兩立的死敵，他這是十分勇敢的行為。當時我未曾近距離看過人類，只從遠處殺害他們，我完全可以噴火燒了那個孩子，或用我越來越無力的爪子殺了他。

「但那個男孩救了我，還一直照顧我，直到我身體復元。他用靈巧的人類手指縫合我胸口的傷，為我敷上療傷的藥草——你看，即使到現在，傷疤仍在我胸口！」

小嗝嗝仔細一看，果不其然，老龍皺巴巴的棕色胸膛，有一道細細的疤痕，以及數百年前被人縫合的鋸齒縫線——小男孩歪七扭八的縫線。

沒牙胸口也有一道疤，位置和老奧丁牙龍的疤一模一樣。

龍王狂怒胸口也有一道疤。

三隻心口有疤的龍。

三個名叫小嗝嗝的男孩。

「康復後，我飛回北方，卻又時常回到島上見那個男孩。我將我們的語言——龍語——傳授給他，他也教我諾斯語。小嗝嗝是史上第一個學會騎龍的人類，他騎的龍就是我。我越是瞭解小嗝嗝，越是發現人類擁有我們龍族沒有的獨特事物：愛情、想像力、創意、透過語言溝通的能力、未雨綢繆的能力。我們若允許人類活下去，就能從他們身上學到這些東西，但當時的人類還未發展出現代的武器，眼見就要滅絕了……

「當時，我有個夢想，一個很傻、很傻的夢想。我希望人類和龍族能在這世上和平共處。

「於是，我決定助人類逃過死劫。

「無慈有一顆寶石，他天不怕地不怕，就怕那顆寶石——那是塊能永遠毀滅龍族的琥珀。很久以前，那顆寶石被藏在一把劍的祕密夾層裡。

小嗝嗝倒抽一口氣。

「你想得沒錯，」老龍告訴他。「就是你現在拿的這把劍——龍之劍。這把劍藏在火坑裡，由一隻比我可怕很多的龍守著。」

小嗝嗝又倒抽一口氣。

「沒錯，」老龍說。「就是我們所在的火坑。小嗝嗝啊，歷史總是會重演的。

「那時，我去到火坑，偷了龍之劍。

「我將龍之劍交給小嗝嗝一世，並把夾層與寶石的祕密告訴他。

「我將危險的寶石託付給人類。

「我問你，我這樣相信人類，是正確的

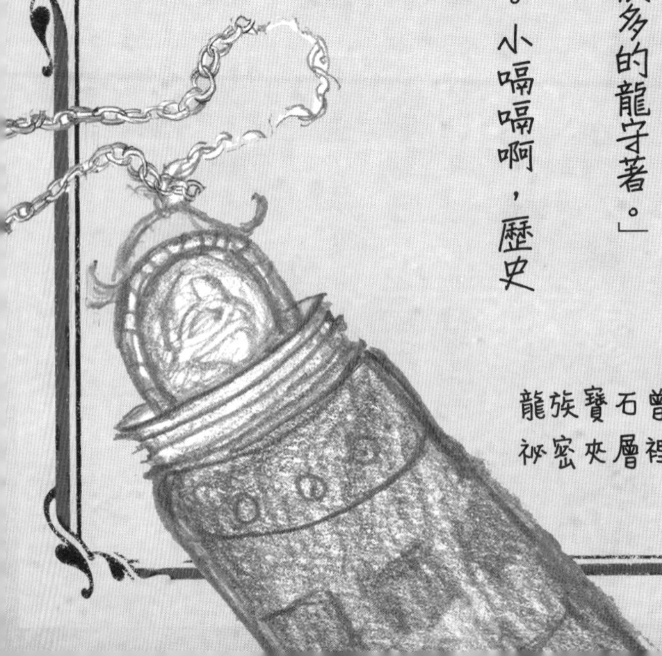

龍族寶石曾經藏在一把劍的祕密夾層裡……

選擇嗎？我是背叛龍族的叛徒嗎？我告訴你，那個男孩對我發了誓，他說他絕對不會用這份禮物做壞事，他說他會確保龍族和人類和諧地共存於世上。

「我不知道這是不是正確的選擇，」小嗝嗝的臉白得像珊瑚。「我真的不知道……後來發生了什麼事？」

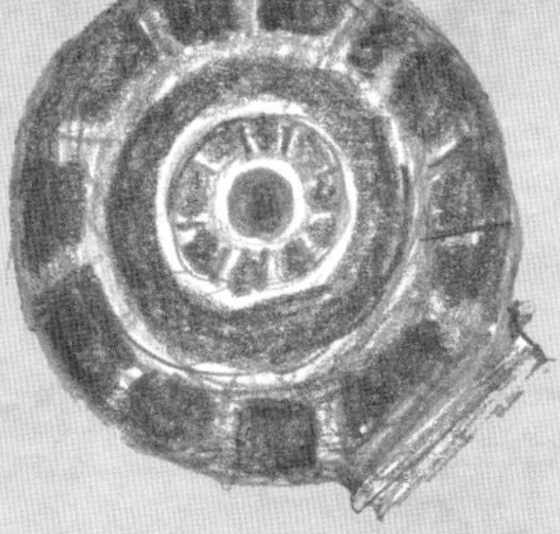

「後來，無慈飛去暗殺小嗝嗝一世，小嗝嗝赤著腳、穿著破破爛爛的衣服，手無寸鐵地站在茅草屋外，高舉著龍族寶石。海龍無慈當時很年輕，卻大得像座會飛的山，翅膀寬到彷彿能遮覆整片天空。無慈心中燃著熊熊烈火，他只要呼出一口氣，就能將整座島嶼燒成灰燼。

「但那塊小到能輕易藏在人類手掌心的琥珀，那塊小小的寶石，卻令巨大掠食者屏氣凝神。

「那是他唯一害怕的東西……小嗝嗝一世逼海龍無

慈發誓解除赤怒，並解散龍族大軍，再次獨自生活。『你永遠不可以回蠻荒群島，』小嗝嗝一世告訴他。『否則你預見的命運將會成真。』就這樣，當年的龍族赤怒結束了，無慈飛向北方的開放海域，獨自一龍生活。他也許是經歷了太久的孤獨，幾個世紀過去了，他忘記自己曾經是龍族大軍的統帥，成了相當平凡的掠食者。據傳聞，數百年後，他只剩下『綠色死神』這個稱號，現在不過是在深海徘徊的眾多怪獸之一。你剛剛是不是有什麼話要說？」

「是『我』殺了他。」小嗝嗝・何倫德斯・黑線鱈三世輕聲說。「綠色死神回到蠻荒群島，被我殺死了……」（註6）

老奧丁牙龍乾笑一聲。「果然，最後他還是被名為『小嗝嗝』的男孩殺死了……」

註6　此段故事請見小嗝嗝的第一本回憶錄《馴龍高手》，而綠色死神即改編動畫電影中的「綠閻王」。

你說，命運是不是有趣得像一件藝術品？

「小嗝嗝一世決定更進一步利用龍族寶石。『我會用這枚寶石，』男孩說。『做一件很特別的事。』他開始訓練龍族，讓龍族幫忙耕作、狩獵、牧羊與鹿，他還教其他島嶼的人類和龍族協力工作，在龍族的幫助下，他們大幅增進了牧鹿的能力。這些人類變得比以前肥胖許多，力氣也比以前大了許多。對龍族而言，這也是好事。男孩給龍的待遇，遠優於龍族現在得到的待遇——過去，龍族被視為與人類平等的存在，他們以工作夥伴的身分一同坐在營火旁，狩獵後龍族最先開動。在打仗前，男孩會與龍族商討，他能毫無障礙地和龍族溝通，彷彿他的龍朋友也是人類。男孩打造了新的王國，一個和平、平等的王國，在他的國家，所有人與龍都平等，龍族和人類會為了共同的目標團結合作。說到這裡，故事就快要結束了。」

快要結束了

「你看！」小嗝嗝說。「男孩沒有食言！」

奧丁牙龍嘆息。「他在世時的確一直謹守承諾，但我們都忘了一件事：人類的壽命短如白駒過隙。在我們龍族看來，人類的壽命和蝴蝶一樣短暫。男孩在世時不曾背叛我，但他死後就無法繼續守信了。」

火坑裡悄無聲息。

「男孩的後代不如男孩可靠，他們將我贈予他們的力量用以達成邪惡的目的，奴役了龍族。人類變得越來越過分，直到最後的西荒野國王……」

「恐怖陰森鬍。」小嗝嗝說。

「恐怖陰森鬍。」奧丁牙龍重複道。「這個故事的結局，相信你也知道。陰森鬍在痛苦的一生將結束時來到我面前，那時他已是渾身是毛、眼神癲狂的廢人。他請我守護西荒野王冠，別讓任何人擁有他曾經握有的權力，我當然答應了。我為什麼要讓『你』取走王冠？我為什麼要『再次』犯下相同的錯誤？」

這是個好問題。小嗝嗝沒有回答。

男孩與老龍坐在火坑裡，四隻眼睛盯著王冠。那個黃金製成的圓圈，竟是如此沉重的重擔。

男孩心想：

以前有過兩個比我偉大許多的小嗝嗝，他們都試著讓世界蠻荒的一角變得更文明，後來都失敗了，完完全全失敗了，彷彿不曾存在過。既然這件事打從一開始就註定失敗，我為什麼要費心去「嘗試」？

老龍也在想這個問題。

小嗝嗝看向自己膝上那把看似平凡的劍。

過了半晌，小嗝嗝說：「當初找到這把劍，完全是場意外。我當時不知道它叫『龍之劍』，所以我把它帶去給我外公老阿皺看，請他幫這把劍命名。

「老阿皺幫它取的名字是『努力劍』。他說這個名字很重要，因為『努力』的意思是，就算你一開始就知道自己可能失敗，你還是決定盡力一試。」

老龍抬眼凝視男孩的臉。

「然後，我外公又說了一段話，我當時聽來覺得有點奇怪，不過直到今天我都還記得。他告訴我：

『歷史是由許多不停重複的循環構成，就像海的潮汐。明日島確實化成了斷垣殘壁，但這是前進兩步，後退一步。人類和龍族會一次又一次犯下相同的錯誤，不過隨著時間過去，情況還是會好轉。』

「說不定……」小嗝嗝努力尋找成熟的措辭，學大人說話。「說不定……過去的兩個小嗝嗝雖然是被遺忘的英雄，他們還是有讓世界變得稍微好一點，至少比沒有他們的世界好一點了，是不是？」

老奧丁牙龍幫他把話說完。「也許你外公說得對，也許隨時間逝去，過了數千年後，這些小小的進步能積累成更大、更好的世界。」

他們沉默了良久，良久。

「那麼，我若將王冠交給你，你願意發誓用它讓人類與龍族和平共存嗎？你願意發誓不讓王冠落入惡人手裡嗎？」奧丁牙龍問道。

惡人就等在外頭——老巫婆、阿爾文、閃燒。

小嗝嗝努力不去想這些，在成為新王的路上，他要做的事情實在太多了。

他必須活著帶好朋友逃出地牢。

他必須在井口打敗巫婆。

他必須在劍鬥術大賽中擊敗所有人。

接著，他還得說服大家解放所有龍族。這是難如登天的任務。

所有不可能的任務中，它是最最最不可能的一個。

「我發誓會盡力。」小嗝嗝回答。

「既然你這麼說，」老龍說。「也許我能接受你的誓言。把王冠取走，活下去吧。」

「謝謝你。」小嗝嗝說。他撿起王冠，將它收入背心口袋。

拿起王冠的同時，火坑的牆壁突然爆出吵雜的聲音。

這是他之前聽過的聲音，那東西發出令人膽寒的尖叫，這次叫聲大得震動小嗝嗝的耳膜，就連火焰也隨聲音顫抖。

「大家，開始狩獵！這裡有四個人渣！」

「他拿到了！他拿到了！大家，去追他！可惡的人類小男孩拿到王冠了！撕吼龍！嘶牙龍！滅息龍！大家上啊！黑暗中的生物們，去抓他！去抓他！」

我的雷神索爾啊，小嗝嗝摀著耳朵想。**那聽起來像龍王狂怒的聲音……可是他怎麼可能在地牢裡？巫婆小屋的井那麼小，他不可能擠進來啊……**

奧丁牙龍似乎不受恐怖的聲音影響，也許牠年紀太大，什麼事都嚇不著牠了。

「地牢還有一個入口，」老奧丁牙龍彷彿讀懂了小嗝嗝的心思，牠開口解釋。「索爾之雷峽谷裡有個大山洞，一個大到能容納巨無霸海龍──和龍王狂怒一樣龐大的巨無霸海龍──的山洞。」

小嗝嗝快速而小心地抱起老龍，老龍曾經很胖，但牠現在比空氣還輕，如同一片沒有葉肉的葉子，或像隻小甲蟲，全身都是皮包骨。小嗝嗝把牠放進背心，和王冠放在一起。

「好，」小嗝嗝說。「我們該離開這裡了……」

「唉呀，唉呀，」老奧丁牙龍像個皺巴巴的棕色嬰兒，牠抬頭對小嗝嗝眨眼，語帶敬意。「我都忘了年輕人這種盲目的樂觀，能在多年後和它重逢，真是太好了。」

「沒問題的，」小嗝嗝安慰牠。「我們可以的。」

說來。
簡單。
實際上。
難得要命。

第十三章　穿溜冰鞋——！

小嗝嗝飛速爬出火坑，他這輩子還沒爬得這麼快過。最後一小段，神楓奮力把他拉上去，魚腳司幫他撲滅背上的小火苗。三個孩子臉色發白、瑟瑟發抖，被可怕的聲音嚇得全身僵硬。

即使在這恐怖的時刻，沒牙還是注意到小嗝嗝背心裡，占據著「牠」的位子的棕色老龍。

「是誰占了沒、沒、沒牙的位子？」牠氣呼呼地嘶聲問。

「現在先別管這個！**趕快穿溜冰鞋！**」小嗝嗝大喊。「**我們得在劍鬥術大賽開始前回到地面！暴飛飛，快帶路！**」

「你們三個白痴，你們把所有穴龍都吵醒了，我們該怎麼回去！」閃燒又怕又怒地跳上跳下，到現在還在用氣音尖叫，儘管四周迴盪著駭人的噪音，他還是努力壓低音量。**「我只在冬天找王冠是有原因的！你們沒聽到那個聲音嗎？我們完蛋了！」**

震耳欲聾的聲音，彷彿四百個復仇女神同時尖叫。

「他拿到了！他拿到了！大家，去追他！可惡的人類小男孩拿到王冠了！撕吼龍！滅息龍！挖腦龍！大家上啊！黑暗中的生物們，去抓他！去抓他！」

赤怒瘋狂尖叫，心驚肉跳的聲音在地道裡迴響，一次又一次重複、交疊。回應它的，是撕吼龍、滅息龍，還有天曉得什麼恐怖龍族令人全身發涼、毛骨悚然的尖鳴。整個洞穴群的龍族似乎都醒了過來。

「我們沒得選了。」小嗝嗝沉聲說。「沒關係，我們不會有事的，最後一定會好好的。大家拔劍。」

「最後一定會好好的？」閃燒又驚又怒地尖呼。「**最後一定會好好的**？你這話是什麼意思？你們兩個幹麼聽這個瘋子的話？**好痛！**」

這是閃燒在神楓穿上溜冰鞋滑冰前的最後一喊。他差點被鎖鏈拉得摔倒在地。

他們風風火火地在陰暗地道中滑行，目前還沒看到龍族的蹤影，牠們可能都聚集在通電的盾牌另一側。

「你……拿……到……王……冠……了……嗎？」魚腳司氣喘如牛。

「拿到了。」小嗝嗝指著背心說。

「怎麼可能。」閃燒驚呼。他現在的心情只能用一個詞彙形容，那就是龍語的「疑炸」。「二十年……我找了**二十年**……結果王冠被兩個怪胎和一個跛腳小丫頭找到了！」

「**跛腳小丫頭溜冰比你快！**」神楓大叫。「**你就不能溜快一點嗎？**」

一行人溜回剛才的地道，只見散發微光的電黏黏還黏在小嗝嗝的羅馬盾牌上。

盾牌上方傳來非常恐怖的號叫聲、窸窣聲，還有爪子磨利的聲響。

「神楓，用劍把盾牌往上推。」小嗝嗝說。

「我的老索爾啊，你腦袋在想什麼？」閃燒氣喘吁吁地問。「牠們在上面耶！牠們全在上面耶！」

「神楓，快做！」小嗝嗝又說。

這時候，小嗝嗝用龍語放聲尖叫：

「**啊啊啊啊！有挖腦龍！挖腦龍來攻擊我們了！**」

盾牌另一側，突然靜得出奇，空氣中瀰漫著不安。

神楓用劍戳動盾牌，它和活板門一樣往上掀開了。

一頭撕吼龍將噁心的頭湊到縫隙，長著爪子的奇怪觸鬚微微顫動。

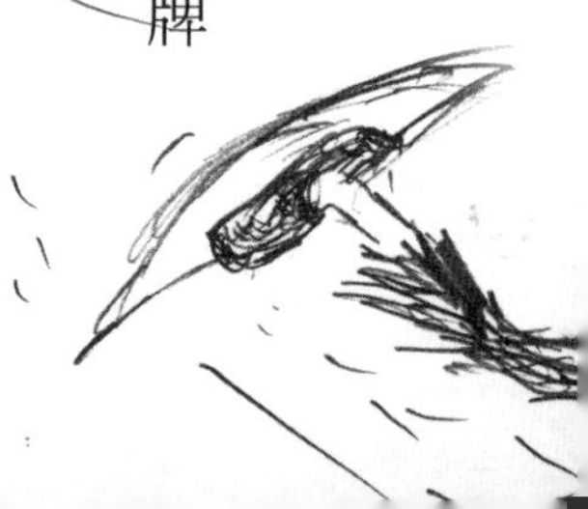

小嗝嗝指向頭頂著恐牛的魚腳司。

「啊啊啊啊啊！」小嗝嗝尖叫。「挖腦龍——！」

「啊啊啊啊啊啊！」撕吼龍尖叫一聲，猛地把頭收回去。「挖腦龍！」

「挖腦龍！」「挖腦龍！」「挖腦龍——！」

上方的地道爆發出龍群驚恐的叫喊，牠們忙著尖叫逃命。天底下沒有什麼都不怕的人，也沒有什麼都不怕的龍，而挖腦龍是蠻荒群島最令人畏懼的龍品種之一，畢竟即使是龍族，也不希望腦袋被從耳朵吸出來。

又有兩隻龍從盾牌與洞口的縫隙探頭過來，結果牠們看了魚腳司一眼，就立刻尖叫著逃了。

魚腳司大致明白小嗝嗝的把戲了，他攀爬到洞口，把整顆頭和恐牛都伸出去。上面的地道亂成一團，龍群驚聲尖叫、瘋狂逃竄，分岔的尾巴消失在黑暗中……然後，只剩下一片沉寂。

「他們走了。」魚腳司宣布。

「牠們**走了**？」閃燒不可思議地問。「『牠們走了』是什麼意思？」

小嗝嗝跟著魚腳司爬上去。神楓戴著手套將盾牌上的電黏黏拔掉，默默把盾牌交給小嗝嗝，接著自己也爬了上去。她用力扯了扯閃燒的鏈條。

「閃閃，你不來嗎？還是你要繼續張著嘴巴站在那邊？」神楓問他。「動作快點，等下龍群就會發現他們被騙了。」

閃燒的手臂都被鎖鏈綑住了，小嗝嗝他們還得用力把他拉上來。

三個小維京人在地道裡逃命，一路上沒看到龍族。來到洞穴群比較接近地表的這一層時，龍王狂怒的赤怒似乎稍微平靜了下來。

他們最後拐了個彎，看見躺在地上的大釜。

「你打算……怎麼對付巫婆……」四人在大釜前戛然止步，魚腳司喘著粗氣問。

「我會再想辦法。」小嗝嗝說。小嗝嗝、魚腳司和神楓都爬進大釜。

「什麼？」閃燒尖叫道。「巫婆**還在**上面？」

「對，」小嗝嗝說。「我們只要打敗巫婆就好了。快進來。」

但閃燒說什麼也不肯。

他過去三週都待在黑暗中，肚子餓了就生吃小型穴龍，這已經夠悲慘了。後來他認命了，他覺得死在黏蟲龍可怕的嘴裡雖然很噁心，但至少他是在執行任務過程中壯烈犧牲的英雄，這種死法其實還不錯。

結果，這三個小怪胎出現了。

從以前到現在，嗆人、展現個人能力、領導眾人的一直都是閃燒，沒想到今天的他全身黏答答、纏了鎖鏈，看起來可笑極了。

閃燒這輩子從未嘗過失敗的滋味，尋找王冠的過程確實令人氣餒，但他用「那是不可能的任務」這個想法來安慰自己。而且，無止盡地追逐不可能的任務，其實也很了不起嘛。

可是，三個小怪胎不到兩個小時就找到他找了二十年的火坑，拿

到了王冠，打敗了他和戰士們一直努力避開的穴龍群，現在還想和那個戴著毒指甲的可怕巫婆戰鬥。

就連那個頭上有龍的超級怪胎，好像也有某種超能力，他光是看龍族一眼，就能把龍嚇得半死。

大英雄失去了自信，閃燒再也驕傲不下去了。閃燒是個心高氣傲的人，沒想到他的自信就這麼跌到谷底。

他在大釜旁的地上躺下來。「不要。」閃燒說。「我不去。」

「真是的，」神楓勸道。「你還記得你在山下對我們說的話嗎？你是當英雄的料嗎？還是你只是穿裙子的小水母？」

「我是水母。」閃燒說。「我沒辦法上去面對巫婆，你們自己上去吧，讓我待在這裡。」

小嗝嗝看向神楓和魚腳司。

「我自己去對付巫婆，你們等我打敗她再上來。」小嗝嗝說。「反正她力氣

我是穿裙子的小水母……

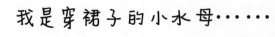

不夠大，一次也只能拉一個人上去。」

「沒牙跟你去。」沒牙嫉妒地豎起龍角。「有別、別、別的龍占了沒牙的位子，沒牙還是要跟你去……因為『沒牙』是小嗝嗝的龍……沒牙是小嗝嗝很特、特、特別的龍……小嗝嗝需要沒牙幫忙。」

神楓和魚腳司爬出大釜。

「我們不能讓你一個人待在這邊，」神楓告訴閃燒。「因為你雖然是穿裙子的小水母，但你是我們的小水母。我們不會讓自己人送死。」

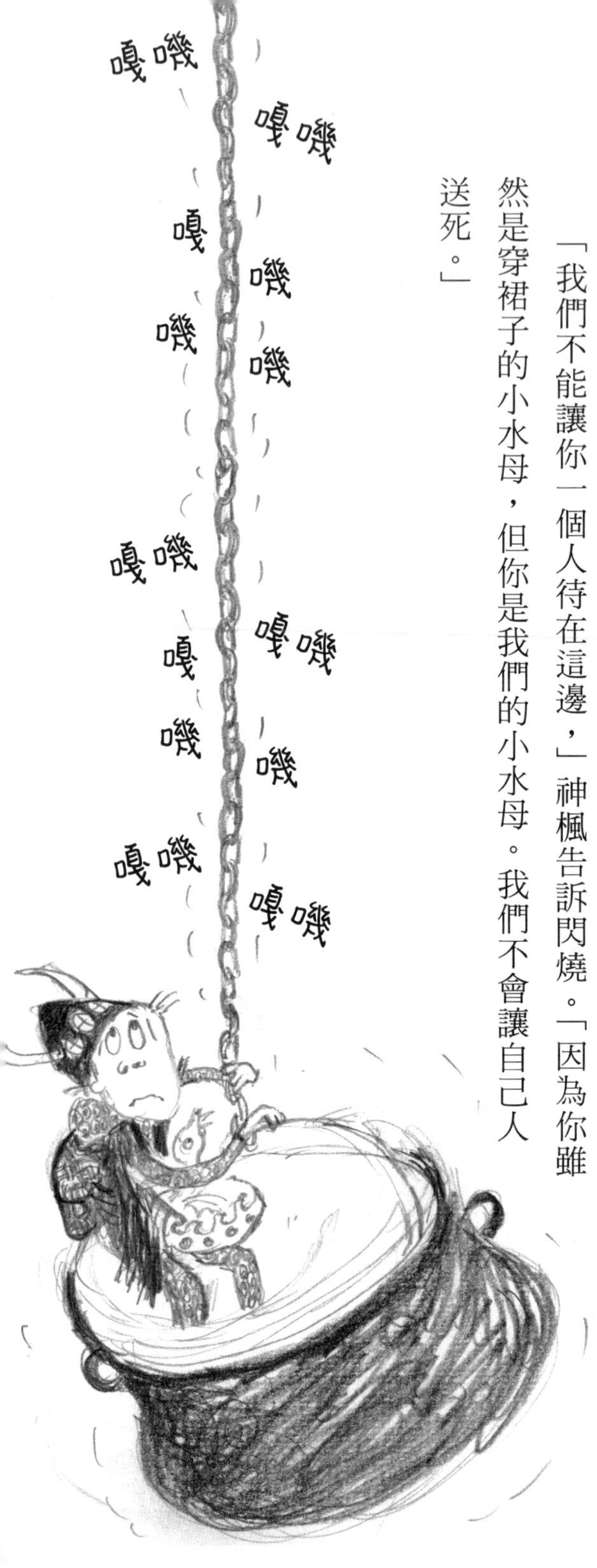

神楓動手解開他身上的鎖鏈。

「**拉我上去！**」

小嗝嗝對上方的井口大喊。

老巫婆的臉出現在遠方的小光圈裡。

「你先……把……王冠……丟……上來……」她的回答在井裡迴響著。

「**妳以為我是笨蛋嗎？**」小嗝嗝大聲說。

巫婆沉默片刻。

嘎、**嘰**、**嘎嘎嘎嘰**、**嘎嘰**、**嘎嘰**。巫婆急於拿到王冠，轉動轉盤把手的速度越來越快，鏈條在井裡吱嘎作響。

她喃喃自語：「他拿到了，他拿到了，幸運的小老鼠還真拿到王冠了。」

小嗝嗝不停**往上**、**往上**、**往上**，準備面對西荒野的壞巫婆。

一切都很順利……

小嗝嗝拿到「九件」王之寶物了。

這些是恐怖陰森翳藏在蠻荒群島各處的寶物，只有能力超群的英雄能集齊這些物品，成為西荒野新王。

這麼說來，「小嗝嗝」就是那位偉大的英雄了？

親愛的讀者，請繼續往下看，答案即將揭曉……

第十四章　西荒野的壞巫婆

「喔喔天啊，『她』看起來真的很恐怖。」老奧丁牙龍小聲說。大釜**砰**一聲碰到井口，小嗝嗝、沒牙與奧丁牙龍脫離黑暗，重回光明世界。

「把王冠給我……」巫婆聲音沙啞，雙眼閃閃發亮，十指像刀子似地指著小嗝嗝。

她看起來真的很可怕，你看到她，可能會嚇得當場暈倒。

沒牙嚇得忘了自己要幫忙。

牠試圖和平時一樣鑽進小嗝嗝的背心，最後一刻才想到奧丁牙龍在裡頭，於是牠掀起小嗝嗝的頭盔，鑽進去躲起來。

「先把我父親交出來。」小嗝嗝．何倫德斯．黑線鱈三世說。

巫婆笑了，笑得不懷好意。

她轉了轉十根手指，每根尖銳的鐵指甲都閃爍著死亡之光。

「小嗝嗝啊，」她柔聲說。「你是個聰明人，你也知道奸險之徒的話不可信，其實光聽到一個人名字有『奸險』兩個字，你就該起疑了。把王冠交給我，把王之寶物交給我，不然我就把你抓死。」巫婆笑吟吟地說。「當個沒沒無聞的活人，總比當死翹翹的英雄好吧？」

「既然這樣，」小嗝嗝．何倫德斯．黑線鱈三世邊說邊走向壁櫥。「我選擇什麼都不給妳，因為我不怕妳。」

「你應該怕我！」巫婆尖聲說。「害怕是正確的反應！」

巫婆和小嗝嗝扭打了一下，小嗝嗝手掌被毒藥染成紫色。小嗝嗝走向壁櫥時，巫婆用鐵指甲抓他，指甲刮破防火衣的布料。

小嗝嗝若無其事地往前走。

巫婆又抓了他一下。

沒反應。

小嗝嗝繼續往前走。

巫婆抓了一下又一下，用淬毒的爪子不停抓他，鐵爪深深刮破他的皮膚，毒液滴到他手上……但小嗝嗝還是平靜地走向壁櫥，彷彿什麼事都沒有發生。

巫婆從來沒遇過這種事。

她先是覺得莫名其妙，接著不禁感到害怕。

「**你是什麼人？**」她不解地問。「你為

什麼不怕？」她忽然覺得自己很渺小，忍不住害怕地尖呼。「我的指甲淬了人類所知最猛烈的毒藥，你又不是不知道。死亡很可怕，你為什麼不怕死？」

小嗝嗝微微一笑，轉頭直視巫婆的眼睛。

「我不怕，是因為我知道妳不知道的一件事。人類所知最猛烈的毒藥是渦蛇龍毒，我對渦蛇龍毒免疫。妳可以問問妳兒子，這其實都是他害的。」

巫婆放聲尖叫，彷彿被人潑了一鍋滾水。前一秒，她還是滿腔怒火的復仇女神，下一秒，她像被推倒的牌堆，整個人癱軟在地上。

小嗝嗝繼續走向壁櫥，他用微微顫抖的手，取出萬能鑰匙。

索爾，拜託讓他在這裡……他「一定要」在這裡……我還沒用到的王之寶物，就只剩萬能鑰匙了……

小嗝嗝用鑰匙打開壁櫥的門。

壁櫥裡，是偉大的史圖依克與醜暴徒阿醜的頭……

在那恐怖的瞬間，小嗝嗝以為他們就只剩兩顆頭了。他聽過一則駭人的童話故事，故事裡的巫婆喜歡把人頭藏在壁櫥裡……

……幸好史圖依克和阿醜的頭還接在身體上。

感謝索爾和弗蕾亞和奧丁和所有天神！

小嗝嗝鬆了一大口氣，連忙割斷史圖依克與阿醜身上的繩索與塞口布，兩人蹣跚地走出壁櫥。

「父親！」小嗝嗝高呼。「小嗝嗝！」史圖依克高呼。他們開心地相擁時，我實在不曉得是父親還是兒子比較高興。

阿醜像顆洩了氣的氣球，跌跌撞撞地走出壁櫥。

他在巫婆家過得很不好，巫婆經常把他從壁櫥拖出來，在西洋棋盤上把他打得落花流水，再把他塞回壁櫥，說也許明天會殺了他。阿醜的自尊心遭到重創。（註7）

註7　過去二十年，巫婆被阿醜囚禁在樹牢裡，這也許是她對阿醜的報復。欲知詳情，請參閱《馴龍高手VIII：龍王狂怒之心》。

「進去吧。」小嗝嗝和善地對巫婆說。他用努力劍對著巫婆，一手指向敞開的壁櫥。

巫婆還有得選嗎？

她的惡毒失去了魄力，一如不再響尾的響尾蛇、無法鼓腹的鼓腹毒蛇，或者缺乏自信的英雄。

可怕的毒指甲垂了下來。

「快點！快點！」小嗝嗝說。

巫婆默默走進壁櫥。

小嗝嗝伸長努力劍，割斷她用來將鑰匙掛在脖子上的繩子。

他將壁櫥門上了鎖，而且是以兩把鑰匙鎖了兩次，以防萬一。

「對了，」他湊到鑰匙孔前，對裡頭的巫婆大喊。「妳很會當壞巫婆，可是妳的棋藝爛透了。」

他走到西洋棋盤前，移動一顆小卒。

「將軍。」小嗝嗝・何倫德斯・黑線鱈三世說。

史圖依克和醜暴徒阿醜瞠目結舌地盯著他。

「我們要趕快把其他人拉上來。」小嗝嗝簡潔俐落地說。「快轉把手。快點！快點！」

偉大的史圖依克和醜暴徒阿醜力氣很大，雖然魚腳司、神楓和閃燒都坐在裡頭，大釜還是很快就被拉上來了。

沒牙小小的鼻子從頭盔下冒出來。

「她不、不、不見了嗎？？」牠害怕地問。

「她在壁櫥裡。」小嗝嗝回答。他小心地將沒牙從頭盔裡抱出來，沒牙鼓起小小的胸膛，飛過去向暴飛飛炫耀，還對著壁櫥鑰匙孔罵巫婆。

暴飛飛沒有專心聽沒牙說話，因為牠忙著狼吞虎嚥地吃籤餅。其他人也跟著吃了起來，他們今天沒吃早餐，還被撕吼龍和其他未知的龍族追著在地道裡溜冰，現在又累又餓。

小嗝嗝湊到井口，傾聽下方的聲音。下面異常安靜，靜到要不是小嗝嗝還在耳鳴，他也許會覺得剛才的赤怒只是一場噩夢。

龍王狂怒後來怎麼了？

牠會不會因為地道太狹窄，決定掉頭回去？牠會不會回到索爾之雷峽谷，率領規模比小嗝嗝在崖上擊退的龍族叛軍還龐大的軍隊回來？

被砸壞的滴答物又開始滴答作響，它的聲音變得有點奇怪，滴、**答**、滴、**答**……

小嗝嗝這才想到，他們時間不多了。

「好喔，」小嗝嗝說。「我們要趕快去參加劍鬥術大賽……」

但失去自信的英雄——閃燒——已經受不了了。

「**快逃命啊啊啊啊！**」閃燒大叫著衝出小屋。

醜暴徒阿醜也焦急地跳上跳下。

他叼著一根被他咬爛的雪茄。

他的自尊心也被巫婆重創，現在看到蠻荒群島最偉大的其中一位英雄逃出小屋，自尊心終於崩解了。

他默默跟著閃燒衝出門。

第十五章　劍鬥術大賽進行得異常順利

戶外的戰鬥場上，比賽即將開始。

最老的長老已經唸出初賽選手的名字還有比賽規則：每場比賽的勝利者會晉級，再和別的勝利者比賽，一直比到只剩最後兩名選手。

比賽目標不是殺死對手或打到對方殘廢，而是奪走對方的武器（當然，意外難免會發生）。

各部族躁動起來，有些人盤腿坐下來唱歌：「我們在等——等——等——什麼……」

最老的長老越來越不安。

早在三分鐘前，比賽就該開始了。雖然巫婆好像不見了（感謝索爾），她還是隨時可能像邪惡的魔術箱玩偶一樣冒出來、大聲抱怨。

「我們恐怕不能再等下去了，」最老的長老終於開口。「必須現在開始比賽。對我們所有人來說，今天是十分悲傷的一天，我也非常同情族長和代理族長失蹤的毛流氓部族，不過規則無法更改，誓言也不可悔棄……**各位請注意！請注意！請注意！選拔西荒野新王的劍鬥術大賽即將開始！喇叭手！吹喇叭！**」

喇叭手正將喇叭舉到脣邊，準備吹響喇叭，宣布比賽開始時……

砰！

算命小屋的門猛然彈飛，全身髒兮兮、黏答答的閃燒全速衝出小屋。

砰！

緊隨在後的是醜暴徒阿醜，他跑步沒有自信滿滿的英雄那麼快（因為他的肚子大得像戰船，又喜歡抽雪茄），但以他這種身材的人來說，已經快得不可思議了。

「我的天啊！這位莫非是……閃燒大師！還有阿醜！」最老的長老震驚地高呼。「你們怎麼會從小屋跑出來？這些日子，你們都去哪——」

可是大英雄和醜暴徒族長都沒有減緩速度，他們直接從最老的長老身邊飛奔而過，穿過戰鬥場，在十八部族困惑的視線中直奔城堡大門。

「**開門啊啊啊啊啊啊——！**」大英雄閃燒大叫。詫異的衛兵連忙開啟城堡大門，英雄片刻不停地跑了出去，大陸的族長也緊跟著衝出門。

維京人目瞪口呆地目送他們離去，看著兩人沿雷霆山康莊大道跑遠（其實他們還翻了好幾個筋斗，因為要是沿著康莊大道跑下山，到最後一定會變成在地上翻滾）。

那兩個壞人的野心與夢想就這麼結束了，他們飛也似地奔離大賽，奔離這個故事。

維京人才剛回過神來，突然看到算命小屋像魔術師的高帽般，生出焦急走出來的大塊頭史圖依克、小嗝嗝三世、沼澤盜賊神楓，還有那個臉長得像黑線鱷、頭上還頂著一條龍的奇怪男孩。

風行龍飛上了天，欣喜又寬心地繞著四人轉圈，就連憂鬱的獨眼龍也開心地跳了幾下。

「**寶貝女兒！**」大胸柏莎大吼一聲，張開手臂準備抱女兒。

「嗯，母親，這個晚點再說。」神楓不耐地轉向最老的長老。「我們還等什麼？**馬上**開始比賽啊。」

「這個嘛，其實我們在等你們。」最老的長老有點慌張地說。「你們怎麼了……還有史圖依克……還有閃燒……而且阿醜怎麼會在小屋裡？」

神楓個子雖小，卻十分有魄力，而且就算聽了一連串關於「厚顏無恥」的講座，也不見得會改進。

「晚點再解釋，我們趕時間。你不是說規則不能更改，誓言不能反悔嗎？比賽應該在元旦中午十二點整開始的。」砸壞的滴答物掛在小嗝嗝口袋外側，神楓拿起來看了看，嘖嘖兩聲說：「你們……嘖……慢了八分鐘，真是糟糕。

吹喇叭！」

嗚嗚嗚嗚嗚嗚嗚——！

喇叭聲終於響起，選拔西荒野新王的劍鬥術大賽正式開始。

「史圖依克，你沒事真是太好了！」啤酒肚大屁股邊吼邊用力拍哥哥的背。他說的是真心話，看上去也真的鬆了一口氣，他們兄弟倆雖然經常吵架，大屁股還是很愛自家老哥。可是感動的瞬間結束後，他立刻轉向最老的長老說：「可是他們來得太遲了，不能參加比賽，對不對啊，最老的長老？」

即使在黑暗時代，弟弟的本性終究不會變。

幸好最老的長老很有風度，而且自從一年多前的游泳比賽（他是那場比賽的裁判長），他就對小嗝嗝、神楓和魚腳司青眼有加。（註8）

「史圖依克，還好你回來了，我們都擔心你出了什麼事呢。四位來得正

註8 《馴龍高手VII：巨魔龍與奴隸船》——你不看小嗝嗝寫的另外幾本回憶錄，會錯過很多重要的事件喔。

好，還能參加比賽。小嗝嗝，你跟搗爛者打，魚臉男孩和阿癲打，神什麼的跟粗臂地獄打。至於你呢，史圖依克，你第一場就跟厲害一點的人打吧——你跟大眼魚叉雙胞胎對打。」

（在蠻荒群島，雙胞胎只算作一個人，所以他們在劍術比賽中占優勢。）

史圖依克真的很了不起，被巫婆綁架後心理狀態似乎沒受太大的影響。仔細一想，他才被囚禁一、兩天而已，醜暴徒阿醜和閃燒被囚禁的時間比他長了許多。

史圖依克只有使劍的手有點痠痛，以及肚子因為漏了兩頓飯而有點餓。他滿懷希望地伸展手臂。

史圖依克最喜歡和別人「大打一場」了。

他轉身面對兒子，一手搭在兒子肩頭。

「兒子啊，」他驕傲地說。「謝謝你。」

然後……

「啊。」偉大的史圖依克深深呼吸，挺起胸膛，用力一拍雙手。「**把娘娘腔大眼魚叉雙胞胎帶過來，我要把他們頭盔的角拔掉！牛心！**」

史圖依克用門牙斷掉的缺口吹了聲口哨，可見門牙斷掉還是有些用處的。

「**來吧，牛心，我們讓大眼魚叉雙胞胎見識毛流氓的厲害！**」

牛心開心地嗤氣，從最高的塔樓俯衝下來，飛到戰鬥場上。牠根本不必著陸，只在地面上方六英尺處平飛，史圖依克在牠身旁跑了幾步，抓準時機跳上龍鞍，然後……

「**啊哈啊啊啊啊啊！**」馱龍飛上天的同時，偉大的史圖依克扯著嗓門吼叫。

偉大的史圖依克又要騎龍戰鬥了。

「**又要騎龍戰鬥了——又要騎龍戰鬥了！**」毛流氓們開心地看著族長騎龍飛行，鼓掌唱著歌。

嗚嗚嗚嗚嗚嗚嗚嗚——！喇叭聲再次響起。

比賽開始了。

小嗝嗝脫下背心，把奧丁牙龍放在戰鬥場一個安全的角落，讓牠清楚看到場上的戰鬥。王冠就藏在老龍身下。

「喔喔，好多不同的顏色啊。」奧丁牙龍驚嘆道。牠抬頭望著天空，表情如夢似幻。「世界竟是如此美麗，我都忘了……」

「沒牙，好好保護這隻龍，」小嗝嗝令道。「他非常重要。」

「才沒有沒、沒、沒牙重要。」沒牙嘀咕道。「沒牙『超級』重要……這隻龍是『誰』啊？」

剛才在結冰的地道裡橫衝直撞，小嗝嗝到現在還全身痠痛。他還沒恢復狀況，搗爛者就衝過來了，小嗝嗝差點跌倒，閃避的動作也非常不自然，差點當場輸了。

幸好搗爛者太過興奮，長劍險險擦過小嗝嗝頭頂。搗爛者不小心踩到剛剛閃燒滴在戰鬥場上的黏蟲龍黏液，踉蹌兩步。小嗝嗝趁機恢復身體平衡。

「風行龍！」小嗝嗝喊道。風行龍飛下來，小嗝嗝爬上牠的背，兩人騎龍打了一會兒，小嗝嗝趁這個機會稍微喘口氣。（註9）

他們本不該打得勢均力敵。

搗爛者比小嗝嗝高半顆頭，體型還是小嗝嗝的兩倍。

可是搗爛者的腦袋和手臂似乎接觸不良，移動時有點像宿醉的大猩猩。

小嗝嗝靈活地繞著他打轉，讓搗爛者浪費力氣用猛牛般狂亂的動作攻擊他。**「紅髮小男孩，你站好不要動！」**搗爛者打得面紅耳赤，氣急敗壞地說。

不到五分鐘，比賽就結束了。

搗爛者累得要命，直接拿劍刺向小嗝嗝的頭——要是中了這招，小嗝嗝就別想活了。但小嗝嗝輕巧地避開這一劍，手腕一轉，架開搗爛者的劍，搗爛者的劍脫離他掌握，飛了出去。

註9　劍鬥術大賽的規則是，打鬥過程中，騎龍的時間不能超過五分鐘。

觀眾又驚又喜地吼叫。戰鬥結果出人意料！史圖依克奇怪的兒子居然打敗搗爛者了！

既然輸了，搗爛者必須把劍送給小嗝嗝。小嗝嗝小心將搗爛者的劍放在背心與老奧丁牙龍旁邊。

這天下午，小嗝嗝又給了觀眾許多次驚喜。

他贏了一場又一場比賽，擊敗年紀是他兩倍、連身高也幾乎是他兩倍的戰士。到了下午兩點，坐在戰鬥場邊緣的奧丁牙龍身旁躺了六把劍，全都是小嗝嗝的戰利品。

小嗝嗝什麼都不擅長，就只擅長鬥劍，而且他今天運氣真的很好。一切都進行得很順利，做什麼都恰到好處——你有過這種感覺嗎？

那天下午，小嗝嗝就是這種感覺。他打鬥時彷彿變了個人，彷彿成了閃燒大師，彷彿成了他在傻瓜公立圖書館書中看過的英雄豪傑。

小嗝嗝知道，他**非贏不可**。

他對奧丁牙龍發誓不會讓王冠落入壞人手裡，這關係到蠻荒群島與龍族的未來——就算龍王狂怒不再來襲（小嗝嗝總覺得牠還會回來），別人若當上國王，也不可能解放龍族。

只有解放龍族，才能終結龍族叛亂。

小嗝嗝從未這樣戰鬥過。

他專心致志，甚至沒注意到其他人的狀況。

魚腳司頭上頂著恐牛，尖尖先生的劍刃又在關鍵時刻脫落，結果第一輪就輸了，現在依然是綠帶劍鬥士。

鼻涕粗表現不錯，一直撐到第五輪才被一個人高馬大的維西暴徒擊敗（其實對方有作弊），最後只拿到紅帶，他挺失望的。

神楓晉級到八強賽，可惜因為腳上有傷，敗給了失控的凶殘瘋肚。儘管如此，拿到青銅帶的她還是很開心，因為她是史上最年輕的閃劍高手。

這些事情小嗝嗝都沒注意到，他的世界已經縮小到只剩戰鬥區的木板，對手使劍的手，還有對方的揮砍、刺擊。

其他東西都不存在。

小嗝嗝彷彿精神恍惚，過去漫長的三個小時，他幾乎聽不見觀眾的叫喊聲、刀劍的碰撞聲、腳踩在木板上的腳步聲，還有旁觀的龍族的尖鳴聲。

他倒是有注意到奸險的阿爾文，而且小嗝嗝越看越焦慮。阿爾文在他左手邊很遠的地方，他曾受過閃燒的一對一指導，劍術大躍進，今天打得得心應手，贏了一場、一場又一場比賽。

小嗝嗝和阿爾文都晉級到準決賽。

阿爾文和對手打了驚險的一戰，對手三度死裡逃生。

小嗝嗝聽到觀眾的噓聲，猜到阿爾文占上風。

他的心不停下沉。

要是阿爾文當上西荒野新王，一切都完蛋了。

就在這時，小嗝嗝驚喜地發現觀眾突然噤若寒蟬，然後，阿爾文那邊的觀眾開始瘋狂歡呼、手舞足蹈，在比賽即將結束時，阿爾文終於敗下陣來。

竟然有這麼好的事！小嗝嗝欣喜若狂。**不會吧，事情居然進行得這麼順利！嘿嘿，巫婆要不是困在壁櫥裡，她看到阿爾文打輸肯定會氣瘋……**

小嗝嗝沒注意到打敗奸險的阿爾文的人是誰，因為他忙著和自己的對手打鬥。

他也沒發現自己和凶殘瘋肚的戰鬥，已經成為全場關注的焦點。

他沒聽到維京人興奮的交談聲：「從他和火龍戰鬥開始，我就覺得那小子很特別！」

小嗝嗝幾乎沒有轉移注意力，他使出閃燒最愛用的「閃刺轉東東」解除了凶殘瘋肚的武裝。觀眾瘋狂歡呼，連戰鬥場周圍的高塔也跟著震動了起來。最老的長老肅穆地宣布：「這一局的贏家是……小嗝嗝．何倫德斯．黑線鱈三世！」

神楓尖呼：「他進決賽了！」

「喔喔喔！」老奧丁牙龍高聲說。「不愧是我們的男孩。」

「他是『沒牙的』男孩，」沒牙不高興地糾正牠。「不是『我們的』男、男、男孩。他是沒牙的主人，你到底要聽沒牙說幾次才會聽懂？小嗝嗝不需要第二隻狩獵龍，他已經有『我、我、我』了。」

小嗝嗝宛如身在夢中，但即使是在充滿希望的夢中，小嗝嗝也不敢想像自己會有晉級決賽的這一天。

「那小子贏了！那小子贏了！」維京人大叫。最老的長老幫小嗝嗝繫上黃金帶閃劍高手的腰帶，小嗝嗝被高聲歡呼的群眾「扛」了起來，大家伸手拍拍他的背，扛著他前往最後、最後的決賽。

小嗝嗝只覺得飄飄若仙……他興奮到像是醉了……但是，當不停歡呼的觀眾將他放在地上，他面對最後一位對手時，小嗝嗝猛然從雲端墜回地面。

最後的對手，是他父親。

第十六章　你看，才過一章而已，情勢又開始走下坡

這時，小嗝嗝不知道情勢已經開始走下坡了。

他不該把巫婆鎖在壁櫥裡的。

小嗝嗝年紀還小，還會犯錯。

換作是長大後累積了大量經驗的大英雄小嗝嗝，就絕不可能把巫婆鎖進壁櫥，而是會把她關進大釜裡（她一開始也困在大釜裡，這樣才有首尾呼應），再將大釜垂入深井，最後把繩索跟著丟下去，讓她再也上不來。

如果小嗝嗝這麼做，那就沒事了。

巫婆沒有翅膀，無法從井底飛上來。

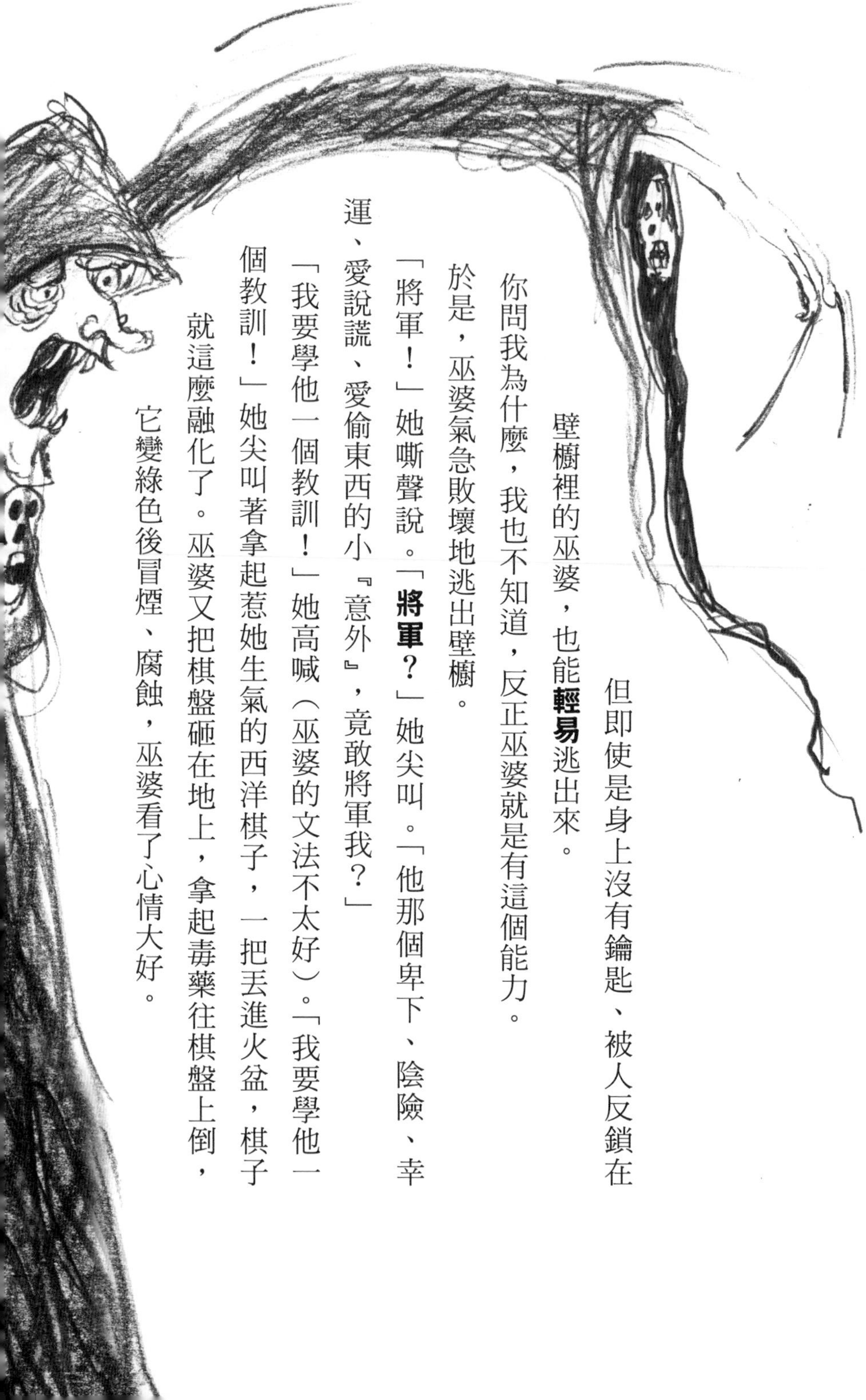

但即使是身上沒有鑰匙、被人反鎖在壁櫥裡的巫婆，也能**輕易**逃出來。

你問我為什麼，我也不知道，反正巫婆就是有這個能力。

於是，巫婆氣急敗壞地逃出壁櫥。

「將軍！」她嘶聲說。「**將軍**？」她尖叫。「他那個卑下、陰險、幸運、愛說謊、愛偷東西的小『意外』，竟敢將軍我？」

「我要學他一個教訓！」她高喊（巫婆的文法不太好）。「我要學他一個教訓！」她尖叫著拿起惹她生氣的西洋棋子，一把丟進火盆，棋子就這麼融化了。巫婆又把棋盤砸在地上，拿起毒藥往棋盤上倒，它變綠色後冒煙、腐蝕，巫婆看了心情大好。

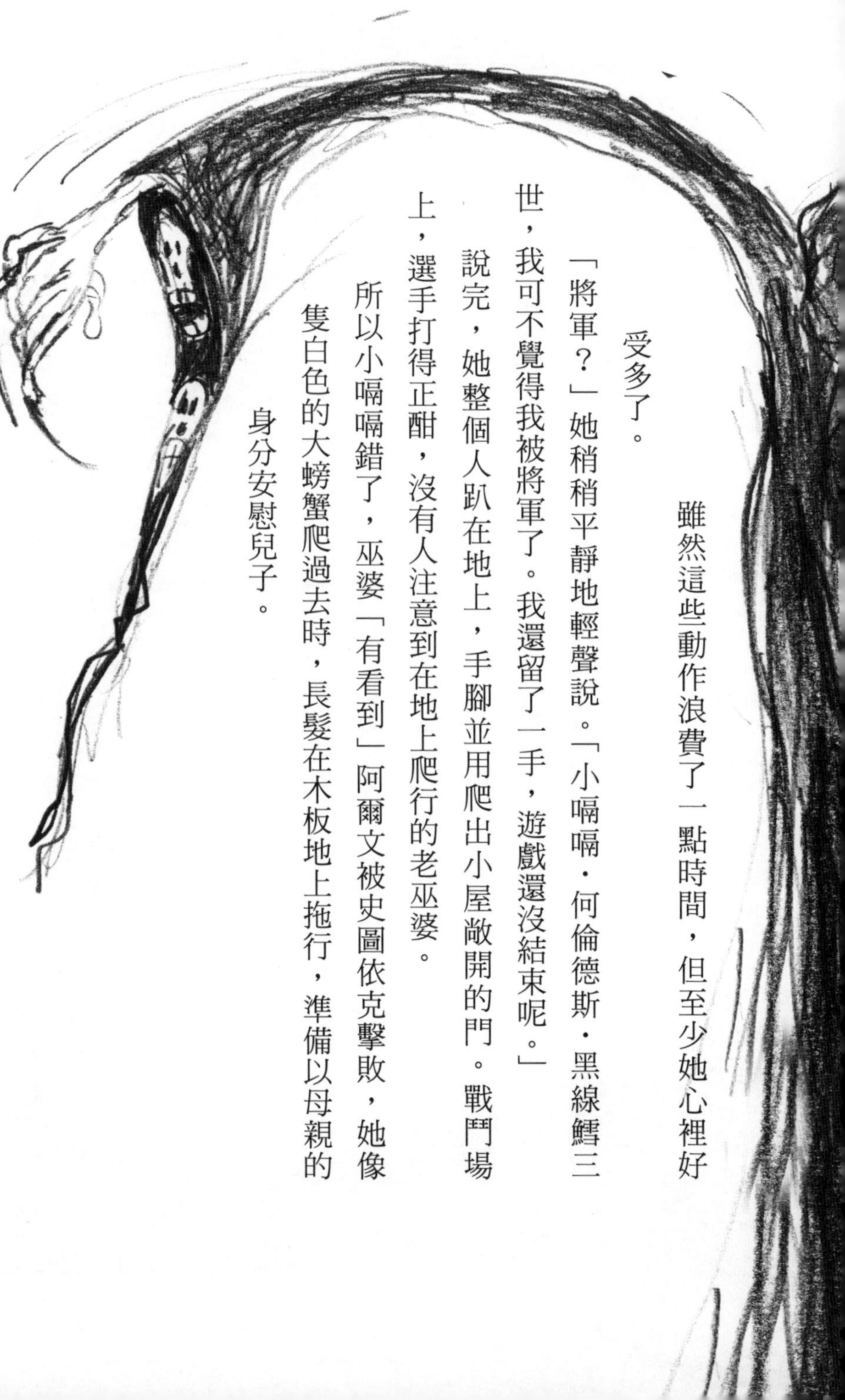

雖然這些動作浪費了一點時間，但至少她心裡好受多了。

「將軍？」她稍稍平靜地輕聲說。「小嗝嗝・何倫德斯・黑線鱈三世，我可不覺得我被將軍了。我還留了一手，遊戲還沒結束呢。」

說完，她整個人趴在地上，手腳並用爬出小屋敞開的門。戰鬥場上，選手打得正酣，沒有人注意到在地上爬行的老巫婆。

所以小嗝嗝錯了，巫婆「有看到」阿爾文被史圖依克擊敗，她像隻白色的大螃蟹爬過去時，長髮在木板地上拖行，準備以母親的身分安慰兒子。

「**廢物！**」巫婆尖叫。「**廢物！**」

阿爾文彷彿被什麼東西咬了一口，猛然一跳，低頭就看到母親趴在地上。

「我的分數比瘋肚高，所以我是第『三』名。」他反駁道。「第三名明明就很好，可是妳每次都不滿意。還有妳，」他憤恨地說。「妳不是要把史圖依克跟我可惡的死對頭解決掉嗎！我沒說過我有辦法打敗那個男孩啊！妳說妳要對付他，妳說妳很擅長對付聰明的小男孩，妳說妳會讓他後悔自己誕生在世上。結果呢？結果他還活跳跳地站在那邊，還進了決賽！」

「他對渦蛇龍毒免疫！」巫婆尖喊。「這麼重要的事，你怎麼沒告訴我？我不是說『任何事』都要告訴我嗎？你不告訴我，我要怎麼辦事？他對渦蛇龍毒免疫，這可是非常重要的細節耶！」

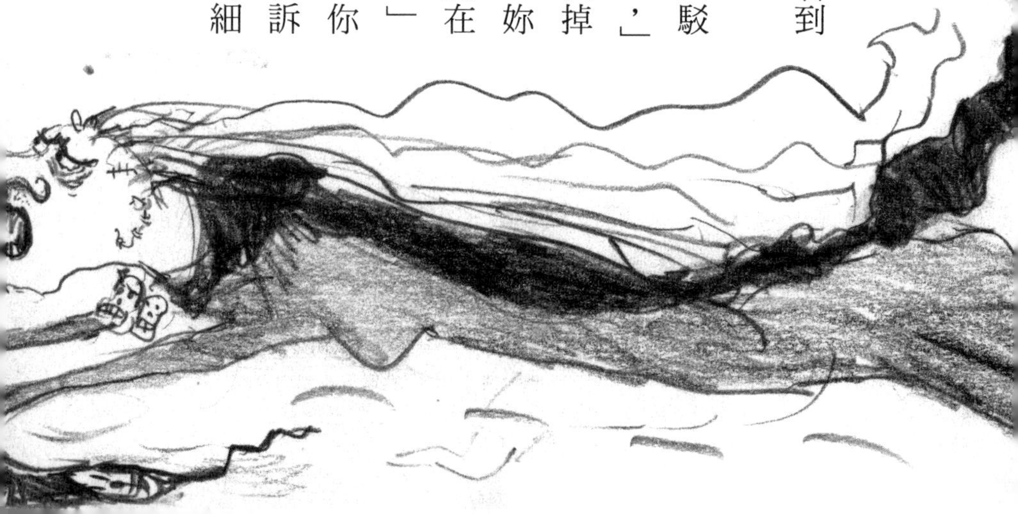

廢物——！

「我怎麼知道他免疫，」奸險的阿爾文邊說邊用袖子擦掉手上的血。「就算他免疫，我也不覺得意外。我已經花了好幾年想辦法殺他，他每次都能**溜走**……」（註10）

註10　我說過多少次了，請參考小嗝嗝的前幾本回憶錄！

壞人情緒低落的時候，需要母親安慰他……

「**第三名！**」巫婆又尖叫著回歸正題。「廢物小子，我有很重要的事情要告訴你！第三名當不成西荒野國王！」

罵到一半，巫婆腦中萌生邪惡的念頭。「**不對。**」她邪笑著說。她閉上眼，想起某件事。從她逃出樹牢到現在已經過了好幾個月，這段期間她漸漸恢復了視力，剛才在小屋裡看到某個東西，某個能用來擊潰小嗝嗝的東西……

「不對……**也許你還有希望。哈！**意外小鬼，你等著瞧，遊戲還沒結束呢……」

她又手腳並用爬走了，爬去見一個人。

你看。

小嗝嗝沒把巫婆丟到井裡，而是將她鎖在壁櫥裡，就惹了這麼大的麻煩。

一個小小的錯誤，就能顛覆整盤棋。

第十七章　還在走下坡

表現得異常神勇的人，不只有小嗝嗝。

偉大的史圖依克曾是蠻荒群島最優秀的劍鬥士之一，人人畏懼他厲害的劍術。

當然，他已經過了人生的顛峰時期，但他剛逃出巫婆的壁櫥，全身熱血沸騰，彷彿又回到年輕的歲月。

「嘿嘿，戈伯，我這個老傢伙還是有兩把刷子嘛，你說是不是？」史圖依克大喊，眼裡閃爍著戰鬥的喜悅，手臂愉快地揮劍。剛大敗對手的史圖依克騎著牛心飛下去，和老戰友擊掌慶祝。

「**哈**！我是無敵的史圖依克！常勝的史圖依克！那些年輕的小蝦子怎麼可能打敗我這個經驗豐富的戰鬥海象！」

於是滿面紅光、志得意滿的史圖依克（「跟那個阿爾文打的那場好險啊——那傢伙真愛作弊。」），就這麼站在小嗝嗝面前。

看到眾人將他親兒子放在地上時，史圖依克雙眼泛淚。

他要哭了。

這一刻，他已經在夢中見過好幾次、好幾次了。

史圖依克大吼出毛流氓歡呼，全場的毛流氓都跟著吼叫，其他部族也不情願地加入。大家都不得不承認，毛流氓部族發光發熱的時刻到了。

「**又要騎龍戰鬥了！又要騎龍戰鬥了！**」

西荒野國王！

史圖依克不敢相信自己的眼睛。他——偉大的史圖依克——即將成為西荒野國王！

小嗝嗝靜靜站在原地，抬頭看著父親。

他想到老阿皺說過的話：「有時候，你必須為了信念獨排眾議，甚至和你愛的人相抗。這比你想像的困難許多喔。」

他從沒想過會這個困難。

「父親，」小嗝嗝揣著一絲希望發問。「如果你當上國王，你願意解放龍族嗎？」

戰鬥場上太吵了，史圖依克沒聽清楚，小嗝嗝只好再問一次。

史圖依克臉上仍帶著半抹微笑。

「兒子啊，」他和善地說。「我們不可能解放龍族，我們需要牠們幫我們狩獵、載我們上戰場。我們得強硬地終結龍族叛亂，讓猛惡龍群學到牠們永遠忘不了的教訓。解放龍族太危險，等你長大就會明白了。」

不對。小嗝嗝心想。**我「已經」長大了，我還是不明白**。

不只如此——史圖依克雖然禁止族人在博克島豢養人類奴隸，卻從不質疑醜暴徒部族、凶殘部族和其他蓄奴的維京人，而是袖手旁觀。

小嗝嗝無論說了什麼，都不可能改變史圖依克的態度。

「**準備戰鬥！**」最老的長老尖聲說。「對雷神索爾致敬！」

小嗝嗝和史圖依克舉起長劍，發誓效忠偉大的雷神後，便開始打鬥。

大部分的維京父子都經常練習對戰。

但史圖依克是族長，生活非常忙碌，所以從來沒和小嗝嗝對練過。

戰鬥開始時，史圖依克為兒子迄今為止的成就感到驕傲，不過他確信自己能贏。如果你是史圖依克，應該也會這麼想。

小嗝嗝才十三歲，他雖然最近長高了不少，身材卻還是偏瘦弱，而且他不怎麼嗜血，也沒什麼好勝心。（註11）

再說，小嗝嗝不是對父親又敬又愛嗎？他怎麼可能想擊敗自己父親？

註11　其實小嗝嗝出生於閏年的二月二十九日，所以嚴格來說，他才三又四分之一歲而已。

史圖依克認為自己會贏，也是情有可原。

史圖依克從沒想過，小嗝嗝之所以能以對手的身分站在他面前，是因為這個瘦巴巴的怪胎兒子長久以來耐心練習，默默成了技巧高超的劍鬥士。

海盜訓練課程中，小嗝嗝唯一擅長的就是劍鬥術。小嗝嗝是那種會認真練習的孩子，他花無數個鐘頭練劍、旁觀他人對戰、從超自命不凡這等大英雄身上學習，還有和神楓對打。

他讀過劍鬥術書，閃燒的劍鬥術手冊被他翻爛了。他非常聰明，所以能分析對手的弱點，也不會因為脾氣或為了炫耀而失控。

他最近長高了好幾英寸，現在他使劍的手臂夠長，終於能擊敗成年人了。

在此之前，小嗝嗝自己都沒發覺自己長大了。

有時候我們成長得太快，連自己都會嚇一跳。

戰鬥五分鐘後，史圖依克還真嚇了一跳。

一開始，他感到驚喜。史圖依克是很愛現的劍鬥士，他此時胸有成竹，用的是他從阿爾文那裡贏來的暴風寶劍，凡是使用暴風寶劍的人都會熱血沸騰。在觀眾的歡呼聲中，他接連使出最華麗、最誇張的刺擊。

接著，他感到困惑與驚訝。小嗝嗝一一擋下他的攻勢，還有餘裕反擊，其中一招差點突破他的防守。

而後，驚奇轉化為惱怒。

史圖依克是當代最強大的戰士之一，他和其他維京人一樣，在戰鬥中對上旗鼓相當的敵手時，他火大了。

他忘了對手是自己兒子。

嗜血的怒意竄遍他全身，他整張臉變得赤紅，小嗝嗝幾乎認不出父親了。史圖依克不再思考，他像受騙的熊般大聲怒吼，凶猛地大力揮劍，長劍左右劈砍、前後

刺擊。

一場戰鬥分好幾個階段，而這場戰鬥雖然事關重大，一開始卻像兒戲一樣非常輕鬆。其中一名戰士相信自己會贏，另一名戰士不敢相信自己能贏。

但現在他們越打越激烈，戰鬥如猛然爆發的火焰，燒得比樹木還要高，摧毀了

周遭一切事物。

戰士嗜血發怒時，很可能發生意外。在很久以前那個年代，人們把刀劍當玩具，同樣可能發生意外。在怒火燃起的瞬間，朋友可能會互相殘殺，親人可能會彼此傷害。

巫婆悄悄爬到魚腳司身後，魚腳司轉身看到她站在不遠處，眼裡閃爍著貪婪、邪惡的精光。

「歷史……會……重演。」巫婆嘶聲說。「父子相鬥，就和從前無異……遊戲還沒結束，小嗝嗝三世啊，最後獲勝的一定是我。我在老鼠臟腑中窺見了死亡……就如我是優諾，優諾是我，你將面臨死亡……」

史圖依克不是陰森鬍那種恐怖的國王，他當然不可能故意傷害自己兒子……可是……

戰士嗜血發怒時，很可能發生意外。

史圖依克宛如勢不可擋的狂風暴雨，從各個方位襲向小嗝嗝。

小嗝嗝是暴風雨中靜止的一點，他默默站在風雨中，只在格擋時才會移動……他像吞滅大海之力的海崖，吸收了史圖依克的力量。

過了一段時間，史圖依克的困惑化為不安，不安漸漸轉變成焦慮。他打得更賣力，先是衝上前使出一招「劊子手式」，接著是「掠彈」，然後又像猛牛似地衝過去使出「榮耀之刺」。

全都被小嗝嗝俐落地擋下了。

是史圖依克的幻覺嗎？他怎麼覺得自己總是慢了一拍，反應力稍微差了點，在這漸漸逝去的午後，他的力量正迅速消失。

一場戰鬥分好幾個階段。

即使是偉大的英雄——尤其是過去二十四小時被關在壁櫥裡的英雄，連續和十個人戰鬥也十分累人。

史圖依克努力不去注意身體的勞累，不去感覺手臂的痲木與顫抖。他盡量無視眼底的汗水，無視老骨頭重重踩在木板時雙腿的痠痛，無視喝了太多啤酒、吃了太多山豬頭，無法維持顛峰狀態的大肚子，在猛烈戰鬥中痛苦地哀叫。

史圖依克戰鬥時總是不遺餘力，他現在充分感受到持續戰鬥對身體的影響——他的上衣被汗水浸溼，彷彿剛泡過水，他的肺大力喘氣，感覺快爆炸了，他的肩膀痛得聳了起來。

這時候，他兒子卻面無表情，臉不紅、氣不喘。

英雄絕不能投降！史圖依克痛苦地戰鬥，一邊這麼想，然後——

「痛痛痛痛……」他倒抽一口氣。史圖依克又急躁地踏上前攻擊小嗝嗝，膝蓋卻忽然被痛楚撕裂，他像即將倒下的樹木般踉蹌兩步。

老戰士身上有不少舊傷。

很久很久以前，史圖依克為迎娶瓦爾哈拉瑪去執行不可能的任務，在和熔岩粗人鬥劍時傷到了膝蓋。

沒有人能戰勝時間，沒有人能斬殺逝去

的分分秒秒、用衣服抹掉時間流淌的鮮血。

沒有人是時間的對手。

史圖依克試圖再次進攻，但他的腿已經受不了了，他像艘桅杆斷掉的船，整個人往左歪去。

「小嗝嗝，快結束這場戰鬥！」史圖依克央求道。

小嗝嗝結束了這場戰鬥。

他走上前，默默取走父親手裡的劍。

戰鬥場上，一片死寂。

只有油肚低瓦笨到沒搞清楚

狀況，自己一個人繼續唱歌：

「又要騎龍戰鬥了，
他又要騎龍戰鬥了！」

他又唱了幾句，才有人用手肘撞他肋骨，叫他別唱了。

大部分的維京人都別開視線。

看到老戰士打敗仗——尤其是輸給自己兒子——真的很不好受。

小嗝嗝面色慘白。

「父親，對不起。」小嗝嗝悄聲說。「對不起。」

幾個戰士匆匆跑上前，把他抬到最老的長老面前。

「劍鬥術大賽的贏家……英雄中的英雄……是……小嗝嗝・何倫德斯・黑線鱈三世！」最老的長老高聲宣布。

場上鴉雀無聲。

觀眾一時間無法消化剛才發生的事。

戰士們遵守規則比完劍術了，這想必是諸神的旨意……諸神為各部族選拔的新王，是這傢伙？諸神要這個瘦巴巴的十三歲男孩帶領人類、擊敗龍族叛軍？可是一開始闖下大禍、造成龍族叛亂的，不就是他嗎？這到底是怎麼回事？

一個無情族人喊出大家心中的疑問：

「一定是哪裡出錯了！他怎麼可能是我們的新王！」

眾人氣憤地交頭接耳。

已經有人拔起劍了。各部族本來就不怎麼想擁立新王，更不想讓弱者當國王。懦弱的國王怎麼可能讓維京人團結起來？

這是危險的一刻。

這時，神楓爬上一根斷掉的柱子，對所有人大叫。

有時，有個嗓門很大的朋友是件好事。

「他**當然**是新王！」神楓高喊。「國王需要的東西，他都有了！小嗝嗝，把王冠拿出來給他們看！」

小嗝嗝將暴風寶劍插入腰帶，把努力劍收回劍鞘，然後走向坐在背包上的奧丁牙龍（老奧丁牙龍輕聲說：「**做得好。**」）。他取出西荒野王冠，舉起來給所有人看個清楚。

哇。

大家都震驚地眨眼。

「其他的王之寶物也在他手上！」神楓高呼。

「你們看！是羅馬盾牌！萬能鑰匙！來自不存在之境的箭矢！陰森鬍第二好的劍！你們還要什麼徵兆嗎？難道要有人用大箭頭指著他的頭，說『這』就是恐怖陰森鬍的繼承人？」

哇哇哇。

小嗝嗝戰勝其他戰士，又拿到王之寶物，大家突然覺得他好像很有氣勢。

也許這個小孩子比眾人想得厲害，而且他的劍鬥術的確很優秀，他年紀輕輕就這麼強，真的值得尊敬。

最老的長老轉向觀眾。

「用鮮血立下的誓言，就是永不能違背的誓言。」他提醒眾人。「你們的族長都發過誓，劍鬥術大賽的贏家就是你們的新王。現在，你們必須聽他發言。」

小嗝嗝清了清喉嚨。

這，才是最困難的部分。

第十八章　解放龍族

小嗝嗝心裡很清楚，這是他這輩子最重要的演說之一。

「各位維京朋友，」小嗝嗝說。「我知道我不是你們要的國王，但在面臨龍族叛亂的黑暗時期，命運要我當你們的新王。如果和龍族開戰，未來等著我們的就是災難。我問各位，這場戰爭，真的要打嗎？我覺得答案是：不打。」

維京人低聲交談。

他們其實不想和龍族開戰。這些龍每晚睡在人類的火爐前，每天幫忙捕魚，每次打仗都一起出征，哪有人想和從小伴隨自己長大的龍族戰鬥？

「我不想和龍族打仗，而且，我還打算窮盡全力預防戰爭。我會說龍語，所以我會獨自去見龍王狂怒，請他結束這場叛亂。我們不必打仗！我相信龍族和人類能和平共處！

「但為了阻止戰爭開打，我們必須改變生活方式。」小嗝嗝接著說。

他深吸一口氣。

「我們必須解放龍族。」

城堡裡，一片譁然。

有人大喊：「太誇張了！」還有：「沒了龍族，我們怎麼活得下去！」

小嗝嗝用更大的音量高呼：「如果我們真的開戰，就真的沒有人活得下去了！我們可能會全滅！」

眾人又靜了下來，但還有些人氣憤地竊竊私語。

「大家仔細想想，」小嗝嗝請求眾人。「我們是獨立又驕傲的島嶼民族，如果有人用鎖鏈束縛我們，逼我們當奴隸，逼我們對『主人』下跪，我們會怎麼想？無論是龍族或人類都不該被奴役，我們應該禁止所有形式的奴隸制度。」

維京人不發一語。

「我們不需要奴隸和龍族，我們是維京人，可以自己養活自己。我們不該袖手旁觀，讓歷史發生在我們身上，而是該自己掌握自己的命運，自己改善自己的未來，在戰爭開始前終結戰爭，解放所有龍族！」

戰場周圍的狩獵龍像雕像般動也不動，每隻龍的耳朵都貼著頭皮，貓眼般的眼睛緊盯著小嗝嗝。聽得懂諾斯語的龍，小聲幫聽不懂諾斯語的同伴翻譯。

胸懷革命情懷的劍齒拉車龍——獨眼龍——站在左邊數來第二座塔上，憤世嫉俗地看著這一切。「**哈！小嗝嗝，你的努力值得褒獎，但相信我，人類是不可能改變的。他們過去是手持鞭子的豬，以後也會是手持鞭子的豬。**」

流放者們像飢餓的狼群，徘徊在城堡周圍，準備證明獨眼龍是對的。

但說不定獨眼龍錯了。

不知為何，在受夠了戰鬥的維京人聽來，小嗝嗝的說辭很有力道。大家也許是受不了過去數月作物歉收、糧食短缺，也許是因為小嗝嗝貌似受諸神眷顧，而對他心生仰慕，也許是想到要繼續打仗就感到疲累。

也許，也許，他們發現小嗝嗝說得很有道理。

誰知道呢？

那天，雷霆山頂發生了奇蹟。

這是很小很小的奇蹟，或許只是奇蹟的開端。

戰鬥場四周，人們慢慢拍起手來。

帶頭鼓掌的，是神楓和魚腳司。

接著是沼澤盜賊部族和殘酷傻瓜部族，他們都受過小嗝嗝的恩惠，還有小嗝嗝所屬的毛流氓部族，比較友善的無情部族、痛揍蠢貨部族、淒涼部族……

這時你會發現，友善的部族比不友善的部族還要多。

流放者部族當然屬於不友善那一類。

他們都沒有拍手。

維西暴徒部族和凶殘部族也沒有鼓掌，他們依然交叉著雙臂，鬱悶地站在一旁。神奇的是，油嘴滑舌的齜潰瘍聽小嗝嗝演講聽得出神，不小心拍起戴著黑手套的雙手（他母親是流浪者），直到凶殘瘋肚拍他腦袋，他才回過神來。

「啊呀，我的抖抖翅膀啊，我的獨眼啊！」老劍齒拉車龍驚奇地說。「我居然錯了，真好！我服侍人類兩百年了，兩百年了……我從來沒想過他們能給我驚喜……」

一旁，史圖依克抬起低垂的頭。

「我就知道！」神楓睜著閃閃發亮的雙眼，輕聲說。「我就知道他是西荒野新王！」

如果這就是「結局」，那該有多好

第十九章　背棄

如果這就是「結局」，那該有多好。

可惜這是小嗝嗝的故事，我也說過很多次了——這是小嗝嗝透過努力成為英雄的故事。

我們剛才都太認真聽小嗝嗝演講，忘了巫婆的存在。

小嗝嗝演講、維京人聽講的同時，巫婆可忙著呢。

她像骨瘦如柴的白狗，在觀眾毛茸茸的腿腳間爬來爬去，尋找著什麼。

尋找什麼人。

她找到了。

她在鼻涕粗耳邊小聲說了幾句話。

巫婆被囚禁在樹牢裡二十年，學到了十分重要的教訓：時機非常重要。這次，她恰到好處地掌握了時機。

就在這時，就在小嗝嗝找到平衡，就在一切似乎要走向圓滿的結局時，有人丟了一顆石頭。

石頭是鼻涕粗丟的。鼻涕粗丟東西都丟得很準。

石頭清脆地「咚」一聲砸到小嗝嗝的頭盔，頭盔掉到地上。

小嗝嗝驚恐地倒抽一口氣，連忙摀住額頭。

太遲了。

最老的長老年紀很大，蒼老的雙眼視力卻不差，他看到小嗝嗝額頭上的某個東西。他伸出骨節突出的手臂，很慢、很堅定地移開小嗝嗝的手，露出額頭上的……

……奴隸印記。

這，就是巫婆在小屋裡看到的祕密武器。

這一、兩年來，小嗝嗝一直把奴隸印記藏得很好。（註12）但沒牙躲到小嗝嗝的頭盔下時，頭盔被牠掀了起來，在那短短一瞬間，藏在頭盔下的東西被巫婆看到了。

在蠻荒群島，奴隸印記是莫大的恥辱。

被蓋上印記的人，會立刻被部族驅逐出境，從此過上奴隸的生活。

註12　想知道小嗝嗝是怎麼被印上奴隸印記的嗎？請參閱《馴龍高手VII：巨魔龍與奴隸船》。

眾人一起驚呼。

「那小子是奴隸！」一個凶殘族人高喊。「難怪他要我們放了龍族和人類奴隸！他自己就是奴隸嘛！」

「我們都被騙了！」一名維西暴徒大叫。

有人氣憤地亂吼，有人捏緊了拳頭。

「安靜！」最老的長老高喊，白色鬍鬚在下巴顫抖、晃動。他驚駭地轉身面對史圖依克。「你兒子怎麼會有奴隸印記？你該不會要我們接受一個『奴隸』國王吧？」

史圖依克自己也無法接受事實。「可是……可是……怎麼可能……小嗝嗝，怎麼會這樣？是不是有什麼誤會？」

小嗝嗝又抬手遮住頭上的奴隸印記，彷彿想抹消它的存在。

「很久以前，我搭一艘奴隸船前往美洲的路上，流浪者部族給了我這個印記。」小嗝嗝解釋道。

他放下摀著額頭的手。「那是意外……可是父親，我們不必覺得丟臉……」

然而，他已經失去了群眾的支持。

一切的關鍵，是時機。

在這個時間點，在這個地方，擁有奴隸印記的人不可能當族長，更別提國王了。

「天啊，天啊，天啊，天啊。」最老的長老唉聲嘆氣。

真是太奇怪了。

「小嗝嗝不能當國王。」最老的長老宣布。「他擁有奴隸印記，所以失去了當國王的資格。這麼一來，史圖依克，你是劍鬥術大賽的第二名，你就是西荒野新王。」

「我們也該放逐史圖依克！」巫婆優諾站起來嘶聲說，她的身體輕飄飄地來到木臺上。

她高舉戴著鐵指甲的手。

「這是醫生的手。」巫婆嘶聲說。「我們如果看到身體有癌症、有腫瘤、有潰瘍，該怎麼做？」她尖呼。「當然是把它拔掉，把它從身上扯下來，讓身體剩下的部分生存下去！我們治療疾病是如此，」巫婆冷笑著吸了幾口氣，模樣有點像狗。「對付『弱崽』也是如此。史圖依克，毛流氓部族的口號是什麼？」

「『只有強者能留下。』」史圖依克臉色慘白地回答。

「你們這些笨蛋都不懂歷史嗎？」巫婆低聲說。「『小嗝嗝』是何倫德斯．黑線鱈家族給『弱崽』的名字，你說是不是啊，史圖依克？

「你的兒子，」字句從巫婆牙縫迸了出來，宛如某種噁心的食物。「史圖依克，你這個討厭、瘦小又怪胎的兒子，是不是被命名婆婆授予了弱崽的名字？根據蠻荒律法，你應該把他丟到海裡的，結果你卻**沒有**！大塊頭史圖依克，你能否定這件事嗎！」

他不能。

十三年前，命名婆婆在只有史圖依克和瓦爾哈拉瑪參加的命名儀式中，宣稱小嗝嗝是弱崽。但史圖依克和瓦爾哈拉瑪真的、真的很想有個孩子，他們爭執了老半天，最後認定命名婆婆說錯了，將嬰兒留了下來。就這樣，史圖依克和瓦爾哈拉瑪違反了最神聖的蠻荒律法之一。

毛流氓們看著小嗝嗝一天天長大，偶爾會好奇這孩子為什麼如此瘦小、長相如此平凡，卻從來沒有人想過，他們最敬重的族長竟會違反規定。

毛流氓部族有許多人曾為了部族的興盛，壓抑了內心的痛苦，遺棄了自己的嬰兒。難道，偉大的史圖依克族長沒能為部族做到這件事？

戰鬥場上方的天空，似乎變暗了。

龍族都和雕像一樣動也不動，牠們知道不好的事情即將發生。

巫婆像俯衝的猛禽般尖聲大笑。

她贏了！她贏了！她就知道她會贏。

「你們看！」她得意洋洋地說。「他父親雖然是懦弱的叛徒，但諸神還是給他蓋上了奴隸印記，讓我們看清他的本性！

「蠻荒群島各部族啊，背棄他們吧！」巫婆尖叫。「背棄這個懦弱又邪惡的族長，背棄他奇怪的弱崽，永遠背棄他們，你們就能平安過活！」

你瞧，勝利與災難之間的區隔實在太小了。維京人真的別無選擇。

他們紛紛轉身背對史圖依克和他兒子，有些人動作比較快，有些人比較慢，但最後就連啤酒肚大屁股、沼澤盜賊族長柏莎，還有和史圖依克並肩戰鬥了數十年的戰士——打嗝戈

蠻荒群島各部族啊，背棄他們吧！

伯——也背棄了他們。

戈伯雙眼泛淚，心和石頭一樣沉重，但他還是轉身了。

就連神楓也是——她沒有轉身背對小嗝嗝，卻也驚恐地呆立在原地，對小嗝嗝幻滅了。

奴隸印記！小嗝嗝怎麼會有奴隸印記？

「他」和閃燒都不是完美的英雄。

只有一個人開口說話。

那個人是魚腳司。

「恐牛，」魚腳司慎重地在狩獵龍耳邊低語。「我們現在很安全，拜託妳放開我，我不希望大家嘲笑我們……」

吃素的狩獵龍用力吞了口口水，牠還是很怕，但這三週以來，牠首次鬆

開抓住魚腳司肩膀的爪子，爬到主人腳邊……放開了他。

魚腳司顫抖著站起身。

「**我**不會背棄你們。」他用發抖的聲音說。「**我**不會背棄你們。」

「**你**又是誰？」巫婆嗤之以鼻。「**你**和小嗝嗝一樣，不過是個弱崽！」

「我雖然是弱崽，」魚腳司說。「卻是被命運與諸神拯救的弱崽，所以我有權發言。不管他有沒有奴隸印記，小嗝嗝都是**我的**國王。」

魚腳司走向小嗝嗝。

他伸手，從脖子上取下他的寶貝。

十四年前，還是小嬰兒的魚腳司被人放在籃子裡，丟到海上，最後漂呀漂地來到博克島長灘，當時

魚腳司把龍蝦鉗護身符送給小嗝嗝

這個龍蝦鉗項鍊就放在他身邊。

它不是金銀珠寶，而是再普通不過的龍蝦鉗，但小嗝嗝明白它在魚腳司心中的價值。

「魚腳司，你怎麼可以把這個給我！」小嗝嗝說。「這是你父母給你的唯一一樣東西耶！」

魚腳司用很正式、很嚴肅的語氣說話，彷彿他已經長大成人了。道別是非常嚴肅的一件事。

「我以前一直想尋找自己的家人，」魚腳司說。「我一直想把這條項鍊拿給他們看，他們就會知道我是他們的孩子。但現在我長大了，我發現毛流氓部族才是我的家——小嗝嗝，你對我來說就像父母一樣，你一次又一次用自己的生命保護我。所以，我要把我最珍貴的寶物送給你。

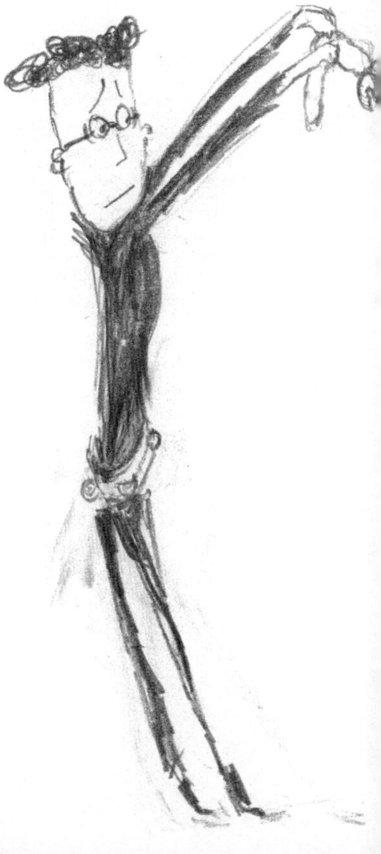

「請你收下它，」魚腳司說著邊將項鍊掛在小嗝嗝脖子上，動作分外莊重，像個為新王主持登基大典的英雄。「請收下我的忠誠與信心。過去，諸神從海裡救了我，相信是這條項鍊帶來的好運，希望它也能賜予你好運。」

魚腳司深深鞠躬，彷彿對君王行禮，然後畢恭畢敬地退下。

「好動人……」巫婆柔聲說。「太感動了……別這樣，我都快哭了……」她搶走最老的長老的拐杖，戳了倒退行走的魚腳司一下，害他跌得四腳朝天。「魚腳怪胎，滾開，滾開，他要去的地方你不能去……**算你走運……**」

小嗝嗝摸摸掛在胸前的龍蝦鉗，感受到魚腳司的信念及一股新的力量。

「不對！」他大聲說。「妳錯了！我們的命運和我們的長相無關，它沒有記載在星空，也和我們身上的印記沒有關係！**我們就是自己的命運！**」

「我們以後就知道了……」巫婆嘶聲說。「以後就知道了……**好了……你**的命運就交由你的新王決定吧……嗯，新王究竟是誰呢？既然弱崽出局了……弱崽的父親也失去資格……唉呀，我的眼睛、我的鬍子啊！這麼一來，劍鬥術大賽的第三名就是新王！新王就是……」

巫婆等這一刻，已經等了一輩子。她費盡千辛萬苦制定計畫、暗中謀劃、殺害敵人，她在黑暗中織了一張密謀的大網，終於來到了這一刻。過了這麼多年，命運仍舊眷顧著她。

巫婆撐開雙臂，如同蝙蝠撐開翅膀，仰頭對天尖叫。

「**新王是我的親生骨肉：奸險的阿爾文！**」

說完，她轉向小嗝嗝。

「小嗝嗝・何倫德斯・黑線鱈三世，你看，你被將軍了。」

小嗡嗡•何倫德斯•黑線鱈三世，
你看，你被將軍了

第二十章　奸險之徒的勝利

「天啊天啊天啊。」老奧丁牙龍喃喃自語。「也太快了吧？上回，王冠也沒這麼快落入惡人手中……」奧丁牙龍似乎沒有很沮喪。「但我現在知道，小嗝嗝『就是』真正的繼承人，無庸置疑……」

天色很暗、很暗，雷雨雲低低飄在上空，近得好像觸手可及。

世界似乎顛倒過來了，每個人都莫名其妙。他們放逐了偉大的史圖依克——那傢伙雖然是盜賊、是小偷，但大部分維京人都覺得他是好人，也是好同伴。

不僅如此，那個流放者部族的族長，居然要成為西荒野新王。

這到底是怎麼回事？

大家都覺得自己被騙了，卻說不出自己是怎麼被騙的。

在場的龍族全身緊繃，貓眼在黑暗中閃閃發光，全體蹲伏在地上，隨時準備起飛。

幾分鐘前，牠們幾乎要嘗到自由的滋味……但「幾分鐘」似乎是很久很久以前的事了。

維京人有了新王，就表示龍族也有了新的統治者。這是什麼意思？那個名帶「奸險」的人類是誰？他抱持什麼樣的理念？

阿爾文霍然脫下斗篷，大步走到戰鬥場中央，得意地挺起胸膛。

你仔細看看他破碎的臉，可以看出他曾是英俊的男人，現在卻像墮落天使般滿臉疤痕。他諷刺地對小嗝嗝鞠躬時，你可以看到他優雅的姿態。

「太可惜了。」他露出魅力十足的笑容，彷彿他們在享用晚宴。「小嗝嗝・何倫德斯・黑線鱈三世，可惜我們沒機會打上最後一場。我相信你是有運動家精神的人，」他語調變得剛硬。「快交出暴風寶劍和王之寶物。」

小嗝嗝一一交出阿爾文要的東西。

暴風寶劍、羅馬盾牌、滴答物、萬能鑰匙、來自不存在之境的箭矢、鑲有心形紅寶石的手環、王冠，還有最後一樣……

「還有那把劍。小嗝嗝，把劍交出來。」

巫婆知道自己將得到龍族寶石，她知道那把劍能指引她找到寶石。

「嗯，阿爾文，你是我們的新王，今天是奸險之徒勝利的一天。」說完，巫婆在兒子——在新王——面前跪了下來。

阿爾文大方地伸出手，讓她親吻手背。

親愛的讀者，你瞧，有時候你很難在故事剛開始時，看出這是什麼樣的故事。我們沉浸的這則故事不只是英雄的成長過程，還是壞人的故事。

很多本書、很多年前，我們跟著小嗝嗝和阿爾文初次相遇，當時他還沒有這麼奸邪，當時，他還不是今天要在曾屬於閃燒的城堡裡登基的新王。初次相遇時，他還是個風度翩翩、八面玲瓏、油頭滑腦的傢伙，當時的他還不太擅長劍鬥術。

自那以後，阿爾文遭遇了種種恐怖事件，這當然都是他自找的，但我們不能否定他承受的痛苦。痛苦能讓人改過向善，不過阿爾文反而往另一個方向發展，變得比以前還要壞，變得很壞很壞。他失去頭髮、腿、鼻子和眼睛的同時，也一點一點失去了人性……

現在，全身是肌肉、剛毅不屈、殘酷無情的他站在小嗝嗝面前，從今以

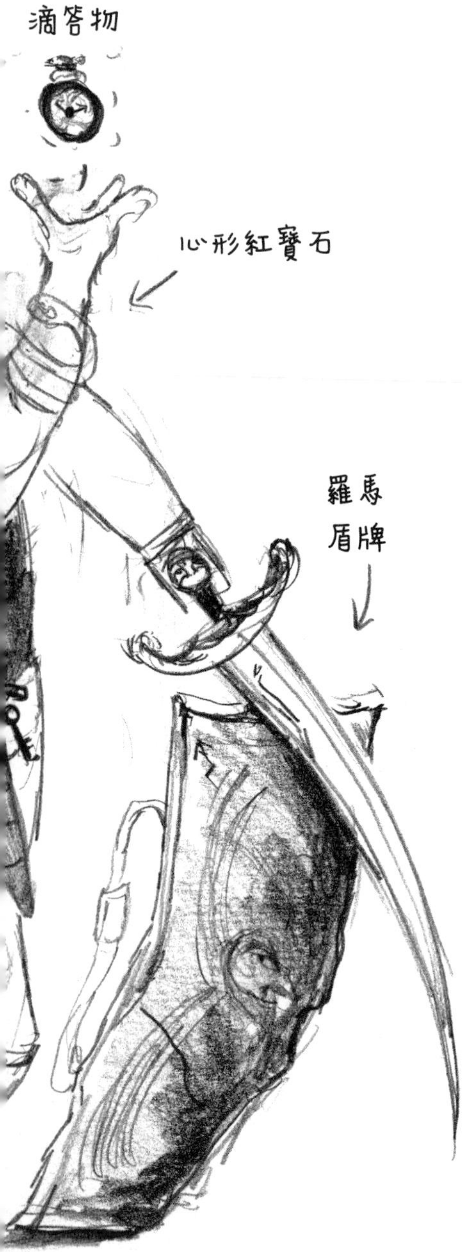

後，這個可怕的男人將掌握至高的權力。

阿爾文拿起王冠，將它戴到自己頭上，轉身面對默不作聲的觀眾。

巫婆心滿意足地嘆息。

「那麼，」阿爾文的嗓音滑如絲綢，輕描淡寫地指向小嗝嗝。「把奴隸男孩和他父親用鎖鏈捆住，丟到醜暴徒奴隸國，永遠別讓他們回來。男孩父親背叛了自己的人民，乾脆也幫他印上奴隸印記吧。

「各位朋友、各位野蠻人、各位維京人！」他高舉著努力劍大喊。

「就讓我說說『我』要當什麼樣的國王吧……我不是來『解放』你們的龍的。」奸險的阿爾文冷笑著說。「我們難道要眼睜睜看著龍族摧毀我們的

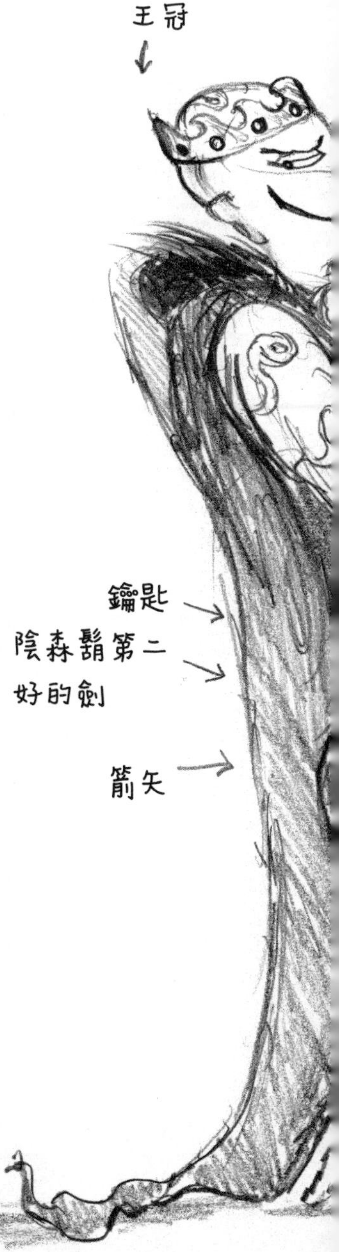

那麼，就讓我說說我要當什麼樣的國王吧……

世界嗎？不行，當然不行！從今天開始，我對所有野龍『宣戰』，我們要打一場最血腥、最殘暴的戰爭。看到野龍就格殺勿論，我們要用北方弓、戰斧和人類最神奇的智慧，去找到牠們的巢穴，燒毀牠們的棲息地、殲滅牠們的蛋和正在冬眠的幼龍……」

阿爾文突然獲得莫大的權力，整個人都感覺飄飄然。「至於馴養龍，」他不懷好意地柔聲說（阿爾文從以前就不喜歡龍族，現在復仇的機會終於來了）。「非常時期就得用非常手段，馴養龍除非在幫人類做事，否則要隨時隨地用『鎖鏈』鎖著，晚上睡在籠子裡。只要馴養龍有任何叛逆的跡象，當場處斬。」

眾人默默消化他的命令。

即使在比較殘暴的凶殘部族和維西暴徒部族聽來，他的政策也太過分了。

只有一個人鼓掌。

是巫婆。

「怎麼能讓『他』當國王！」神楓高喊。

「唉呀，妳難道忘了嗎？」巫婆柔聲說。「你們用鮮血立誓，要反悔也來不及了……」

「不可以！」小嗝嗝大喊。「不可以！你不能這樣！你會惹火我們的龍，逼牠們加入龍族叛軍……你這是在逼他們反過來對付我們……」

「膽小鬼。」奸險的阿爾文冷笑道。

「大家冷靜！」小嗝嗝聽到在場的龍族開始尖叫、低吼，連忙用龍語呼籲牠們。「連最凶暴的部族都不同意他的做法……他們只是需要一點時間，才有辦法把道理聽進去……別做傻事……誰都別做傻事……」

然而為時已晚。

劍齒拉車龍獨眼龍像隻白色大獅子，猛然跳進人群中，維京人被牠撞得紛紛摔倒在地。牠仰頭怒吼：「人類蟲子，你們好大的膽子！我們龍族生而自由，不是給你們用鎖鏈拘禁的！我要加入龍族叛軍，我第一個就殺你！」

牠張開嘴巴，準備將阿爾文咬成兩半。

「拿下牠！」阿爾文尖叫。十幾二十個強壯的維京人撲上去，將獨眼龍壓制在地。

阿爾文拔出暴風寶劍。

「你這隻白色大象，」阿爾文微微一笑，唯一的眼睛注視著憤怒掙扎的獨眼龍。「我第一個就殺你……我要用你骯髒的龍血施洗戰鬥場，宣告戰爭開始……但首先，我要讓你瞎掉……」

阿爾文舉起寶劍，即將砍在無助的獨眼龍頭上。

就在他要砍下去時，他腳下的土地開始震顫、晃動。

阿爾文後方，巫婆的算命小屋——那棟邪惡的小房子——在所有維京人面

前**炸**了開來。

碎磚、蜘蛛網、算命表、鳥骨頭，以及巫婆房裡形形色色的物品，全都噴在眾人身上。

好巧不巧，巫婆其中一口大釜裡黏答答、臭呼呼的液體灑在她頭上，那塊寫著「算你命、改你運」的看板也落在她頭上。

小屋原本的位置多了個洞，大洞像噴泉似的，只是它不是噴油，而是噴出一大團火焰，火舌高高竄起兩百英尺。

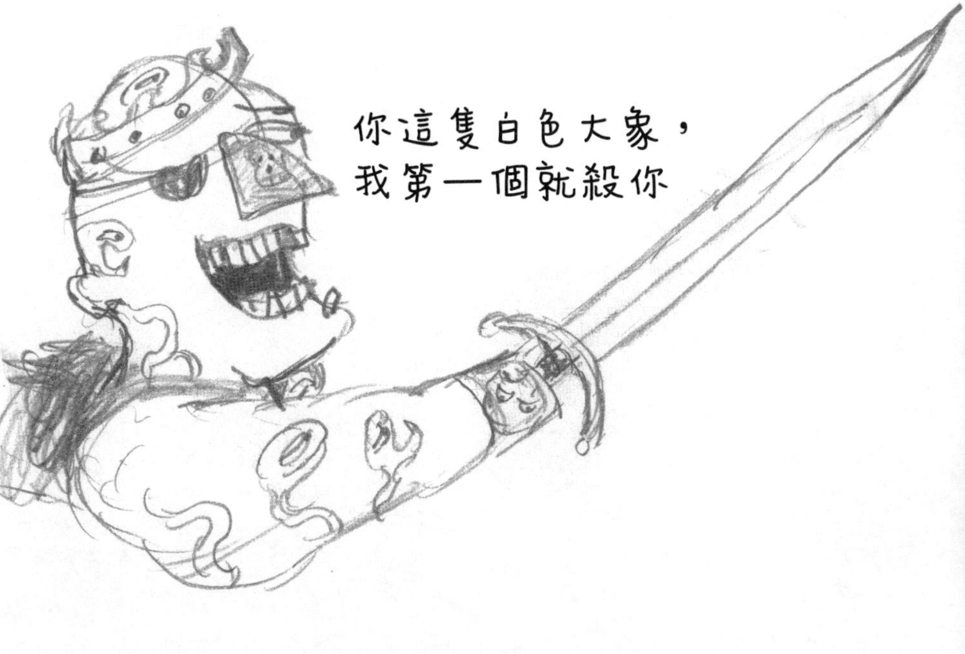

LOST
PROPE

第二十一章　城堡崩毀

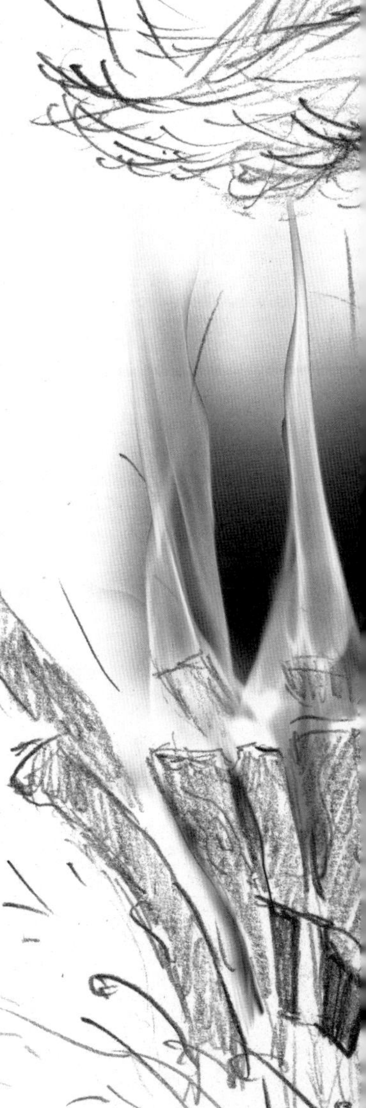

是龍王狂怒。

讓深井爆炸的，是牠的龍火。讓城堡地基震動不停的，是牠的憤怒。從洞口往上推擠，將周遭岩石擠壞的，是牠的肩膀。從地底傳到地表的，是牠憤恨的尖叫聲。

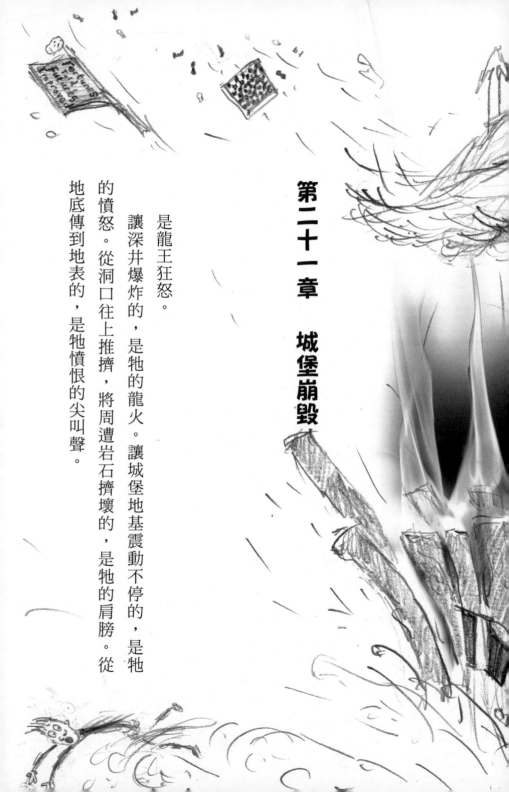

阿爾文看到小屋爆炸，嚇得一時分了神，獨眼龍趁機逃走。

龍王狂怒的怒火不停膨脹，城堡的塔樓開始顫動，堅實的岩石彷彿化作海浪，在大家腳下湧動。古老的城堡出現一道道裂痕，彷彿冰山崩解前的裂縫，石塊從不停震動的城牆落下，宛如一陣急雨。

原本是小屋的大洞往內崩塌，龍王狂怒用強而有力的爪子往上挖掘，巨大無比的火柱與濃煙往天上延伸數百英尺，龍族與人類紛紛落荒而逃。

岩石像是化成了液體，被巨龍的肩膀輕易抖落。牠的頭從地上的大洞衝出來，牠如同活生生的地震，不停往上、往上、往上爬，一隻巨大的爪子抓住大洞邊緣，慢慢將身體往上撐。

牠聳聳肩、尖吼一聲，掙脫了岩石與土壤，飛躍到空中。巨龍撐開的翅膀將一座不停顫抖的塔打成碎片，遼闊的雙翼如一朵大雲，遮住天上的太陽。

維京人嚇得呆若木雞，每個人都抬頭盯著恐怖的敵人。

他們這才發現，他們忙著處理人類的事務時，城堡衛兵也忙著看爭奪西荒野王位的戰鬥，沒人注意到龍族叛軍慢慢從天邊逼近，包圍整座城堡。現在已經太遲了。

這些是懷有敵意的猛惡龍群，是受赤怒影響的龍族軍隊。

天色驟暗，滿天都是龍族。

龍王狂怒左右噴火，形成駭人的火河。

「**龍族兄弟們，加入赤怒，反叛人類！反叛人類！**」

這時，若西荒野國王是**小嗝嗝**，馴養龍們會告訴龍王狂怒：謝謝你邀請我們，但我們已經自由了。龍族叛亂也許能和平結束。

已經獲得自由的龍，不會想加入叛軍。

小嗝嗝明明只差一點就要成功了。

勝利近在咫尺，卻又遠在天邊。

城堡裡，剛才和貓一樣安安靜靜的龍族，像整窩毒蛇一樣嘶嘶鳴叫起來。

牠們伸出爪子，露出刀刃般的利牙，吐出熾熱的龍火。

「龍族兄弟們，反叛吧！反叛人類！」

獨眼龍高聲說。

「人類現在是我們的死敵！龍族兄弟們，加入我們、加入赤怒，反叛人類吧！」

戰鬥場周圍，龍族紛紛響應：

「反叛人類……」

起初還只是細微的絮語，接著它越來越大聲、越來越大聲。

「反叛人類。」牠們罵道。「反叛人類！」牠們嘶聲說。「反叛人類，反

叛人類，反叛人類！」

牠們彷彿形成一朵雲，不約而同轉向原本的主人。龍族跳上人類的背，利爪不停猛抓，熱火灼燒他們未受保護的皮膚。維京人連連驚呼，趕緊拿出武器自衛。

小嗝嗝周遭，戰火開始延燒。

龍族與人類勢不兩立。

空氣中充斥著龍族進攻的吼叫聲。維京人不敢相信自己的眼睛，這些龍明明是吃他們餵的東西長大的，明明每晚在他們家火爐前睡覺，怎麼會突然被附身似地來攻擊人類？人類被本以為是同伴的敵人包圍了。

抓住史圖依克的人都沒空壓制他了，他行動不再受限，卻也手無寸鐵。他自己的馱龍——牛心——蹲伏在他面前，喉嚨發出低吼，脖子上的怒腺鼓了起來，像隻隨時會撲上去咬人的惡虎。

「**退下！牛心，退下！**」史圖依克下令道。

但牛心像是沒聽到他的命令，牠緩緩逼近，貓眼緊盯著史圖依克不放。牠在低吼，要是史圖依克聽得懂龍語，就會發現牠在說：

「加入赤怒，反叛人類！

讓人血染紅你的利爪，

毀滅骯髒的人類……

把人類像木柴一樣點燃……

龍族叛軍來了。」

史圖依克吞了口口水。

「牛心，退下。」他說。牛心繼續逼近，顯然大叫沒有平時那麼管用了。

「用人類的淚水解渴……

別放過任何一個孩童，
把人類害蟲燃燒殆盡，
龍族時日將至。」

「**退下！**」史圖依克焦急地大喊。

老戰馬般的馱龍大吼一聲撲上前，牠張開大嘴，尖爪抓了過來，鼻孔張得很大，喉嚨即將噴出致命龍火。

眼看史圖依克死定了——就在這時，人類為了自保而發射維京箭矢，其中一枝箭恰巧射中牛心的腿，牠跑到一半突然憤怒地痛呼一聲，摔倒在地。

城堡迅速崩塌。

已經有三座塔樓垮了，第四座也岌岌可危。龍族凶暴有力的攻擊來得太突然，維京人根本沒做好應戰的準備，城堡被龍族大軍攻下只是時間的問題。

城堡被龍火燒焦、摧毀，戰士們尖叫著逃命，邊跑邊回頭射箭。體型大得不可思議的龍王狂怒將軍械庫撕成碎片，躲在裡頭的維京人被抓了出來，恐怖的龍火之河把好幾個維京戰士直接送上英靈神殿。四周迴響著龍族的嘶吼，以及戰斧或刀劍劈砍骨肉那種噁心的聲響。

箭矢如暴雨落下，長矛如狂風颮過，長劍在冰雹般的龍火攻擊下開始融化、扭曲。維京人用投石機攻擊龍族，造成嚴重的傷害，卻還是沒占上風。即使空氣中飄著大朵大朵的煙雲，逼人瞇起眼睛，即使小嗝嗝氣喘如牛、心慌意亂，他還是看得出情勢對人類不利。

他們快輸了。

「我必須阻止大家，」小嗝嗝悄聲說。「我必須阻止大家……」但他究竟該怎麼辦才好？他雙手被繩子綁住了，城堡正在崩塌，四周的龍族都忙著殘殺人類，他究竟該如何是好？

「沒牙！」小嗝嗝對毫不在乎他的空氣大叫。「沒牙！沒牙你快過來，我需要你！沒牙！」

第二十二章　赤怒

沒牙其實離小嗝嗝不遠。

赤怒完全控制了牠，彷彿藥效強大的藥物，掌握了牠軟弱無力的思想。大自然狂野、亙古的怒火流遍牠全身，令牠頭暈目眩的狂怒甚至奪走了牠的視力，連腦中理性的部分都變得麻木。沒牙沉醉在力量與憤怒之中，撲上去攻擊維京人逃命時落下的鞋子，牠還以為那是人類小孩。

「赤怒！」

牠尖吼著撕扯鞋帶。

牠尖叫著將皮革撕成一條條碎片。

「狩獵人類，把他丟進火裡！」

牠尖喊著把鞋底拔掉，用火將它烤焦。

不知為什麼，小嗝嗝的聲音劃破了憤怒的迷霧，沒牙咬著仍在冒煙的皮革轉頭。籠罩小龍的赤怒迷霧似乎被魔法驅散了，沒牙轉身，放下鞋子，飛到被五花大綁的小嗝嗝身旁。

「沒牙！」小嗝嗝高喊。「快把繩子咬斷，然後去找風行龍！」

「每次都要做這個！做、做、做那個！」小龍不悅地嘀咕。「沒牙又不是你的僕、僕、僕人……」

抱怨歸抱怨，沒牙還是一口咬斷繩索，動作俐落地飛去找風行龍，平時的懶散不知消失到哪裡去了。

風行龍在遠處困惑地繞圈飛行，尋找小嗝嗝的身影。赤怒沒有完全控制住牠，卻擾亂了牠的雷達，再加上濃煙、箭雨及到處亂飛的長矛，牠只能一直在空中翻滾、轉圈，有時不小心撞到別隻龍，有時還會追著自己的尾巴繞圈。

「小嗝嗝需要找們！」沒牙尖聲說，牠緊張到忘了表現出酷酷的樣子。

風行龍跟著小龍飛過去，精準地穿越空中戰場，最後手忙腳亂地緊急降落在小嗝嗝身邊。

小嗝嗝及時跳上風行龍的背，閃過撲向他的繞舌龍，乘著風行龍飛、飛、飛上天。

該怎麼辦？該怎麼辦？該怎麼辦？

小嗝嗝引導風行龍低空飛過戰鬥場外圍，彎腰抱起奧丁牙龍與背心。

「你幹麼帶他來啊？」沒牙抱怨道。「我們又不需、需、需要他！」
「我就知道我沒看走眼！」老奧丁牙龍欣喜地說。「你『果真』是王位繼承人！」
但小嗝嗝開心不起來，他坐在風行龍背上，黑龍往空中飛升時，他清楚看見下方慘絕人寰的畫面。
城堡崩毀得更嚴重了，建物往內塌陷，落入龍王狂怒製造的大洞。巨龍就在大洞正中心，噴出口的龍火幾乎片刻不停。
你別忘了，蠻荒群島幾乎所有的戰士都聚集在城堡裡，可說是一支聲勢浩大的人類軍隊，每個人都勇敢地和龍族戰鬥。小嗝嗝往左看，看見鼻涕粗技巧卓越、英勇無畏地戰鬥，像族長似地號召其他毛流氓。
戰鬥場中心戰況最激烈，因為奸險的阿爾文在那裡，而龍族最想得到的努力劍就在他手裡。一群維京人在他周圍圍成一圈，奮力守護新王，而阿爾文自己也沒有退縮，他一手握著努力劍，暴風寶劍固定在手臂前端的裝置上，盡全力和龍族奮鬥。

小嗝嗝右方，沼澤盜賊正用投石機打亂龍族軍隊，每發射一塊岩石就迅速重新裝彈。

儘管人類竭力抵抗，戰況仍然慘不忍睹，雙方都死傷慘重。小嗝嗝看得出維京人占了下風，因為龍族的攻擊來得猝不及防，而他們馴養的馱龍和狩獵龍都反叛了，無法加入空戰。

赤怒的聲音大得嚇人，人耳不該聽到的可怕聲響，如同雷聲讓空氣一下一下震盪。令人不寒而慄、心跳暫停、毛骨悚然的吵雜聲，傳入所有人的耳朵。

他們會打到兩敗俱傷。小嗝嗝心想。**但我該怎麼辦？該怎麼辦？該怎麼辦？我只有一個人，還能怎麼辦？**

小嗝嗝混亂的腦海裡，響起老阿皺的話音：「世界會需要一位英雄，這位英雄不如讓你來當……」

「風行龍！」小嗝嗝在馱龍耳邊小聲說。「風行龍！飛去那邊那個照得到光的地方！」

烏雲間有一小塊空隙，風行龍險險閃過兩枝箭，直直飛到光線下。四周都是漆黑的濃煙，但在那一小塊明亮藍天之下，燦爛的陽光照在風行龍閃亮的翅膀上，小嗝嗝的龍皮防火衣也反射陽光，底下的人與龍都能清楚看見他們。

一道光照到神楓眼裡，拚命戰鬥的她抬頭一望，看見騎在龍背上的人影。雖然只看得到輪廓，神楓也知道那一定是小嗝嗝。

「小嗝嗝！」她鬆一口氣，熱切地輕聲說。那一瞬間，她忘了小嗝嗝頭上的奴隸印記，單純因他的存在而感動。「小嗝嗝！他一定會救我們，我知道他一定有什麼機智的計畫……」

老實說，小嗝嗝心中完全沒有計畫，但在這個恐怖的黑暗世界裡，他懸浮在唯一一道希望之光下，腦中萌生了新的念頭。

「各位龍族！」小嗝嗝高呼。「龍族啊！別去搶那把劍了，龍族寶石就在我手裡！」

他高高舉起緊握的拳頭。

龍族聽力超群，甚至連草叢裡奈米龍的嬉笑聲都聽得一清二楚，當然聽得到小嗝嗝的呼喊。

龍王狂怒緩緩轉動巨大的頭顱，轉向飛在上方的男孩，彷彿他是隻煩人的蒼蠅。龍王的血盆大口沾染人類鮮紅的血液，雙眼瞇了起來。

男孩說的是實話，還是謊話？

「是假的……」牠嘶聲說。「是假的，男孩在說謊，我分岔的舌頭能嘗到他的謊言……」

牠眼睛瞇得更小，洞見比光束與男孩更遠的位置，窺探未來，牠在腦中整理未來無數個可能性，像在下一局永無止境的西洋棋……

牠看見了未來，嘶聲說道：「但是……」

但是。

「抓住他——！」龍王狂怒尖叫。「去追他！獵捕他！把他從空中抓下

來！無論如何都不能讓他逃走啊啊啊啊啊啊啊！！！」

一千隻龍停下動作，暫停噴火。

一千隻龍轉頭，瞇起黃色、綠色與藍色的眼睛，貓眼般的龍眼聚焦在男孩身上，男孩彷彿成了無數枝箭的箭靶。

沒牙飛在小嗝嗝頭上，牠驚叫一聲，小爪子祈禱似地緊抓著彼此，小翅膀收了起來。牠俯衝了十英尺，鑽進小嗝嗝的上衣，和奧丁牙龍一起窩在小嗝嗝胸前。

「風行龍，飛吧。」小嗝嗝在風行龍耳邊小聲下令。

「飛吧，風行龍，快飛啊……全速往前飛……」

第二十三章　風行龍，快飛啊！

上一秒，維京人還在苦戰。

下一秒，數以千計的龍族齊聲尖吼。

包括龍王狂怒在內的龍族大軍都起飛了，牠們嗜血地呼嘯，追著騎龍的男孩而去。

風行龍像受困的狐狸，驚恐地尖叫一聲，在一小片藍天瘋狂繞圈飛行，翻了一圈又一圈，盡做些沒用的動作。

「風行龍，快飛啊。」站在下方的史圖依克悄聲說。在那一刻，他忘了自己

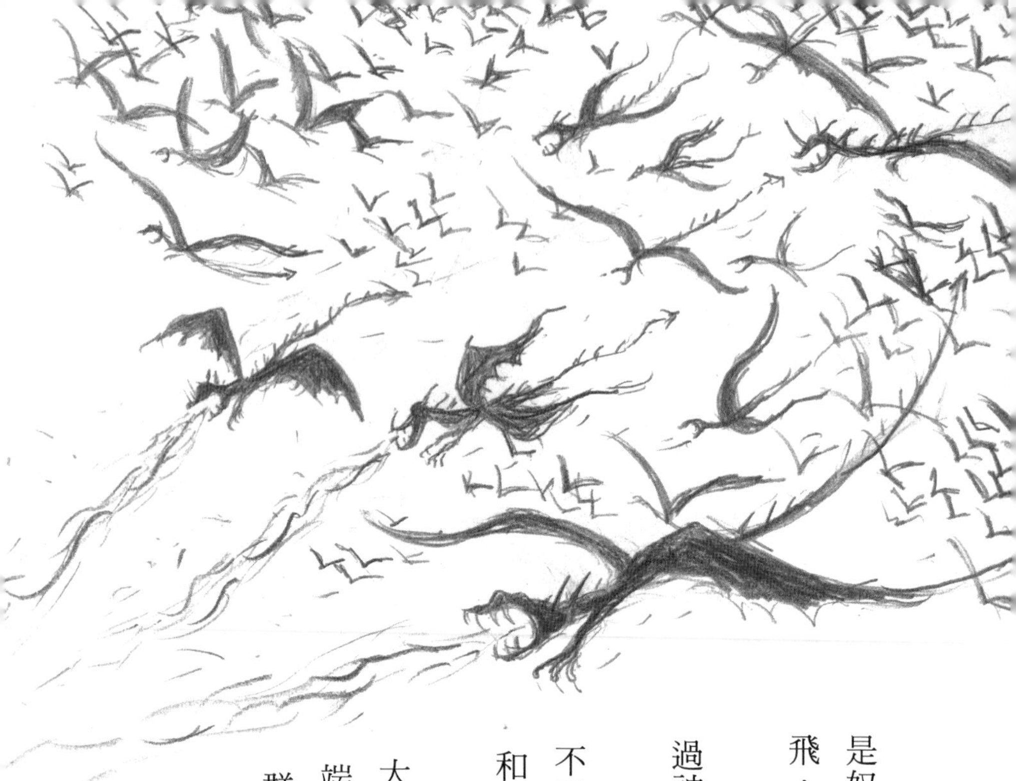

是奴隸，只希望兒子能平安逃走。「再不飛，他就會被龍族撕成碎片……」

風行龍害怕地嘶鳴著嗤氣，終於回過神來，隨便往一個方向飛去。

維京人氣喘吁吁、全身焦灰、震驚不已，目瞪口呆地看著敵軍迅速飛遠，和牠們來襲時同樣出乎意料。

大家仰頭看向天空，看見整支龍族大軍在上面飛行，從天空此端延伸到彼端，從這邊的天際延伸到另一邊，像一群氣憤的虎頭蜂追逐一隻小小的蚊蚋。

那隻蚊蚋正是小嗝嗝與風行龍，牠們在空中上、下、左、右S型或繞圈飛行。恨不得將他們撕成碎片的龍族大軍緊追在後，時而兵分二路、掉頭追擊，時而包抄過去，邊飛邊唸誦令人毛骨悚然的赤怒。

「他沒辦法一直飛下去！」神楓焦急地跳上跳下，小聲說。「等他累了，龍族就會追上他！」

奸險的阿爾文仰望天空，露出滿懷惡意的笑容，慢條斯理地說：「我以我右手的鬼魂打賭，這就是小嗝嗝·何倫德斯·黑線鱈三世的結局……」

阿爾文轉身面對他的新臣民，挺直的背脊、嚴肅的神情，都像個真正的君王。

「維京人，開戰了！這是殘酷又血腥的戰爭，我們的手足同胞就這麼死

在我們面前，被那些害蟲的尖牙利爪撕碎，被牠們的火焰燒死。我們能讓他們死不瞑目嗎？」

又悲又怒的維京人紛紛高喊：「不行！」

「維京兄弟們，我們絕不休息，絕不閉眼。我們要回到各自的島上，打造龍族作夢都無法想像的殘忍兵器，在全世界所有舌頭分岔的鱷魚被我們拔了翅膀、死在我們腳邊之前，絕不停手。維京兄弟們，我們要滅絕牠們！我們的目標是滅絕龍族！」

親愛的讀者，請不要怪罪這些維京人。

別忘了，他們剛被馴養龍背叛，周遭都是陣亡的同胞，每個人既哀痛又震驚，無法正常思考。

「從現在開始，」阿爾文高呼。「你們看到龍族就要立刻殺了牠們！對我發誓吧。」

維京人立下可怕的誓言。

戰爭就是這樣開始的。

就這樣，人類與龍族最後一場大戰拉開了序幕，人人厭惡的阿爾文成了人類大軍的首領。戰爭總會讓古怪又糟糕的人坐上領導者的高位。

「去搭船！」阿爾文喊道。「在龍族回來之前，快搭船回去！」

說完，他轉頭對痛揍蠢貨族長愛戰說：「把那個史圖依克帶去醜暴徒奴隸國，別忘了幫他蓋上奴隸印記，讓他和他的叛徒兒子一樣變成奴隸。」

他又對毛流氓部族說道：「我在此宣布，毛流氓部族的新族長，應該由鼻涕臉鼻涕粗來當。是他大義滅親，揭發了史圖依克和他兒子的陰謀！」

「等一下！」啤酒肚大屁股出聲抗議。雖然鼻涕粗是他兒子，他應該為兒子高興才是，但他不能接受自己被忽視。「下一任族長應該是我才對！」

阿爾文咧嘴露出駭人的笑容。「我們今天發現，你這種胖嘟嘟的老男人已經不中用了，新族長是『鼻涕粗』，誰有意見，就陪史圖依克去奴隸國當奴隸吧。」

於是，鼻涕粗的美夢成真了，他當上毛流氓部族的新族長。他像隻驕傲的小公雞，得意地挺起胸膛。

我就知道，他愉快地想。**我就知道我會是新族長……我就知道諸神不會辜負我的聰明才智……**

他忍不住綻放一抹得意的笑容，長滿痘痘的臉整個亮了起來。他眉飛色舞地甩了甩閃砍劍。

當上族長後，鼻涕粗做的第一件事，將他惡劣的性格展露無遺。

「大屁股，動作快一點，」他自以為是地對父親下令。「別慢吞吞的。國王說的話，你也聽到了，還不快到船上去！」

維京人七手八腳地爬出一度堅不可摧的堡壘，爬下陡峭的山崖，回到半毀的船上。他們用臨時搭建的

魚腳司，我們要堅強，
我們要祈禱好事發生！

擔架把死者和傷者扛回去，帶回家鄉，準備向龍族宣戰。

神楓隨著其他沼澤盜賊快步行進，經過直挺挺站著的魚腳司時，她停下腳步。魚腳司淚流滿面，盯著瓦礫堆裡那頂小嗝嗝的頭盔。

「你為什麼哭了？」神楓詫異地問他。

「小嗝嗝死了。」魚腳司小聲說。

「他才沒死。」神楓輕快地說。「你不是把龍蝦鉗護身符給他了嗎？」

「他被龍族叛軍追殺，我的龍蝦鉗護身符有什麼用！」魚腳司說。

「他會想到辦法的，」神楓說。「他每次都有辦法脫身。魚腳司，你聽我說，」神楓搭著魚腳司肩膀。「你現在不能絕望。我不該跟其他人一樣背棄小嗝嗝的，但是『你』沒背棄他，所以你現在也不能放棄。現在，我們要祈禱好事發生，我們要相信小嗝嗝能拯救我們。」

「他要怎麼拯救我們？」魚腳司問道。「就算他活下來了，從今以後他就是個流放者啊！」

有些人遇到危機，反而會越挫越勇，神楓就是這種人。她眼裡閃爍著鬥志，用門牙的縫隙吹了聲口哨，突然間顯得成熟了許多。

「對啊，一切感覺都顛倒過來了，對不對？」神楓說。「可是小嗝嗝已經救了我們，不是嗎？要不是他把龍族引走，我們早就被殺光光了。魚腳司，你要堅強！我們要堅強，我們要祈禱好事發生！」

神楓匆匆追著族人離去了。

魚腳司會堅強，他會祈禱好事發生。

魚腳司拿下破掉的眼鏡，擦乾淨之後堅定地把它戴回沾了黑灰的鼻梁。他撿起小嗝嗝的頭盔，戴到自己頭上，然後挺起胸膛。既然鼻涕粗成了毛流氓部族的族長，魚腳司不會有好日子過，但他還是抬頭挺胸，站得筆直。

無論他面對的情況有多糟，小嗝嗝一定更慘。

魚腳司會堅強，他會祈禱好事發生。

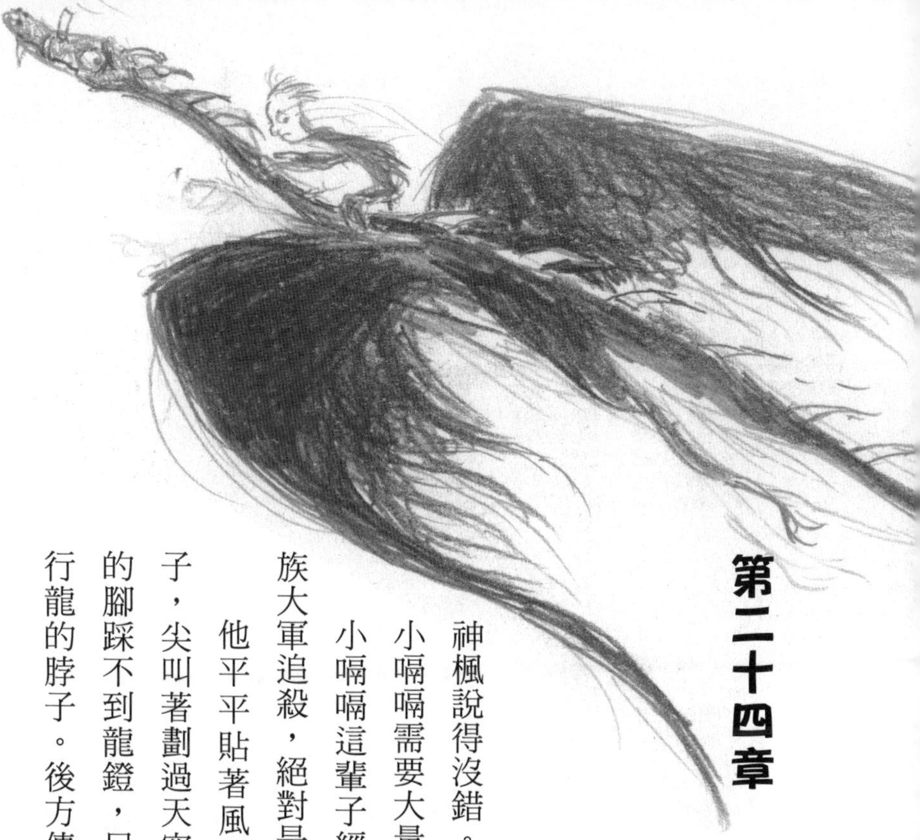

第二十四章　獵男孩

神楓說得沒錯。

小嗝嗝需要大量希望與勇氣。

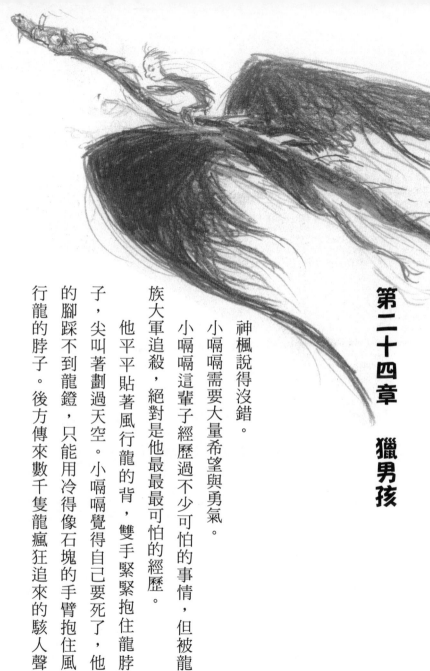

小嗝嗝這輩子經歷過不少可怕的事情，但被龍族大軍追殺，絕對是他最最最可怕的經歷。

他平平貼著風行龍的背，雙手緊緊抱住龍脖子，尖叫著劃過天空。小嗝嗝覺得自己要死了，他的腳踩不到龍鐙，只能用冷得像石塊的手臂抱住風行龍的脖子。後方傳來數千隻龍瘋狂追來的駭人聲響。

他還得拚命抵抗赤怒的唸誦聲，不讓自己陷入麻木、氣餒與絕望。

「狩獵空中的男孩，將他燒到剩骨骸，獵男孩，獵男孩。」

「別聽，」小嗝嗝哭著說。「風行龍，你別聽他們，別聽……」

他做了不該做的事——小嗝嗝回頭望去，看見讓他全身發軟的畫面。數以千計的龍族像一群憤怒的餓狼，緊追在後頭，每隻龍眼裡都閃爍著凶光，龍火近到幾乎要燒到他。一旦被龍群抓到，小嗝嗝只有被撕成碎片的分。

赤怒逐漸逼近，小嗝嗝聽見越來越響、越來越響，震耳欲聾的聲音。

「放棄吧……」

赤怒告訴他。小嗝嗝努力不讓聲音影響他的思緒，但可怕的龍語還是滲透到他腦海裡。

「你已經輸了。死亡多麼甜美，快擁抱它吧……」

還有龍王狂怒勝利的呼喊：

「逮到他了！逮到他了！」

峽谷千奇百怪的岩石與地形，化為巨大無比的賽道，只要一個不小心，他們就會撞上岩柱，直接從這個世界穿越到下一個世界。

除此之外，索爾之雷峽谷名副其實，形狀像一道閃電，山崖瘋狂地拐彎抹角，非常不適合飛行。

哇哇哇，這時候，你必須使出渾身解數，展現出淋漓盡致的飛行技術。如果戈伯看到小嗝嗝以超音速在峽谷裡飛行，動作猶如穿針引線，那個身高六呎半的瘋子肯定會非常、非常驕傲。

「沒牙想吐、吐、吐，慢一點！」小龍從小嗝嗝衣領探出頭，看到一座岩壁撲面襲來，小嗝嗝及時操控風行龍拐彎。沒牙放聲尖叫，又縮回去和奧丁牙龍躲在一起，甚至用翅膀摀住眼睛。

好吧，這樣下去沒辦法甩開龍族大軍……

那就只能往「上」了。

「風行龍，往上飛，往上……」

男孩與龍如煙火般飛射出峽谷，這時追趕他們的龍群飛得更近了。

小嗝嗝催促風行龍飛得更高、更高。

飛得夠高，就會有一大半的龍族跟不上來。小嗝嗝心想。

小嗝嗝雖然年紀還小，卻花了非常多時間觀察龍族，對牠們頗有研究。大部分龍族喜歡在牠們所謂的「淺空」飛行，淺空指的是靠近陸地與樹梢的空中，那是牠們平時生活、玩耍的範圍。很少有龍族飛到「深空」，只要是比雲還高的高空牠們都不喜歡，那裡空氣比較稀薄，風也比較強，大部分龍族都飛得很不自在。

「沒牙的耳朵好痛、痛、痛！」沒牙在小嗝嗝上衣深處含糊地哀號。「還被壓、壓、壓扁了！」

「風行龍，飛高一點，再高一點。」小嗝嗝輕聲告訴風行龍。

現在他真的無法呼吸了，他努力不去想像自己昏倒後會發生什麼事，他沒有綁安全帶……只要再高一點……

風行龍的翅膀繼續拍動，不停向上飛。

向上、向上、向上……

小嗝嗝的耳朵也「啵、啵」作響……低頭時，他發現追在後頭的龍族越來越少了，風行龍已經飛到許多龍族無法自由飛翔的深空。

美麗的黑色風行龍翱翔在雲間，越來越高、越來越遠。

空氣很冷……他們飛到好高好高的地方，小嗝嗝的煩惱都被遠遠拋在後頭……小嗝嗝好累喔……他趴在風行龍背上，睡了過去。

醒來時，他身在陌生的洞穴裡。

現在，他究竟該怎麼辦？

就連他的頭盔也不見了。

雖然頭盔只是件小事，他還是覺得自己像沒穿衣服一樣，渾身不自在。

小嗝嗝的頭髮和刺蝟的刺一樣直直豎起，沾滿了塵土，髮梢還被龍火烤焦了。少了頭盔的遮覆，奴隸印記像羞恥的疤痕一樣印在他額頭，再清楚不過。小嗝嗝臉上都是灰燼與淚痕。

「我在很遠很遠的地方，」小嗝嗝喃喃自語。「孤身一個人。」

「**你並不孤單，**」老奧丁牙龍嚴肅地說。牠像一小尊雕像，端坐在不遠處守著小嗝嗝。「**你有兩隻龍，還有我。**」

風行龍在陌生的洞穴裡沉睡，長長的身軀舒展在地上，彷彿還在崖上打盹。牠「**哈……呼……哈……呼……**」地打呼，再次夢見可愛的

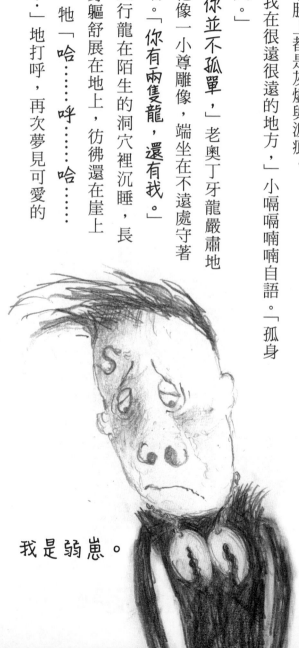

小蝴蝶。沒牙醒著，牠正一邊抓癢，邊思考晚餐吃什麼。

小嗝嗝羞愧地把臉藏到臂彎。「你為什麼要幫我？我才剛對你發誓，就馬上食言了……」

「你沒有食言，」奧丁牙龍說。「你發誓要盡力保護王冠，然後你盡力了。我之所以幫助你，是因為你並不孤獨，不知為何，這兩隻平凡的龍——」

「喂，你說什、什、什麼啊！」沒牙出聲抗議。「沒牙才不平凡！」

「這兩隻『異常』平凡的龍，」老奧丁牙龍接著說。「沒有臣服於赤怒，而是繼續效忠於你。從古至今，能讓龍族如此忠誠的人類，實在是少之又少。」

奧丁牙龍嘆了口氣。

牠那雙蒼老的眼睛，似乎看見了過去。「過去有很多很多次，人類都讓我失望了。小嗝嗝三世，也許我錯了也說不定，但我覺得你不一樣，我覺得你是特別的人。為了你，我將付出最後、最後的希望……」老龍的語音是如此沉痛。

小嗝嗝的臉還埋在臂彎。

這次，小嗝嗝和過去一樣面對艱難的考驗，或許這才是最厲害的考驗。英雄不可能百戰百勝。

有時候，英雄必須面對失敗，而他面對失敗的方式，考驗了他的人格。閃燒在人生中年接受考驗，卻沒有通過。

現在，小嗝嗝．何倫德斯．黑線鱈三世也失敗了，可能敗得比閃燒還要慘。

他失去了一切。

部族、朋友、父親、家人，全都離他而去了。他手無寸鐵、衣衫襤褸，獨自躲在山洞中，是被眾人背棄的流放者。

小嗝嗝躲在臂彎，哭了一陣。

然後，小嗝嗝・何倫德斯・黑線鱈三世很慢、很慢、很慢地放下手臂。

他用袖子擦了擦鼻子。

接著……

「我會努力不讓你失望。」小嗝嗝三世說。「我該怎麼做才好？」

「你可以去找龍族寶石。」奧丁牙龍說。「到了這個地步，只有龍族寶石能制止龍王狂怒了。他害怕那枚寶石，我自己也很怕，因為一旦寶石碎裂，龍族將永遠絕跡……」

「請問寶石藏在哪裡？」小嗝嗝問道。

「恐怖陰森鬍死時，寶石和其他王之寶物一起消失了。」奧丁牙龍答道。「但據說龍之劍藏了某個祕密，能幫助你找到寶石。」

「老阿皺說：『這是會為你指引方向的劍。』」小嗝嗝說。「可是劍已經不在我這裡，它被奸險的阿爾文搶走了。」

老奧丁牙龍嘆息一聲。「是啊。」牠憂傷地說。「如此一來，我們更須搶先找到寶石。我才剛認識他不久，但我看得出奸險的阿爾文是十分糟糕的人類，若被他找到寶石，他必定會毫不猶豫地利用它消滅龍族。」

本就陰暗的小山洞，變得更暗沉了。

沒牙沒耐心聽他們說話，牠覺得大家都把重點放在錯誤的地方，沒有花心思考慮最重要的問題：沒牙下一餐要吃什麼？

牠覺得很睏，於是爬上小嗝嗝肩頭，用小爪子夾住小嗝嗝的臉，和小嗝嗝四目相對。「主、主、主人，你跟那隻棕色老龍、龍、龍說，背心是『沒、沒、沒牙』的位子，『沒牙』才是小嗝嗝的狩、狩、狩獵龍。」

「是啊，沒牙。」小嗝嗝邊說邊摸摸沒牙耳朵後面的位置。「我只有一隻狩獵龍，那就是你。」

聽小嗝嗝這麼說，沒牙心滿意足地鑽進他的背心。沒牙在背心裡扭來扭去，在小嗝嗝心口找到最舒適的睡覺姿勢，背心也跟著窸窣起伏，讓小嗝嗝想到一件事。

他心中湧生一股希望……該不會……莫非？

「奧丁牙龍，」小嗝嗝興奮地問。「努力劍是怎麼指引人去找龍族寶石的？」

「小嗝嗝，你是聰明人，」老奧丁牙龍說。「你應該知道，重點不是那把劍。那把龍之劍——就是你說的那個……『努力劍』——其實就是把尋常的劍，重要的不是劍本身，而是劍『裡頭』藏的東西。劍柄有個祕密夾層——」

「對，對，我知道！」小嗝嗝不耐煩地說。「我很久以前就找到了！祕密夾層裡藏的是……『這個』……」

小嗝嗝伸手從背心口袋抽出恐怖陰森鬍最後的遺囑。兩週前，史圖依克在戰鬥場對他大叫，小嗝嗝匆匆把遺囑塞進口袋，完全忘了將它放回祕密夾層。

奧丁牙龍目瞪口呆地看著他。「啊呀，我的翅膀、我的鬍鬚啊！」

「我之前把它拿出來，忘記放回去了。」小嗝嗝解釋道。

「**陰森翳畫了指引你去找寶石的地圖！**」奧丁牙龍愉快地說。

「**可是這不是地圖，**」小嗝嗝說。不愧是恐怖陰森翳，他總要把事情搞得很複雜。「**是陰森翳的遺囑。**」

小嗝嗝唸出紙上的文字：

我把我最喜歡的這把劍，留給我真正的繼承人。

這是因為暴風寶劍總是微微往左偏。

而且有時候，最好的東西「看起來」不見得最好。

祝你成為比我更好的領袖。

陰森翳（G.G.）

小嗝嗝的手上還沾著紫色的渦蛇龍毒，是之前和巫婆搏鬥時沾到的。他朗讀的同時，毒液似乎對紙張造成了影響，小嗝嗝正想抹掉紙上的毒液，卻赫然發現紙上多出新的文字。紫色毒液讓祕密文句顯現了出來，這是超過一百年沒人看過的訊息：

勇氣

（紙上寫道）

內在的事物比外在來得重要。

我對你保證，這不是終點。

地圖在此，

地圖將指引你找到龍族寶石。

小嗝嗝翻到紙的背面，背面原本沒有任何文字，抹上渦蛇龍毒後，線條出現了。

線條勾勒出地圖，將指引他找到龍族寶石。他仍有機會終結龍族叛亂。

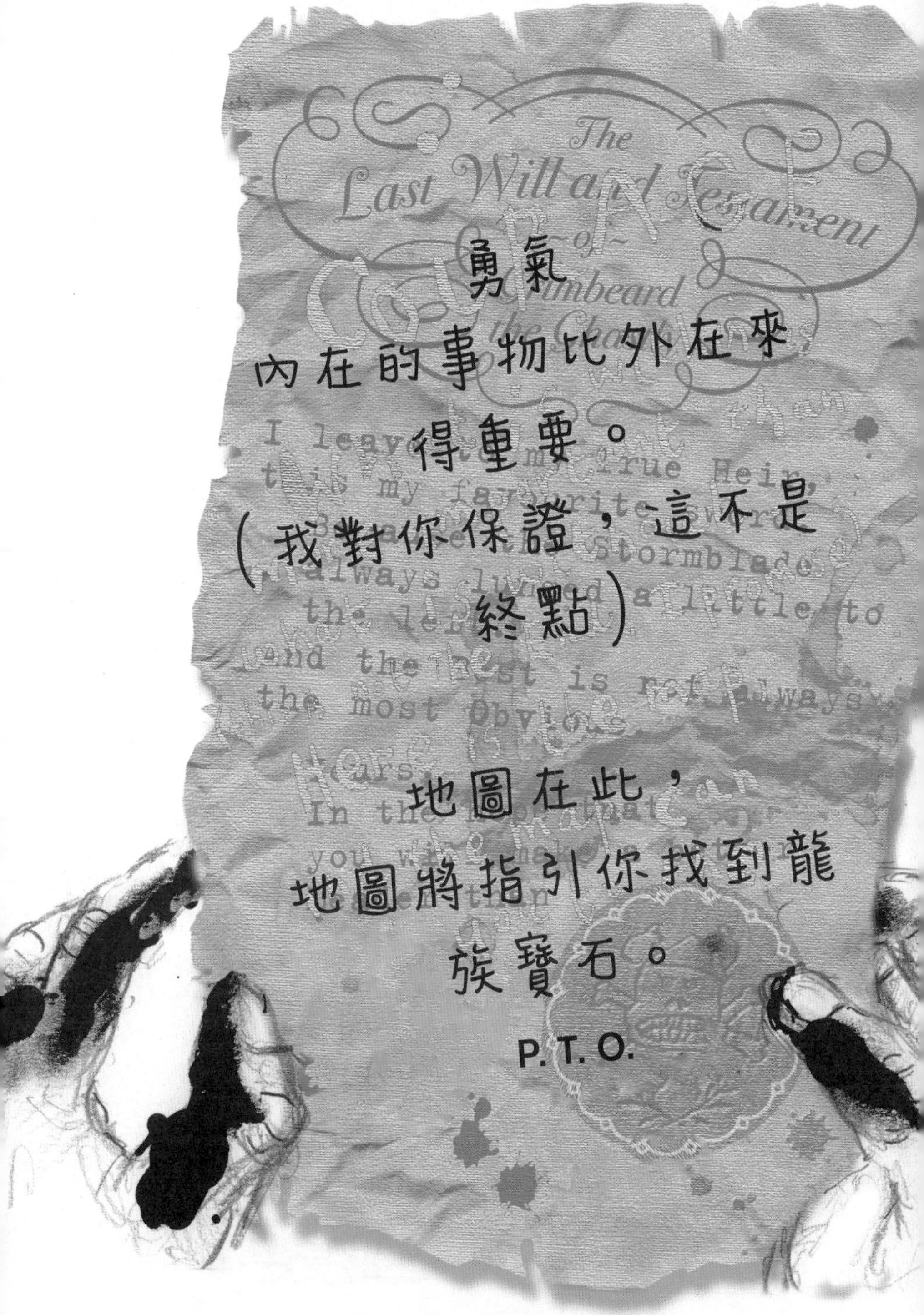

勇氣

內在的事物比外在來
得重要。

（我對你保證，這不是
終點）

地圖在此，
地圖將指引你找到龍
族寶石。

P. T. O.

男孩一躍而起。

「這還不是結局！」他高呼。

這還不是「結局」！

很遠很遠的某處，有別人發出不同的喊聲。

維京人被火烤焦、帆布發黑的船隻，跌跌撞撞地離開了東方群島，大家高唱著死者之歌。維京人雖然野蠻，歌聲卻美麗無雙。

「索爾，讓他們的骨骼化成珊瑚，
讓他們的歌聲化為海風，心臟化為黃金，
他們將在天空中永生不死，
和諸神享用美味的彩虹。」

歌聲突然變得黑暗，鼓聲多了一絲威脅。

「讓我們得到正義的復仇，
我們不要玉米，請給我們鮮血，
讓和平年代化為戰爭，
讓我們享用刀劍盛宴。」

伴隨著憤怒的歌聲，不祥的磨刀聲傳了出來，以及戰斧敲響盾牌的節奏。

蜿蜒前進的船隊最前頭，是流放者部族的船隻。

一度受蠻荒群島各部族唾棄的他們，現在成了領袖。

第一艘船上，是巫婆優諾與她的兒子——西荒野新王。

「親愛的阿爾文，」巫婆柔聲說。「你來見識見識龍之劍的祕密吧……」

她的斗篷如蝙蝠翅膀，在空中飛揚。巫婆乾瘦、貪婪的手指找到劍柄的祕密夾層。

巫婆優諾開啟祕密夾層，發現裡頭空無一物，她縱聲尖叫。

那真是絕望的慘號，可怕的慘號。「那個可惡的小偷！可惡的小老鼠！他偷了地圖！」

沒錯，這

還不是結局

小嗝嗝・何倫德斯・黑線
鱈三世，我就算拚了老命
也要讓你**不得**好死！

小嗝嗝回憶錄譯者克瑞希達・科威爾的後記

我小時候住在蔚藍大海裡一座島上，那時，我問自己一個問題：

「世界上會不會真的有龍族？」

後來，我成了世界上第一個翻譯小嗝嗝回憶錄的人，我顫抖著、興奮地發現，紙上褪色的文字，首度回答了我童年那個奇妙的問題。

無數個世紀以來，不同大陸的人類都提出相同的問題。而某一天，一個男孩意外地在海灘找到這個小盒子，裡頭藏有人們苦苦尋找的祕密。這，就是我們期待已久的答案！

龍族確實存在，這些回憶錄就是最好的證據。

我已經翻完小嗝嗝的第九本回憶錄，故事就快結束了。

但我漸漸發現，回憶錄提出了我不是很想解答的問題。

假如過去存在龍族，那些龍後來都怎麼了？牠們現在都在什麼地方？

我不敢尋找這個問題的答案，也不想知道答案。我深怕我深愛的小嗝嗝，是造成龍族消失的關鍵人物。

我不想找到答案，若當初知道回憶錄會提出這個問題，我可能就不會動手翻譯了。話雖如此，我現在也停不下來了……

我必須找到答案。

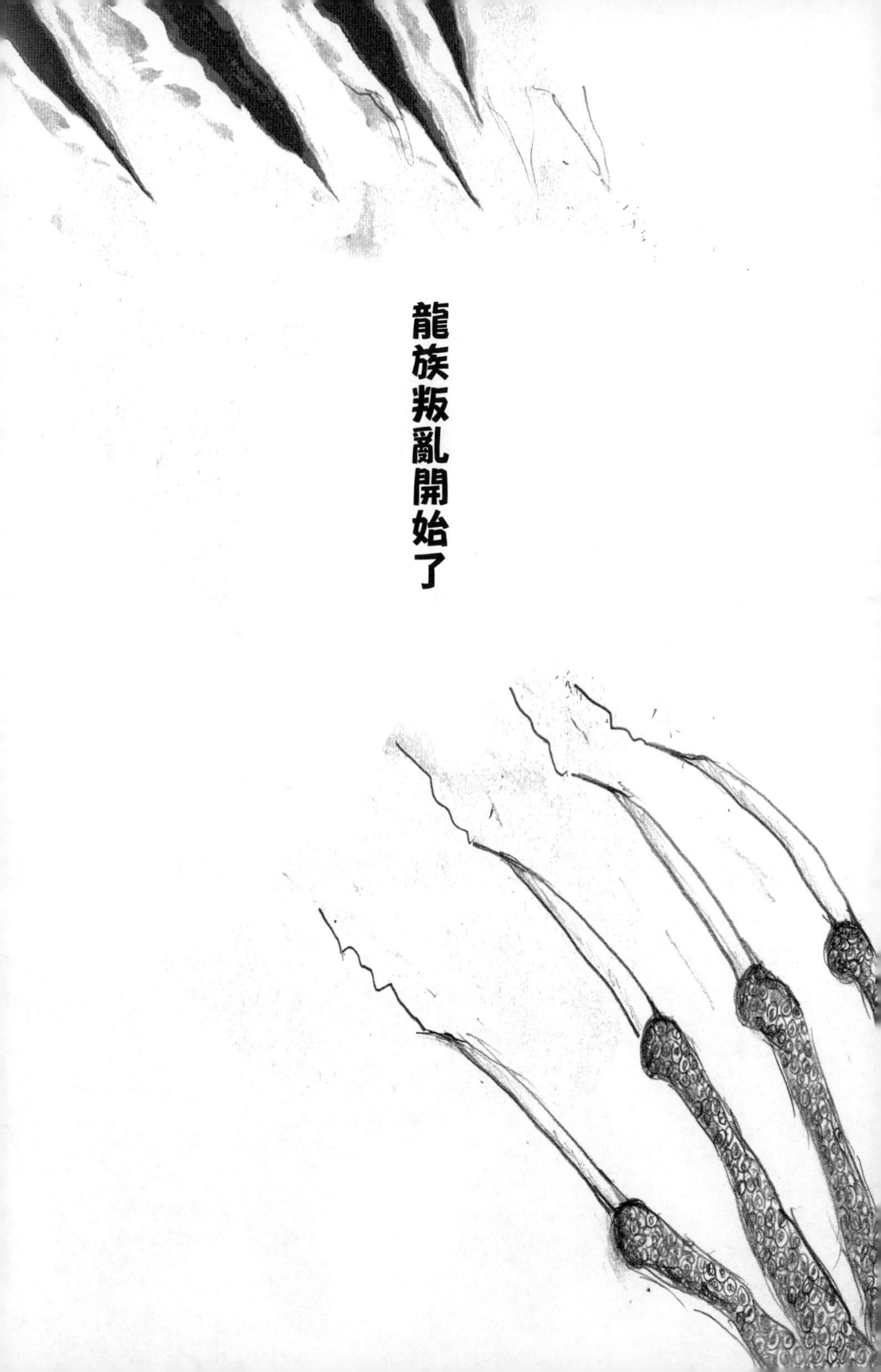
龍族叛亂開始了

情況不太妙。

我在這本書的開頭就說過了，情況只會越來越黑暗，越來越黑暗。

鼻涕粗成了毛流氓部族的新族長，史圖依克被蓋上奴隸印記、流放到遠方。而失落的王之寶物當中，有「八」件在奸險的阿爾文手裡，他甚至受封西荒野新王……

小嗝嗝獨自一個人，被人類與龍族追殺，他究竟該如何是好？

他能不能找到人類最後的希望，也是唯一的希望——龍族寶石？

倘若他找到寶石，小嗝嗝下一步會怎麼做呢？

敬請期待小嗝嗝的下一本回憶錄……

鉤爪是如何逃出火海的？

事情發生得太突然了，我都沒機會說明阿爾文和他母親是如何逃離火海、逃離狂戰島的。

在《馴龍高手VIII：龍王狂怒之心》的最後，阿爾文整個人墜入火海，他母親——巫婆優諾——也跟著跳了下去，拜糟糕的奇蹟所賜，他們落入狂戰島唯一一座湖裡。他們雖然是奸佞小人，那份說什麼也要活下去的精神卻值得敬佩，他們在湖裡繞圈游了將近兩天（對年邁的老太婆與只有一條腿、一隻手的男人來說，這非常厲害），森林大火才熄滅。他們穿過還在冒煙的森林抵達海濱，巫婆用三寸不爛之舌說服路過的維西暴徒開船載他們去流放者部族領地。

至於巫婆是怎麼在路上綁架醜暴徒阿醜的，我就不曉得了。

畢竟，我只知道巫婆一小部分的祕密。

奇炫館

馴龍高手Ⅸ：龍族叛亂與新王

（原名：**How to steal a dragon's sword**）

著　　者／克瑞希達・科威爾（Cressida Cowell）
封面內頁插畫／克瑞希達・科威爾（Cressida Cowell）
發 行 人／黃鎮隆
總 經 理／陳君平
經　　理／洪琇菁
總 編 輯／呂尚燁
執行編輯／許晶翎、劉銘廷
譯　　者／朱崇旻
美術編輯／陳聖義
企劃宣傳／邱小祐、劉宜蓉
國際版權／黃令歡、梁名儀
文字校對／施亞蒨
內文排版／謝青秀

出　　版／城邦文化事業股份有限公司　尖端出版
台北市中山區民生東路二段一四一號十樓
電話：（〇二）二五〇〇－七六〇〇
傳真：（〇二）二五〇〇－二六八三
E-mail：7novels@mail2.spp.com.tw

發　　行／英屬蓋曼群島商家庭傳媒股份有限公司城邦分公司　尖端出版
台北市中山區民生東路二段一四一號十樓
電話：（〇二）二五〇〇－七六〇〇（代表號）
傳真：（〇二）二五〇〇－一九七九

中彰投以北經銷／楨彥有限公司（含宜花東）
電話：（〇二）八九一九－三三六九
傳真：（〇二）八九一四－五五二四

雲嘉經銷／威信圖書有限公司　嘉義公司
電話：（〇五）二三三－三八五二
傳真：（〇五）二三三－三八六三
客服專線：〇八〇〇－〇二八－〇二八

南部經銷／威信圖書有限公司　高雄公司
電話：（〇七）三七三－〇〇七九
傳真：（〇七）三七三－〇〇八七

香港經銷／城邦（香港）出版集團有限公司
香港灣仔駱克道一九三號東超商業中心1樓
電話：（八五二）二五〇八－六二三一
傳真：（八五二）二五七八－九三三七
E-mail：hkcite@biznetvigator.com

新馬經銷／城邦（馬新）出版集團Cite（M）Sdn. Bhd.
E-mail：cite@cite.com.my

法律顧問／王子文律師　元禾法律事務所
台北市羅斯福路三段三十七號十五樓

二〇一九年九月初版一刷
二〇二一年五月初版二刷

■中文版■

郵購注意事項：
1. 填妥劃撥單資料：帳號：50003021戶名：英屬蓋曼群島商家庭傳媒(股)公司城邦分公司。2. 通信欄內註明訂購書名與冊數。3. 劃撥金額低於500元，請加附掛號郵資50元。如劃撥日起 10～14日，仍未收到書時，請洽劃撥組。劃撥專線TEL：(03)312-4212 ・ FAX：(03)322-4621。E-mail：marketing@spp.com.tw

國家圖書館出版品預行編目資料

馴龍高手IX：龍族叛亂與新王 / 克瑞希達·科威爾（Cressida Cowell）作；朱崇旻譯. -- 1版. -- [臺北市]：尖端出版, 2019. 9
冊；　公分
譯自：How to steal a dragon's sword
ISBN 978-957-10-8693-4（平裝）

873.59　　108011275